LUSH LIFE

ラッシュライフ

Isaka Kotaro

伊坂幸太郎

張筱森——譯

目錄

總導讀

奇想・天才・傳說

張筱森

雖然是篇談論伊坂幸太郎的文章，不過請先讓我稍微離題談一下二〇〇六年的第一百三十四屆直木獎。這屆的大事當然是東野圭吾在五度鎩羽而歸之後，終於以《嫌疑犯X的獻身》獲獎；可說是了卻他一樁心願，也替其出道二十年錦上添花一番。東野連續五度提名五度落選的事蹟，讓日本大眾文壇和讀者之間開始悄悄地流傳著一個聽來有點辛酸的名詞「東野圭吾路線」，意指不斷被提名、不斷落選，然後過了該得直木獎年紀的作家。而東野總算在第六次的提名擺脫了這個看似不太名譽，不過差一步就會變成傳說的不幸陰影。但在東野終於獲獎的可喜可賀事實背後，其實也存在著一名極爲有力的「東野圭吾路線」候選人，那就是本文主角——伊坂幸太郎。

伊坂幸太郎，一九七一年出生於千葉，畢業於位在仙台的東北大學法學部。小學時置物櫃》拿下吉川英治文學新人獎，二〇〇四年則以《死神的精確度》獲得日本推理作家協會短篇部門獎，更在二〇〇三到二〇〇六年間以《重力小丑》、《孩子們》、《死神的精確度》、《沙漠》四度獲得直木獎提名，可以看出日本文壇對他的期待和重視。

伊坂到二〇〇六年爲止總共發表了八部長篇、四部短篇連作集和一篇短篇愛情小說。因爲喜歡島田，而決定創作推理小說的伊坂，打從一出道就以推理小說新人獎得獎作《奧杜邦的祈禱》獲得各方注意；然而《奧杜邦的祈禱》卻長得一點都不像讀者們所熟悉的推理小說模樣。伊坂曾經說過，「寫作的時候，我並不喜歡描寫眞實的現實生活，而是想寫十分荒唐無稽的故事。」《奧杜邦的祈禱》正是這樣特殊，有著前所未有的奇特設定的一部作品。一個因爲一時無聊跑去搶便利商店的年輕人伊藤，意外來到一座和日本本土隔絕一百五十年的孤島，孤島上有個會說話、會預言未來的稻草人優午。優午告訴伊藤，自己已等了他一百五十年，而伊藤這個外來者將會帶來島上的人所欠缺的東西。留下這般謎樣話語之後，優午就死了，而且還是身首異處、死得相當悽慘。這短短幾句描寫，就能夠看出伊坂作品最顯而易見的特殊之處：「嶄新的發想」。我想很難有讀者在看了這樣奇異至極的開頭，而不繼續往下翻頁，畢竟「會講話的稻草人謀殺案」實在太過特殊。而這種異想天開、奇特的發想，就成了伊坂作品中一個非常重要而且難以模仿的特色，在他往後的作品當中都可以看到這樣的特色，以死神爲主角的《死神的精確度》便是個好例子。

然而空有奇特的發想，沒有優秀的寫作能力也無法讓伊坂獲得現在的地位。第二作《Lush Life》便是讓讀者更認識伊坂深厚筆力的作品，畫家、小偷、失業者、學生、神、諮商心理師等等眾多人物各自在五個故事線中登場、彼此的人生互相交錯。如何將這五條線各自寫得精采絕倫，而在彼此交錯時又不落入混亂龐雜的境地，最後將所有故事線收束於一個點上。伊坂在敘事文脈構成上展現了高超的操控能力，就像不斷在本作出現的艾雪的畫一般令人目眩神迷。複雜的敘事方式中包含精巧縝密的伏線，並且前後呼應，而此極爲高明的寫作方式，在第四作《重力小丑》、第五作《家鴨與野鴨的投幣式置物櫃》也明顯可見。

筆者和大部分的台灣讀者一樣，對伊坂最早的認識來自《重力小丑》一作，對於幾乎只能以毫無章法來形容，或者可說是某種文字遊戲的章節名稱印象深刻。但在閱讀了伊坂的其他作品之後，便能夠理解日本文藝評論家吉野仁指出的伊坂作品的一種極爲另類的魅力來源——「將毫無關聯的事物組合在一起」，像是「鴨子」和「投幣式置物櫃」明明是毫無關聯的東西，卻成了小說。或是書名爲《蚱蜢》內容卻是殺手的故事，這樣的奇妙組合讓伊坂的作品乍看書名就能吸引讀者一探究竟。更引人注意的是，這樣看似胡鬧的作法，也散見於每部作品的內容和登場人物的言行之中。在《家鴨與野鴨的投幣式置物櫃》中，主角的鄰居甫一登場就邀他一起去搶書店，目標僅僅是一本《廣辭苑》字典!?在《重力小丑》中，春劈頭就叫哥哥泉水一起去揍人。然而在這些登場人物的異常行動，或是令人不由得笑出聲來的詞句背後，其實隱藏著各種人性的黑暗面。《奧杜邦的祈禱》中，仙台的惡劣警察城山毫無理由的殘虐行徑、《重力小丑》中的強暴事件、《魔王》中甚至讓這種黑暗面以法西斯主義的樣貌出現。伊坂總以十分明朗、輕快並且淡薄的筆觸，描寫人生很多時候總會碰上的毫無來由的暴力。如此高度的反差，點出了一個伊坂作品世界中的重要價值觀——面對突如其來的暴力時，該如何自處？該怎麼找出最不會令自己後悔的生存方式？

如果將毫無理由的暴力推到最極致，莫過於「死亡」了。只要是人，難免一死，那麼，人類該怎麼和終將來臨的死亡相處？從《奧杜邦的祈禱》中的稻草人謀殺案起，這個問題意識就一直在伊坂作品的底層流動，隨著此次伊坂作品集出版，讀者在全部讀過一遍之後，應該能得出屬於自己的答案。

而在熟讀伊坂作品之後，讀者會發現伊坂習慣讓筆下所有人物產生關聯，先出現的人物一定會在之後的作品登場。像是深受台灣讀者喜愛的《重力小丑》兩兄弟，也會在之後的某部作品中出現，這樣的驚喜也十足地展現了伊坂旺盛的服務精神。

在文章開頭提到伊坂是極有力的「東野圭吾路線」候選人，如實反應出日本讀者和評論家對於伊坂遲遲不能獲獎的難以理解。但筆者忍不住想，就這樣成爲直木獎史上的傳說，似乎無損於伊坂的成就。畢竟如同日本推理天后宮部美幸說的：「伊坂幸太郎是天才，他將會改變日本文學的面貌。」身爲一名讀者，能夠和一位不斷替我們帶來全新小說的天才作家相遇，就是一種十足的幸福。

作者介紹

張筱森，喜歡推理小說，偶爾也翻譯推理小說。

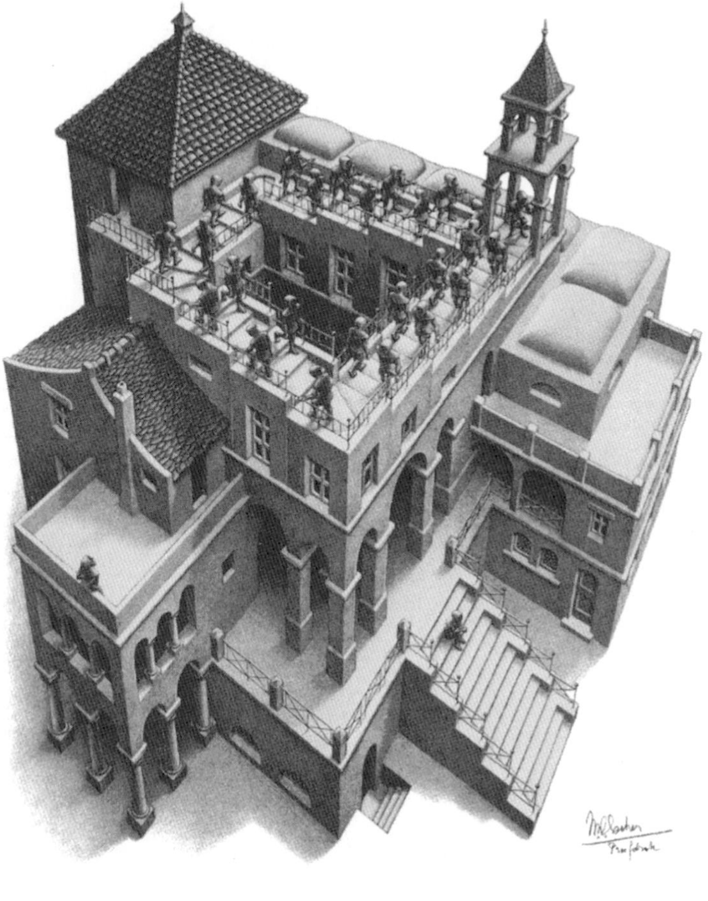

Lash

名詞＝鞭打

動詞＝急速揮動、揮霍

Lush

形容詞＝豐富的、景氣佳、華麗的

名詞＝酒、醉漢

Rash

形容詞＝魯莽的、輕率的、急躁的

名詞＝疹子、一下子爆發的事情

Rush

動詞＝闖、衝動行事、匆促行事

名詞＝匆忙、忙碌

引自《Reader's英和辭典》（研究社）

0

志奈子往前一看，車廂的自動門正好打開，傳出「噗咻」的漏氣聲，聽起來就像「希望500」車系發出的嘆息。

戶田回來了。志奈子慌忙轉移視線，對方的身影還是闖入視線範圍。志奈子想著「這個六十歲的胖男人」，下意識地別開臉。對方的體型適中，怎麼說都不算胖，可是那種自信過剩的走路方式，看起來就像全身充滿過多的脂肪。戶田穿著花稍的毛衣，那對比強烈的黑黃相間條紋只讓志奈子覺得品味甚差。不過，一聽說戶田是往來歐洲和銀座的畫商，志奈子竟不可思議地覺得他看起來挺有那番架勢。

戶田在鄰座坐下的瞬間，志奈子便感到呼吸困難。車廂內沒有其他乘客，她卻彷彿快窒息了。活到二十八歲，第一次搭乘的綠色車廂（註）並不如想像中舒適。

她的眼神四處游移，不小心瞥見戶田帶來的報紙。

報紙上並列著「開鎖竊盜犯現正縱貫日本北上中」、「仙台市內分屍案追蹤報導」、「夫妻聯手掩埋屍體，屍體有整型痕跡」等嚴重的社會案件。

不過，並非全是令人沮喪的報導，有一則標題爲「香港彩券獎金四十億圓，中獎者可能是日本觀光客」的新聞，篇幅雖然小，內容卻教人心情愉快。

「好厲害。」志奈子不由得脫口而出。

戶田看了一下新聞之後，「哼」了一聲。「成天說什麼不景氣、不景氣，這麼久了，不景氣早就是這個國家的常態。就算小孩考試拿過一百分，但如果之後只考了五十分，表示眞正的實力只有五十分，不是嗎？既然經濟狀況一直如此，表示這是常態，心存僥倖的國家是沒有未來的。說到失業率，究竟是誰規定得替所有人準備工作？至少我沒聽過這種事，那只是有人搞不清楚狀況罷了。人口過多，卻沒有那麼多工作，簡單至極。」

「呃，不是的。」志奈子好不容易才插上嘴，「我是指那個四十億圓彩券的新聞很厲害。」

「這個嗎？」戶田打開報紙稍微瞄了一下，「還眞走運。」

「如果中獎，戶田先生也會覺得高興嗎？」連她自己都知道這是無聊透頂的問題。

戶田的皮膚好到不像年過六十的男人，他露出雪白牙齒，對志奈子一笑：「錢當然是越多越好。妳也想要四十億圓嗎？」

註：相當於商務車廂。

「當然。」志奈子也笑著回話。

「想要的話，我就給妳。」

「您別開玩笑了。」

「只要做妳該做的事，我自然會給妳。」

志奈子無法直視戶田，心中湧起一股當場被脫光衣服強擁般的不快。

「這世上沒有金錢買不到的東西。」戶田的態度囂張，彷彿這句話是他發明的。

志奈子無法再次說出「您別開玩笑了」。如果這世上眞有和挫折、失敗無緣的人，一定就是戶田吧。只要發現評價正在起飛的海外畫家，他便會立刻和對方簽下終身契約，不斷收購看上眼的作品。他精於計算、奸詐狡猾，行事風格和同齡男性及同業大不相同。

戶田本來就是「戶田大廈」的第三代小開，出生以後便被培養成散布全國各地的房產的經營者。他經常把「我從小就被灌輸這個觀念——獅子的孩子，就算沒意識到自己的身分，依舊是獅子」這句話掛在嘴邊，「直到最近，我才知道原來金錢是生存的必需品。」

而且，戶田並不安於只經營大廈租賃業務，他一邊當包租公，一邊進軍美術界。志奈子雖然不清楚戶田的動機，或是他有什麼勝算，不過身爲畫商，他也做得有聲有色。

戶田總是立刻鎖定前途有望的畫家作品，取得販賣權。而且，他不馬上拋售，會耐心等到行情上漲再脫手，大賺一筆，這是擁有雄厚資金的人才能運用的方法。志奈子想起某個男人說過「在戶田先生眼中，畫作只不過是一種股票」，對方一臉悲傷，「是以畫筆畫出來的股票。他認爲畫的價值不在於畫家的想像力，而是價目表上有幾個零。」

「妳聽好了。」身旁的戶田仍在喋喋不休，「不論愛情或寵物通通能標價，然後再慢慢抬高價錢。妳不就是我買來的嗎？」

志奈子無法回應。她的確背叛了恩人，與戶田簽下契約。

「沒有什麼是錢買不到的。」

志奈子見過戶田實踐這句話，只因他不想經歷一段吵雜的旅程，便大手筆地將一節綠色車廂的乘車券、特急券和綠色車廂券全部買下來。他也融資給政治家，有時會突然說「那個議員雖然頂上無毛，不過看在他跟我低頭鞠躬的份上，就借他吧」，打電話給下屬。幾十分鐘前，志奈子親耳聽到戶田打電話指示下屬融資給某議員。

「請問今天預定的行程是什麼？」

「我要向仙台的客戶介紹妳。」

戶田下流地笑了。志奈子心想，對方一定對她的畫作毫無興趣，不禁鬱悶了起來。

接著，志奈子想起那個對她說「妳不可以放棄畫畫喔」的男人。他曾是戶田畫廊的員工，雖然沒錢沒勢，卻十分懂畫，也相當欣賞志奈子的作品。

「《連結》是幅很好的畫。」兩人最後一次交談時，他依舊稱讚了志奈子的新作，也察覺到志奈子灌注在其中的理念。「這幅畫有接力的意思吧？人生的目的就是爲了交棒給某個人。我的今天必定與他人的明天有所連結。」

他總是關注著年輕畫家，一直希望能夠經手不賣也無妨的好作品。因此，對於他辭掉戶田畫廊的工作，選擇獨立一事，志奈子一點也不意外。

對方告訴她「就算小也沒關係，我希望能開一家替你們這樣的畫家做事的畫廊」之後，便嘗試獨立開業。因爲他相信這世界就是靠著人和人之間的聯繫才能穩定運作。

然而，畫廊並未開張，他接觸過的畫家都轉身離去。

沒有比這更悽慘的情況了。遭到所有信賴的畫家背叛，連一幅畫都無法在店裡掛起，他就這麼消失了。

當時，志奈子親眼見識到戶田以金錢的力量，輕易摧毀一個人的夢想。

「在東京吃過晚飯後，就去仙台吧。」

一切都按照戶田的預定計畫進行。兩天前戶田打電話給志奈子說「跟我一起去拜訪客戶」，她拒絕不了。

「妳聽過〈Lush Life〉嗎？」間隔一段時間後，戶田開口問。
「那是什麼？」
「一首歌啊。這是一首歌的歌名，妳不聽爵士樂嗎？」
「沒聽過。」志奈子搖搖頭，她厭惡陪笑的自己。
「這是柯川（註）的名曲。Lush Life，華麗的人生。這不是很好嗎？我有自信，我的人生比在其他地方活著的人更華麗、豐富。」他一臉幸福地說著，「妳想想，愚蠢的失業者就不用提了，就算是自以爲順利的小偷或宗教家也一樣。總之，我比其他人過得更美好、更精采。」

黑澤走出住處的時候，發現玄關門口塞進一張傳單，取下細看，是大廈管理委員會發的，上頭寫著「仙台市內發生多起竊盜案」，主要內容是詢問住戶要不要換鎖。傳單上有圓柱鎖的照片，並註明「鑰匙孔爲直式、く字形的門鎖是最危險的款式」。黑澤不

註：約翰·柯川（John Coltrane，一九二六～一九七三），出生於美國，偉大的爵士樂薩克斯風手。

禁啐了一聲，心想眞是多管閒事。

最近，越來越多中國的竊盜集團在日本各地出沒，比起一扇門總是加裝兩、三道鎖的國家，來日本作案，就算扣掉交通費還是有賺頭吧。

大概是在東京已占不到便宜，竊盜集團跑來仙台四處作案。於是演變成黑澤盯上的住家，每一戶都在玄關大門上加裝兩、三道由回轉式桿鎖簧（tumbler）與鎖把組合、非常複雜的鎖。

黑澤穿上鞋子，摺起傳單收進口袋，出門。

他忽然想到，這群爲了錢不停犯案的中國人，從某種角度而言，或許可說是資本主義的最佳代言人。他們把效率和利益放在最前頭。那麼，像我這種人，又該把什麼放在第一順位？「美學？」他試著回答後，不禁失笑。這眞是太老套了。

當他鎖好門時，隔壁住戶的門突然被用力打開。

第一次和鄰居碰面，黑澤不由得向對方進行了很愚蠢的自我介紹——「你好，我是住在隔壁的黑澤。」對方是名年輕男子，約二十多歲，一臉蒼白。大概是整夜喝酒，氣色頗差，身上的藍色T恤也皺巴巴。昨晚，隔壁住戶不時傳來吵雜的人聲和噪音，可能在舉行派對吧。

青年驚訝地向黑澤打了聲招呼，不過聲音小到根本聽不見。他歪著頭想了一下，對黑澤說：「對了，方便幫我撐一下這扇門嗎？」門？黑澤不懂他的意思。

「朋友喝掛了，我得揹他下樓。」青年顯得有點畏縮，「如果我放開手，這扇門就會關上，所以想拜託你幫忙撐一下。」

黑澤聳聳肩，無言地按照對方的要求撐住門。

對方小聲道謝——總之，聽起來像是在道謝。接著，青年再度走進屋內，揹著一個癱軟的男人出來。那男人的身上酒氣沖天，這些年輕人還眞是快活。

黑澤抵住正好開啓的電梯門，等候青年走進去。他凝視青年揹著朋友走進電梯，被揹的人喝得爛醉，像個壞掉的人偶似地手腳晃來晃去。青年大概是打算立刻回來，因此沒鎖門。實在太不小心了。

觀察四周已成爲黑澤的習性。只要和某人擦身而過，他便會觀察對方，猜測對方的身家背景。例如，皮夾裡有多少錢？回到家之後，家裡有多少財產？有家人嗎？喜歡狗還是貓？喜歡儲蓄嗎？信任銀行嗎？這傢伙眞的是男人嗎？如果實際潛入對方家中，發現一切都和自己的猜測相符，成就感遠遠超過工作本身。

電梯門關上。黑澤向青年舉手打了個招呼，不過對方似乎沒注意到。

在那之後，黑澤發現走道上遺落一張紙，和期待相反，並不是鈔票。可能是方才從青年或他朋友的口袋裡掉出來的。

上頭羅列著黑澤看不懂的文字，其中包含數字，還有漢字和記號。該不會是國外發行的護身符吧？他將紙張朝向有光線的地方觀察，沒有什麼特殊內容浮現。他捏著搖晃一下，再次回頭看了電梯門一眼，莫非剛才那名青年不是日本人？

反覆看了這張紙好幾次，最後黑澤決定收進皮夾裡。

這張寫著外國文字的紙，說不定能替皮夾帶來好運。他一邊想著這類蠢事，闔上皮夾。

仙台車站前出現一條人龍。黑澤邊走邊觀察人龍的起點，原來是一家咖啡店的門口。那家店或許是剛開幕，看起來活力十足。

他一邊瞄著那家店，一邊在車站內快步走著。可能由於是平日，沒什麼乘客。黑澤搭手扶梯下到一樓，穿越計程車招呼站。他在車站前看到一棟像高塔的建築物，那是市政府蓋的觀景台。尖細的高塔聳立著，非常壯觀。在觀景台電梯的入口，垂掛著寫有「給某個特別的日子」的布條。黑澤萬萬沒想到，自己居然有一天會來到觀景台。對小偷來說，所謂「特別的日子」，大概就是因愚蠢而失風被捕的那一天吧。

周圍的牆上貼著「艾雪展」的海報。艾雪是一位畫家，以錯視畫聞名。海報上的插圖，是艾雪最廣爲人知的城堡畫。

基本上，黑澤對於繪畫之類的美術品沒什麼興趣，頂多只能想到以前某義大利美術館，曾遭人從天花板以類似釣魚鉤的工具偷走克林姆的名畫。

走了一陣子，他看見一個白人女孩站在路邊，一頭金髮綁成馬尾，穿著非常相配的直筒牛仔褲。

黑澤會停下腳步，並非對方年輕貌美，也不是她看起來有錢又粗心，是個適合下手的對象。而是她舉著一塊牌子，並將寫著「請把你喜歡的日文告訴我」的素描簿朝向行人。

「這是妳寫的嗎？」黑澤走近問道。那女孩微笑表示自己是來留學的大學生，「我在調查日本人喜歡什麼詞句。」

「哪些詞句比較多？」交通號誌已轉爲綠燈，不過黑澤沒離開。

「目前最多的是……」女孩說著流暢的日語，一邊翻閱素描本：「『夢想』之類的。」

「之類的？」

「還有啊，」她似乎覺得很有意思地笑了，「『景氣』之類的也不少。」

「那我也來寫吧。」黑澤拿起麥克筆，對方替他翻開新的一頁，他以端正的字跡大大方方地在頁面正中央寫下「夜晚」。

「『夜晚』嗎?」女孩抬頭看著黑澤。

「我喜歡夜晚。」

「眞有趣。」女孩接著又說：「好像小偷。」

黑澤嚇了一跳，隨即繼續道：「順帶一提，我討厭『關好門窗』（註）這個字眼。」

「關好門窗?」她似乎不太明白，反問：「不是『警察』嗎?」

黑澤笑了，「我也討厭這個詞。」

他離開現場，在路上看到一隻狗，像是流浪狗，脖子上沒戴項圈。看起來是柴犬，黑澤心想，流浪的柴犬挺少見。原本應該是褐色的皮毛，沾滿塵埃和泥土變成灰色。車站附近出現狗也很稀奇，大概是流浪狗的數量原本就已銳減，這比在路上碰到同業還稀奇。黑澤有些在意，那隻老狗該不會踉蹌地衝進車流量大的馬路吧?

交通號誌再次轉綠，這次黑澤總算走向對面。他遵從了自己那套「小偷不該和狗交朋友」的美學，無視於那隻骯髒的狗，邁步向前。

河原崎在開始變得擁擠的咖啡店門口，愣愣地眺望遠方。透過鑲著大片玻璃的窗戶，看得到新幹線的高架鐵路，這時ＭＡＸ山彥號Ｅ４列車正好滑進下行月台。

手邊的咖啡早就喝完了，但他不能離開這家店。然而，身爲靠獎學金勉強過活的學生，他也不敢點第二杯。他喝完的第一杯咖啡是半價，只要拿慶祝開幕的折價券，就能享受這項優惠。

他在畫畫，直接畫在從街上拿到的尋人傳單背面。以簡略的線條，畫下其他客人的側臉，及瞄到的ＭＡＸ山彥號列車的模樣。畫畫不只是他的興趣，而是生活的一部分。

傳單內容是希望協尋失蹤男子。一名年輕男子似乎失蹤了將近一星期，雙親正在找尋他的下落。河原崎看了照片一眼，那是一名氣色不佳的年輕人，而且個子不高。

傳單上註明他的特徵是「腳跟有手術痕跡」，河原崎不禁失笑。難道要向素不相識的人詢問「方便看一下你的腳跟」嗎？上面甚至還描述「有縫了八針的痕跡」。這是要

註：原文爲「戸締り」（TOJIMARI），女孩反問的「警察」原文爲「お回り」（OMAWARI）。

我去數對方被縫了幾針嗎？

剛開幕的咖啡店熱鬧非凡，所有座位都坐滿了。

塚本先生找我到底有什麼事？河原崎試著揣想對方的意圖。他和擔任幹部的塚本幾乎毫無機會交談，想不出塚本找他的理由。

上次的集會之後，有人在仙台的縣民活動中心叫住他。一名穿黑色連身洋裝的年輕女子對他說：「您是河原崎先生吧？有人在一樓的休息室等您，請跟我來。」

往休息室內一看，那竟是塚本，他不禁發出驚呼。

塚本以平易近人的口吻說：「不用那麼驚訝，又不是高橋先生找你。」

聽到這句話，河原崎雙腳不住發抖。平常他根本不敢說出「高橋」二字。

「我是塚本。」

「我……我知道。」河原崎立刻點頭附和。他不可能不知道對方是誰，二十幾歲當上幹部，身為「高橋」的左右手、十分活躍的塚本，在信徒之間非常有名。跟塚本見面是兩天前的事。

不知塚本是何時站在面前的，河原崎嚇得差點打翻杯子。

「你畫得不錯嘛。」看到河原崎手邊那張像是惡作劇的畫，塚本如此說道。

「啊、啊，謝……謝謝稱讚。您這麼忙，眞是不好意思。」河原崎慌忙將傳單翻面，這樣一來，「尋找這名男子」的失蹤者照片便朝上了。

塚本驚訝地看著那張照片，「你認識這個人嗎？」

「不、不認識。」河原崎搖頭否認，「那是有人在街上發的，似乎在找失蹤的人，跟我完全沒關係。」他不自覺地辯解，摺起傳單收進口袋。

塚本一直盯著河原崎的動作。河原崎以爲塚本會告誡他「有空找失蹤人口，不如摸索自己的未來」，不過塚本什麼都沒說。

出去吧，塚本指著店門口。

店外依舊大排長龍。雖說是仙台的第一家咖啡連鎖店，不過爲了喝一杯咖啡來排隊也頗奇怪。這些人到底是喜歡排隊，還是喜歡咖啡？河原崎暗想，應該是前者吧。

只是和塚本並肩而行，他的心中就湧起一股優越感。他們並非偶然在街角相遇，而是塚本記得他的名字，特別找他出來，眞是太光榮了。河原崎默默反芻著這份喜悅。

那個發傳單的人仍站在商店街的入口。比起眉頭深鎖的對方，河原崎不禁覺得自己實在太幸福了。

「你的帽子很好看。」塚本指著河原崎戴的紅色棒球帽。

「這是我爸以前買給我的。」

那是一頂帽簷較長的進口貨。有一陣子，因爲某巴西足球選手在公開場合都戴著這頂帽子，在日本國內很難買到，受歡迎程度甚至形成一種社會現象。

「就是那頂蔚爲話題的紅色帽子吧，哪裡都買不到。」

河原崎至今仍不知道父親在哪裡買到這頂帽子，當時他認爲絕對是仿冒品，實際上不然。總之，他清楚記得父親得意的表情。「這是成對的。」父親開心地將自己的同款帽子拿給他看。

「那一陣子不是流行把帽簷折成山峰形狀嗎？不過你的卻沒有。」

「我爸有折。」河原崎苦笑。父親說最好配合流行，不熟練地將帽簷折成山峰形狀。當時父親眞的打心底開心得不得了，河原崎則是冷淡地嘲笑他，固執地不肯配合。

「你看那邊，」塚本說道：「那邊有隻狗。」

河原崎慌張地四處梭巡，如果不快點找到那隻狗，塚本恐怕會捨棄他。

的確有隻狗，在距離兩人二十公尺處走著。只見牠在人行道上緩慢前進，有時會用鼻子摩擦地面徘徊著，脖子上沒戴項圈。

「狗出現在這種地方眞是稀奇。牠沒戴項圈，應該是流浪狗吧。」

「看起來有點像柴犬，可能是混到柴犬的雜種狗吧。」

聽塚本這麼說，河原崎想起了父親。牠那微髒的毛色、沒有自己的地盤、遭人嫌棄仍四處徘徊的模樣，和父親的身影重疊了。

三年前，父親突然從二十層大廈的十七樓張開雙手，跳樓自殺。他想起當時在家裡玄關的情況——那是大學的開學日，河原崎坐在玄關，擦著新買的皮鞋，聽到電話在背後響起。母親呼喚他，大聲說：「你爸跳樓了。」他抬起頭轉身時，實在無法理解究竟是怎麼回事，便問出「他是從幾樓跳下去的」這麼愚蠢的話。

從警察那裡了解狀況之後，他雖然大受打擊，卻也覺得這就是父親的作風。打算從安全梯爬上二十樓的父親，想必是在途中累了，便決定「在這裡就好」，所以才會從十七樓跳下。他總是這樣，總是在距離目的地還有一小步的地方放棄。

「你看起來很不高興，討厭狗嗎？」

聽到塚本的聲音，河原崎回過神來，慌張地否定：「不、不討厭。」

塚本似乎在打量什麼，盯著河原崎好一會。「你是什麼時候來我們這裡的？」

河原崎回答：「大概是三年前。」

「是因爲那件事才知道我們的？」塚本問道。剛好號誌燈轉紅，兩人停下腳步。

河原崎立刻明白「那件事」的意義，指的是發生在仙台商務旅館的連續殺人案。

「那是兩年前的事吧。」

「不，最早是在三年前。我記得第一件案子發生在車站東口的商務旅館，有個男人被勒死。」

商務旅館接二連三發生命案。每隔一個月便有一個人遇害，地點總是在仙台市內的商務旅館。事情越演越烈，不只是全國性的八卦節目、看熱鬧的群眾，甚至還有搭便車犯案的快樂殺人犯。當時，警方對於緝凶完全沒有頭緒，案情陷入膠著，連河原崎都不禁同情起他們。

然而有一天，案子突然偵破了。警方採納某個普通市民的意見，順利逮捕凶手，而這個普通市民就是「高橋」。

只要聊起那天的事，幾乎所有信徒都會露出目眩神迷的崇拜表情。

那似乎是演講日。通常，「高橋」結束演說就會直接走下講台，那天他卻留在講台上，以平穩的語氣說：「對了，各位知道那件案子嗎？就是在商務旅館遭到殺害的死者，他們之間是有連結的，世上的事大抵都有關聯。下一次會發生在仙台公園飯店的三樓。」

當時，河原崎還不是信徒，所以不在會場，這一點讓他相當懊惱。信徒中隱然也有著那天之前和之後的差別。有人會一臉陶醉地回想當天的情況，有人卻只能想像當天的情景。

「聽到那句話，我全身都起了雞皮疙瘩。我根本不知道高橋先生對那件案子有興趣。集會結束之後，幹部急忙開會討論。然而，那時高橋先生這麼說……」塚本望著遠方，似乎在回想當時的光景。河原崎不禁吞了一口口水。

「『接下來我要證明眞有其事。』」

即使是從塚本嘴裡說出，河原崎仍不由得打了個冷顫。那眞是一句充滿魅力的話。

「高橋先生說完這句話，隨即在白板上實際證明這件事。包含被害者的年齡、性別、案發當天的天氣、商務旅館的地理位置，他寫出在那之前的所有情報，告訴我們案件之間的規則，綜合各種狀況證明下次的犯案場所就是仙台公園飯店。」

「警方立刻採信嗎？」

「怎麼可能？他們當然不可能老實接受一般市民的意見。我們費了好一番工夫才讓他們相信。」

塚本沒有更詳細說明後來的狀況。不過，仙台中央警署的人員確實在仙台公園飯店三樓的逃生梯抓到凶手。

之後，此事引起媒體的騷動，情節就像連環漫畫一樣誇張。各家報紙都隨意在版面上下了「現代夏洛克．福爾摩斯」之類，令人看了都替他們感到不好意思的標題，採訪記者大舉入侵仙台，甚至有雜誌製作刊登「高橋」推測眞相的流程圖。

這些電視及雜誌記者大概一開始就打算將「高橋」塑造成英雄，炒熱話題。他們也相信對於解決案件有貢獻的老百姓應該受到讚揚，所以將「高橋」捧上天。

於是，信徒的數量迅速增加。不論是受到「天才」、「英雄」字眼吸引的人，還是渴望有心靈導師的人，全聚集在「高橋」身邊，河原崎也是其中一人。那時流傳著「高橋」可預見未來的謠言，還有人說：「『高橋』會拯救先到他身邊的人。」

然而，「高橋」幾乎不曝光，也不接受採訪。媒體記者發現根本無法報導的時候，逐漸感到不滿。

當某家出版社提出「二十一世紀的偵探是新興宗教的教祖」的觀點時，媒體記者就像發現出口的積水，一齊湧至那個方向。

「塚本先生對於最近那件案子有什麼看法？」河原崎試著問道。

「那件案子？」塚本思考了一會，「啊、啊，你是說那件分屍案嗎？」

約莫半年前，仙台市內發現一具被肢解的屍體。警方研判死者是一名年輕男性，不過無法得知身分，也找不到凶手。然而，最近又在好幾個地方發現屍塊，引起很大的騷動，凶手是同一人的可能性也升高了。

「你是不是也期待高橋先生解決這件案子？」

河原崎有些不好意思，含糊地「嗯、嗯」回應。

「說不定高橋先生已解開這件案子的眞相。」

「眞的嗎？」

塚本笑了，「不知道啊。搞不好他會像之前那樣，突然脫口而出。或許某天早晨，他會靜靜地說『我會證明』。」

號誌燈轉爲綠燈。

「那是神蹟。」塚本說道。

「什麼？」

「這個世上不時會發生只能稱爲『神蹟』的事。」

河原崎說不出「聽不懂」。他不想隨便開口而被瞧不起。

「你知道海象嗎？」

「海象？」

「牠們成群在北極出沒，體型龐大，嘴裡有一對又長又大的獠牙，朝向地面生長。」

「牠們怎麼了？」河原崎挺直身子。

「我在電視上看過，數量龐大的海象會在某個時期爬上陸地，其中幾十頭爬上山頂，居然慢慢地跳下山崖，當然都摔死了。接下來，所有海象都做出同樣的行爲，疊在同伴身上死亡。這就是所謂的集體自殺吧。」

「從十七樓嗎？」河原崎不由自主地問。

塚本狐疑地看著他，「科學家好像還找不出原因。」

「這又怎麼了？」河原崎想像著海象從山頂墜落的模樣，手無意識地動了起來，想把腦中浮現的一切畫下來。

「一切都是一樣的。不論是重力、地球的公轉或摔死的海象，一切都是神蹟。」塚本彷彿是爲了保持冷靜，閉上雙眼，停下腳步。行人不斷從他的身旁經過。「你是在電視上看到高橋先生，才來找我們吧。」

河原崎含糊地應了一聲。嚴格來說，那不是他第一次看到「高橋」。其實，河原崎在看到電視節目之前，就見過「高橋」了。那是在父親死後沒多久的事。當時，河原崎根本無法入睡，經常像個夢遊者在住家附近的橋上走來走去。深夜，他在橋上徘徊，聽著河水聲，什麼都不想。不知在反覆走動之際，會不會產生睡意？還是不睡也無妨？

那天晚上，颱風逐漸接近陸地，廣瀨川的水流混濁、翻騰不止。此時，河原崎聽到有人在游泳的聲響。

由於不是夏天，河原崎很訝異居然有人在這種狂風暴雨的深夜游泳。他十分好奇對方究竟是怎樣的人，於是下了橋走向河邊。

走近一看，有個男人站在河邊，在深夜的路燈下裸著上半身，擰扭脫下的襯衫。

男人是去救一隻溺水的貓。那隻貓全身濕透，正在抖動身子，水花四濺。

河原崎忘我地凝望著男人。橋上的路燈照亮男人，雖然並不高大，背影卻散發著神聖的光芒。他的背上有一道令人印象深刻的傷口，似乎是X狀的傷痕。雖然不至於令人想別開視線，卻是會讓人感到疼痛的灼傷，十分醒目。

男人的側臉端正而俊美，那道傷痕讓他的外表顯得更神祕。

河原崎無法出聲喚他，只能撐著傘傻傻地站在一旁。

一直到很久以後，他才知道那個男人就是「高橋」。看到電視上的「高橋」，他才發現是河邊的那個男人。

他沒告訴任何人曾在河邊看見「高橋」。在河原崎的心中，跳進河裡救貓的「高橋」簡直和從天而降把人撈起的神沒兩樣，所以他認爲目擊到那一幕，是專屬於自己的特別事件，不想和別人分享。

「你去過那座觀景台嗎？」塚本指著車站前的觀景台。

河原崎搖搖頭。他對高層建築物沒興趣，而且他本來就不喜歡抬頭看東西，因爲這樣總會讓他想起父親自殺的那棟二十層大廈。「塚本先生去過嗎？」

「我也沒去過，不過聽說那裡的視野非常好。」

「那上面寫著『給某個特別的日子』。」河原崎說道。他覺得這句話十分好笑。因爲對自己來說，根本沒有什麼特別的日子。如果眞要說，大概就是和塚本並肩而行的此刻吧。

河原崎看到「艾雪展」的海報。他對於只有機關的畫作沒興趣，但很喜歡艾雪筆下可愛的城堡和士兵。不，那不是士兵，是修女吧？他在心中自我訂正。他經過那張海報，一邊在腦中臨摹同樣的畫。

河原崎先注意到那個白人女孩。在離仙台車站不遠處，站著一個白人女孩。她舉著一塊牌子，素描簿上只寫著「請把你喜歡的日文告訴我」。塚本大概是感興趣，不發一語地走向她。

「方便寫下你們喜歡的日文嗎？」綁馬尾的白人女孩十分漂亮，她對著走近的河原崎和塚本露出笑容。

「喜歡的日文嗎？」塚本歪著頭想了一下，接過麥克筆，翻開素描簿的最後一頁，看了河原崎一眼，然後將筆交給河原崎，對他說：「你來寫吧。」

感覺這是一種測試，拿起筆的時候，河原崎忽然很想畫畫。

「你有什麼喜歡的單字嗎？」女孩問。

河原崎緊張得手發抖，用稱不上漂亮的字跡，寫下「力量」。他等待評分似地抬頭窺看塚本的表情。塚本毫無共鳴地動了動脖子，說了聲「不錯嘛」並點點頭。河原崎聽著白人女孩以英、日語向他們道謝，一邊和塚本並肩走向廣瀨通。

「那麼，進入正題吧。」塚本說道。

「是。」河原崎做好心理準備。

「詳細情形等上車再說。」塚本露出奇妙的表情，「你想不想知道神是怎麼回事？」

「你說『神』嗎？」

「我是說神的構造。」

「什麼？」

「我要解剖神。」塚本一點都不像在開玩笑。

雖然聽著電話子機彼端傳來的聲音，京子卻無法理解究竟發生什麼事。她從沙發上起身，移開話筒，訝異地看著手中的子機。

電話彼端是她的丈夫。那個比她年長五歲，卻毫無長進的丈夫。

「一大早就從外面打這種電話回來，你到底在說什麼？」她憤怒地問道。對方的台詞一點都沒變，盡是重複著「我們分手吧，我再也不回去了」。

這是怎麼回事？京子完全沒料到丈夫會主動提離婚。與其說離婚本身不是問題，不如說京子也打算用不同方式與丈夫分手。要說好時機，沒有比此刻更好的時機了。青山坐在京子對面的沙發上，擔心地看著她。大概是整晚熬夜的關係，青山雙眼通紅。

「你眞的要和我分手？」雖然不打算威脅對方，京子的口氣還是強硬了起來。因爲是最討厭提分手的丈夫突如其來的提議，京子不可能放棄這個機會。「好啊，那就盡快離吧。」

丈夫非常誠摯地說了聲「謝謝」。那口吻十分適合這個誠實又老是吃虧的男人。他嘮嘮叨叨地說了一堆關於離婚證書的細節，接著要京子替他打包行李，之後他會回來拿。最後，丈夫補了一句：「我對不起妳。」

他是打算離開這個家去哪裡？京子不由得撇嘴。

眼前的青山站起來，張開雙手。他是職業足球選手，肩膀寬厚、胸膛結實。「怎麼了？」即使現在不是球季，那鍛鍊過的體格也絲毫沒有變形。

正當京子想回答「眞是亂七八糟」時，電話再次響起。

她以爲又是丈夫打來的，結果不是，是一個穩重的中年男子聲音。對方唐突地說：

「我想當諮商心理師，不知道該怎麼找工作才好。」

京子原本想大吼「你在開什麼玩笑」，好不容易忍了下來，改口說：「你要不要去接受心理治療？」

男人不把京子的諷刺放在心上，反而輕鬆地回答：「我也這麼想，所以剛剛在鏡子前面自問自答，可是一點用也沒有。」

京子二話不說就掛斷電話。「惡作劇電話。可能是自我推銷吧，或許是想到我那裡工作。」她對青山露出受不了的表情。

「自我推銷？妳的診所？」

「療癒診所。」京子略帶自嘲地訂正青山。很多人相信心理諮商可以治癒人心，其實只不過是不停欺騙歪掉的車軸，將它矯正過來而已。當然還有很多更出色的精神科醫生，但京子就是如此。而且，實際上有的案例根本沒有矯正，只是做出「矯正好了」的樣子。

「在那之前是我老公打來的，說要跟我分手。」

青山露出複雜的表情，坐回沙發。「妳那個老公？要跟妳分手？」

「很驚訝吧。」京子揚起眉毛，「那男人自己說的喔。」

「所以我才一再跟妳確認啊。」青山突然語帶責備。

「妳一直認爲他不會願意離婚，看來還是有可能嘛。」

「那是絕對不可能的。」

「但剛剛他不是在電話裡這麼說嗎？」

京子一時語塞，又接著說：「可是，總是個機會啊，畢竟是對方主動提出的。」

「千載難逢。」青山說道。

「晴天霹靂。」京子回應。

「順水推舟。」

「得來全不費工夫。」

「千鈞一髮。」

「大好時機。」

「不可思議的幸運。」

「那男人，」京子對著不在現場的丈夫說：「還眞是走運。」

「差點就要下手了，」青山像是在演戲般說道。大概是冷靜下來了，他露出安心的表情。「這樣一來，計畫就中止了。」

「只有我老公而已喔。」京子特別強調「而已」二字。

青山瞬間露出宛如怯懦少年的表情。這個在職業足球聯盟擔任後衛的男人，竟一臉泫然欲泣。

「我可沒說你老婆那邊要中止。那女人是不可能自己說出要『分手』的。」

青山迷惘地望著半空中。「不，不是完全沒有那種可能，妳老公不就說出要離婚了嗎？」

「我老公主動提出這件事是奇蹟，你認爲奇蹟會出現兩次嗎？」

「發生兩次的話，就不叫奇蹟了。」青山立刻回答，近乎本能反應般快速。京子知道青山一定是想起五年前，他在職業足球二軍聯盟的最後一戰。那是攸關最後勝負的比賽，青山隸屬的隊伍從三比〇的劣勢中逆轉勝利，他常說那是「奇蹟」。

「你老婆是不可能創造奇蹟的。」

青山滿臉疲憊。

他原本預定動手殺人。計畫內容是趁京子丈夫回家之際，他在路上襲擊並勒斃對方。不料對方居然遲遲沒回家，他一直等到早晨，精神上十分疲倦。看起來彷彿是永遠得不到平靜的士兵，隨時可能倒下沉睡。

「你沒改變心意吧？」京子再次確認。到昨天爲止，兩人都意志堅定。要幫助對方殺害配偶，要一起生活，他們反覆討論，決定下手的計畫和時間。雖然生性膽小，經過不斷討論，青山終於像面臨比賽的選手，下定決心。

「那、那當然。」青山唯唯諾諾地應道。

「不過呢，」京子點點頭，「最好再給你老婆一個機會。」她的口吻只讓人覺得裝腔作勢。「說不定她會改變心意，答應和你離婚。我老公半年前也是打定主意不肯離婚，雖然不知道他今天發生什麼事，態度一百八十度大轉變。搞不好你老婆的身上也會發生同樣的事，不如給她最後一次機會。」

青山的妻子是小他五歲的倔強女子，京子只見過她一次。當時京子和青山還是諮商心理師與選手患者的關係，她卻對京子表現出強烈的敵意。對方原本也是球類運動的選手，以女性的標準來看，有著非常好的體格。京子第一眼就發現，對方身上那些看不見的針全豎了起來。

對方不會認輸的，京子心裡非常清楚：因爲她和我太像了。

「那麼，請你回家跟她攤牌。」

青山露出困擾的表情，不過還是點點頭。他一身輕便的運動服，但表情凝重。

過了一會，青山開口：「嗯，我會試著這麼做。」

兩人決定下午再見一次面，約好見面地點，京子送青山走出玄關。

「對了，妳最近去過車站嗎？」青山一邊穿鞋，一邊問。

「車站？仙台車站嗎？」

「車站前面有個外國女人（註）。」

「『外國女人』，你這是歧視的說法喔。」

「總之，有個漂亮的白人女孩站在那裡，要路過的人寫下喜歡的日文。」

「用日文嗎？」

「對，用日文。如果是妳，會寫什麼？」

「不知道。我最討厭這種像是什麼紀念冊之類的東西，而且我也討厭外國人。」

「啊，妳剛剛也說了『外國人』。」青山皺起眉頭，指著京子。

「那麼，如果是你，會寫什麼？」

「我早就寫了。因爲我有喜歡的詞彙，就是『約定』。不錯吧？」

「一點都不適合你。」京子笑也不笑，「你比較適合『肌肉』、『勝利』之類的字眼。」

「你當我是傻瓜啊。」青山揚起濃眉，然後像是想起什麼似地說：「啊，對了，妳知道車站前的觀景台嗎？去過嗎？」

註：原文爲「外人」（GAIJIN），在現今的日文用法中有歧視的意思。

「怎麼可能。」京子不快地回答。只不過是搭電梯上去而已，有什麼意義？在誰都能上去的地方眺望風景，也沒什麼好得意的。

「據說，那座觀景台很適合在特別的日子上去。」

「那就是今天啊。因爲要殺了你老婆，今天正是特別的日子。」京子笑道：「算了。總之，今天下午一點過後，我們再會合吧。」

她像是要展現解放感，攤開雙手：「我已是單身，而且不需要殺死對方。」

青山的臉色再度變得蒼白。

「沒問題。本來是預定兩人殺死兩人，現在變成二對一，輕而易舉。」

青山原本已緩緩走出玄關，聽到這句話，突然停下腳步。「比賽常會有意外狀況，也曾出現有選手退場、人數較少的隊伍獲勝的例子。」

豐田認眞考慮賣掉車子，而且越想心情越沉重。

賣掉車子這件事本身並不會讓他難過。車貸在三年前就繳清，雖然有著和行車距離差不多的回憶，不過都是一些稱爲「記憶」的無意義事情罷了，他並沒有那麼在意。

令他震驚的是，自己居然到了不賣車就活不下去的地步。正確來說，應該是就算賣車也無法解決問題，因爲他現在沒有工作。

雖然有一些存款，但再過幾個月就會用完，而且也得想辦法籌錢，支付兩年前離婚的前妻贍養費。

妻子唐突地提出離婚時，豐田根本搞不清楚發生什麼事。直到現在，他仍非常在意和妻子分手之際，她說的那句「我眞是抽到『下下籤』了」。

豐田今天一大早就接到電話，是上個星期去面試的公司打來的。對方以一種制式化但有點人情味的語氣通知他不被錄用。接到這通電話後，他站也不是坐也不是，回過神來，他已在仙台車站周圍躑躅了好一陣子。

這是第四十家拒絕他的公司。連以悲觀聞名的職業介紹所員工都說：「這樣一來，你就不用那麼著急了，不是嗎？」甚至有公司的面試官替他擔心：「你把條件降得這麼低，眞的沒關係嗎？」然而，那家公司也沒錄用他。

剛開始找新工作的時候，豐田頗爲樂觀。他想像拿到半年左右的失業救濟金，降低一點條件找到還過得去的新工作，抱怨著「之前的公司眞無情」，然後重新振作起來。

太天眞了，他不斷從名單上被刷下來，接二連三地收到不予錄用的通知。只有兩個名額的工作機會，也有幾十倍的應徵者前去爭取，那種情況既醜惡又滑稽，他卻只能和其他人一樣混在裡面。

「好想工作。」豐田坐在人行道的長椅上，喃喃自語。

連續四十家公司拒絕他，這眞是偉大的紀錄。其中三分之二是在書面審查階段就被刷下來，然後接受了十幾家公司的面試。雖然在書面審查時被刷下來很難受，然而經歷過實際的面試，對方決定「不予錄用」時，簡直像是全盤否定自己的存在。總之，這和對方認爲「不想和你一起工作」是一樣的。

好想工作。

搞不好得搬出公寓了。不，現在已不是能悠哉地說「搞不好」的狀況。

上班族的隊伍在車站周圍行進，九點恰恰是通勤的時段。好想加入那列隊伍，即使上班族時代的他非常討厭那列隊伍。與其說現在是尖峰時間，不如說是尖峰生活，好想成爲Rush Life的一分子。

大概是太過不安，這陣子他吃不下也睡不著，總是坐立難安。他從沒想過看不見未來竟是這麼痛苦。

人們不斷經過他坐的長椅前。眞是奇妙的隊伍，既像前往戰場的士兵，又像尋找食物的蟲子，令人感到不舒服。然而，即使如此，他仍想回到那列隊伍中。

豐田想起開除自己的上司。之前待的公司雖然不是特別賺錢，但員工也不會對公司的未來抱有危機感。所以當上司找豐田過去時，他以爲是要商量即將離職的女辦事員的送別會。

「你在公司待幾年了？」

在討人厭的年輕上司突然使用「你」這個帶著距離感的字眼時，豐田就應該有所警覺。他扳著手指算了一下，回答：「二十一年。」

舟木，豐田想起那個上司的姓氏。

舟木列出豐田過往犯下的過失、遲到的次數，並且指責他和同事缺乏溝通，舉出豐田一堆個性上的缺點，甚至說出「你替公司造成的損失換算成現金是多少多少」等話語。

豐田呆住了，不久便開始生氣。由於實在太氣了，他頑固地不肯接受上司的數落，平靜地說：「我對公司有所貢獻，就算現在你認爲我老了、不中用，爲了生活我還是會賴著不走。」

聽到這些話，舟木一臉困擾地說：「你不離職，就會有人丟掉工作。」

「我才不管別人會怎樣。」豐田應道。

但舟木顯得十分沉著，彷彿正機械式地宰殺在廚房排成一列的雞隻。然後，他說出裁員名單上其他候選人的名字，手法之卑劣，就像偷偷把藏在背後的底牌亮出來。

當中有個豐田認識的男人，是同期進入公司的夥伴。對方總是一臉怯懦、不善言辭，也不會在眾人面前提出自己的意見。豐田記得對方不在設計部，而是在其他部門擔任管理職。

「他的小孩似乎今年剛上小學。」舟木講得很白，然後戲劇性地加了一句：「聽說那孩子的腳不太方便，可能一輩子都得坐輪椅，眞是可憐啊。」

「不要開玩笑了。」豐田提高聲調。

「請你考慮一下。」舟木說道。那是從容不迫、看透一切的口吻。

太荒謬了，豐田當場站起。

然而，舟木的作法還是有效的。

豐田和其他同期入社的夥伴聯絡，確認對方的確有個肢體殘障的孩子之後，便向舟木提出辭呈。與其將不幸強加在別人身上，悠哉地留在公司，不如離開。

他毫無幫助別人的滿足感或自傲，心中只有憤怒和疲倦。

每次想起舟木那副什麼壞事也沒做的樣子，豐田就忍不住生氣。舟木既沒有一臉抱歉地皺眉，也沒擺出不得不公事公辦的態度，相反地，他應該很開心吧。奪走別人的工作，令對方的生活陷入困境，甚至扭轉人生的作業，原本是屬於神的特權。舟木想必覺得自己和神沒兩樣。

看到「消費者貸款」的廣告看板，豐田腦中浮現在不久的將來去借錢的情景。

他伸手探進公事包，顫抖著拿出隨身聽。那是兩年前，爲了還是小學生的兒子買的。那是他與妻子即將離婚之前，買給兒子的生日禮物。

其實，和妻子離婚時，豐田曾期待兒子會選擇和自己生活，不，應該說是他這麼相信。他認爲，比起囉唆的美容師妻子，能讓溫柔敦厚的兒子敞開心房的人，是自己這個賺得不多但比較合得來的老爸。

然而，事情發展和期待相反，兒子選擇與他妻子生活。發現孤零零地留在房裡的隨身聽時，他知道自己被拋棄了。

他顫抖著雙手，拚命拉開耳機線，將耳機塞進耳朵，好似吸毒者在尋找毒品。在不安壓垮自己之前，得趕緊吃藥才行。藥從耳朵灌入身體，豐田按下隨身聽的播放鍵。

醫院名稱是「披頭四」，此時的藥劑師一定是喬治·哈里森，藥名則是〈HERE COMES THE SUN〉。

豐田調大音量，閉上雙眼，凝神細聽。歌詞重複著「It's All Right」，他也在心中不停重複哼唱。重複著「沒問題、沒問題，It's All Right」，不安漸漸消失。這首歌他聽了兩次。

豐田走下車站的樓梯。每下一階，腦中就毫無脈絡地浮現令他生氣的事情，像是上司的臉孔、拒絕他的面試官的冷嘲熱諷、前妻誇耀的笑臉、無力恢復景氣的政治人物的照片。如果手上有槍，一定要掃射這些人，他恨恨地走著。

走了一會，他注意到有個女孩站在路邊。是個漂亮的白人女孩。

她舉著牌子，上面寫著一句奇妙的話「請把你喜歡的日文告訴我」。她以流暢的日語問豐田：「你有喜歡的日文嗎？」

他接下對方遞過來的麥克筆，拔開筆蓋思量：我有喜歡的詞彙嗎？是「錄取」嗎？

豐田打算在素描簿中間偏右的地方寫下「無職」，帶點自虐的心情。那字跡看起來就像蟲子爬過的痕跡，毫無自信。不過，正要寫下「職」的時候，他突然改變心意，寫了「色」。

「無色。」白人女孩念出聲。

「無色透明。」豐田一邊說，一邊覺得這眞是個不怎麼樣的詞彙。

女孩露出似笑非笑的表情，大概是想不出什麼合適的話，只好安慰豐田：「好可愛的字。」

豐田感到不太好意思，點個頭便離開了。

豐田在人潮中逆向而行，走到剛開幕的站前咖啡店。他排隊排了很久，好不容易抵達收銀櫃檯，從口袋裡拿出可打對折的折價券。沒有工作的男人就算是一百圓也要節省。

店員告訴豐田這張折價券不能用，他嚇了一跳。「非常抱歉。」對方繼續說明不能使用的理由，但豐田聽不進去。

「眞的不能用嗎？」豐田拚命逼問店員，對方露出困擾的表情。

一定是因爲我沒有工作，豐田這麼想。

你們歧視失業的中年人，你們不是讓其他人喝了半價的咖啡嗎？他不由得想如此質問對方。

然而，豐田只能轉身走出店外。

車站前有著如高塔般聳立的觀景台，人們在電梯前排隊。「給某個特別的日子……」豐田喃喃自語。對他而言，「特別的日子」當然是指某家公司錄取自己的那一天。對了，在被錄取的那天早上來這座觀景台吧。

車站前貼著「艾雪」這位畫家的畫展海報。那是一幅描繪一群人在城堡屋頂來回行走的畫，豐田覺得好懷念。他想起孩提時代很喜歡這幅畫，因爲排隊行走的畫中人看起來十分拘束，他不禁孩子氣地覺得他們眞辛苦。是的，就像通勤的西裝男人們一樣。只是，以前看這幅畫的時候，總覺得哪裡怪怪的，不過現在就是想不起來。

豐田快步向前走，途中聽到某些人的對話。

1

黑澤看中的目標，是位在仙台新興住宅區的高層公寓。他穿過商店街，走到下一條大馬路，跳上剛駛近的公車。

搖搖晃晃約二十分鐘之後，他在目的地的前一站下車，估量著自己和後面下車的乘客之間的距離。

黑澤拉開背包的拉鍊，拿出褪色的藍色工作外套穿上，再拿出深藍色帽子戴好。他打扮成瓦斯或電力公司的抄表員，就算在公寓的走廊上和住戶擦身而過，大大方方地向對方打招呼，也不會有人覺得奇怪。

這一帶毫無風景可言，整修過的道路圍著鐵絲網，路旁都是人工植木。

大概是趁著泡沫經濟時期開發的住宅區，現在已完全失去活力。雖然一直有建商在此地興建新公寓，但只讓人覺得一切都是在逞強。

左手邊有一座小公園，黑澤跨過柵欄。有點距離的地方傳來主婦的談笑聲，和孩子的嘻鬧聲。他坐在長椅上，將背包放在身旁。

一名年輕男子從他面前經過。對方尷尬地低著頭，嘴角露出笑意。

「喂！」黑澤叫住他。

年輕男子一臉不好意思地看著黑澤，「你什麼時候發現的？」

「上公車之前。」

「騙人！」男子驚訝地睜大雙眼，神情錯愕。「眞的嗎？」他一邊說著，一邊坐到黑澤的身邊。

「你爲什麼要跟著我？」黑澤伸手拿背包，看也不看對方地問。

「我有話想告訴黑澤先生。」大概只有二十來歲的年輕人，一派輕鬆地露齒而笑。

「不過，你那身打扮很yabai（註）啊。」

「yabai？」這個字眼已被正式認定爲日語嗎？黑澤討厭這個字眼，大家應該以正確的發音和用法來使用日語。

「所謂的『yabai』是指在野外盛開的梅花——野梅才對。」

「你的衣服很yabai啊，太醜了。」

「這是工作服。」

「啊啊，」年輕人腦筋意外地轉得很快，「原來如此，你是瓦斯公司的員工。真厲害，這衣服哪裡有賣？」

「只要上網就買得到。」

「抱歉，請問黑澤先生幾歲了？」

「三十五。」

「這個年紀的人也會上網嗎？」

「真是對不起啊。」看來對方跟著他並沒有什麼企圖，不過這也表示對方根本是沒事找事，實在煩人。

「啊，對了，我之前發現一件很猛的事。」

黑澤正打算起身。

「最近我在打瞌睡的時候，發現蘋果從樹上掉下來了。」

「你到底住在哪裡？」

「比仙台更南邊的地方，與福島交界那一帶。」

「那裡有種蘋果嗎？」

註：日文的やばい（yabai），原本是表示情勢很危險或很糟糕的黑話，不過現在已廣爲大眾使用，也有「厲害」之意。下文提到的「野梅」發音一樣是yabai。

「我家的庭院裡有超多蘋果樹。那天我在家裡打瞌睡，蘋果一如往常地從樹上掉下來。」

「那又怎樣？」

「一開始我不覺得有什麼奇怪，想必是某種拉力讓蘋果掉下來吧？這麼一想，我就懂了。我們明明生活在地球上，但地球轉動的時候，我們不是也不會飛出去嗎？因爲地球中央有這樣的拉力，東西才會掉下來。」

黑澤厭煩地聳了聳肩，「你是牛頓嗎？」

年輕人困惑地問：「那是什麼？」

黑澤不打算理他，卻還是回答：「就算是你，也知道『重力』吧？」不料對方竟怯生生地反問：「ㄓㄨㄥˋㄌㄧˋ是什麼？」一點都不像在開玩笑。黑澤覺得「這傢伙眞奇怪」，不由得笑了。他重新坐回長椅。「不提你的大發現了，快說你的來意。怎麼，你的上司說了什麼？」

「不是上司，是老大。」

「現在沒有這種階級，小偷就是小偷。」

「黑澤先生眞的很討厭和別人一起工作耶。」

「如果打擊指定區內擠進三、五個人，不太像話吧？這是單人競技。」

「你不知道嗎？打擊指定區裡只能有一個人。」年輕人一臉認真地回答。「其實，兩、三天之後我們有筆大生意。」

「那你們儘管去做。」

「目前是我和老大，還有另一個人，黑澤先生要不要加入？」

「我沒興趣，反正是搶劫吧。」

「我們會帶槍啦，不過不會開槍。這次眞的是一筆大生意喔，大到yabai的地步。」

「怎麼又是『野梅』啊？所以，你的上司要你來找我？」

「老大說，就算勸你加入，你也不會答應，所以他要買下你。」

「我不管你們打算怎麼買，我可是非賣品。」

「聽說，黑澤先生會瞬間移動？」

黑澤直盯著年輕人，忍著即將爆發的笑意。瞬間移動？有夠幼稚的用詞。看他默默訕笑著，年輕人繼續道：「老大說黑澤先生總是神出鬼沒，你曾和朋友在某個地方談話，但在門打開的瞬間就移動到某棟高級公寓，還在想你不曉得結束工作了沒，你又回到朋友身旁，所以你從來沒被抓過。這是眞的嗎？」

「你認爲是眞的嗎？」

「有可能，畢竟人的能力是無限大的。」

「無限大啊……」黑澤彷彿在享受這幾個字的發音，說道：「實在是一句好話。」

「黑澤先生相信神嗎？」

「我討厭宗教。」

「聽說日本人只在需要的時候，才會捏造出一位神祇，向祂祈禱。」

黑澤不禁苦笑：「你相信這種說法嗎？」

「不就是這樣嗎？這種事情太yabai了。現在就連這座城市，也充斥著奇怪的宗教。說到我爲什麼會知道這種事……你昨天看了電視嗎？」

「沒看。」

「不是有一個有名的宗教團體嗎？把一個姓高橋的男人捧上天的奇怪團體。」

黑澤知道那群人。那個姓高橋的男人，在幾年前指出命案的凶手，一躍成爲知名人物。他也曾聽說，崇拜高橋的信徒數量驚人。

雖然不清楚那男人是否眞有特殊能力，不過光看他能聚集那麼多人，應該有獨特的魅力吧。

「我昨晚看了電視新聞。那個姓高橋的，平常幾乎不露面，昨天難得上了電視。」

「電視也是一種宗教。」

「昨晚的新聞似乎是從仙台現場直播。他一向不接受採訪，這次卻突然答應。」

「他是爲了成爲熱門話題的分屍案上電視吧。他破案了嗎？」黑澤脫口說出心中的想法。

「我本來也是這麼想，結果不是，害我大失所望。他根本沒講什麼有趣的事。因爲我不是信徒，這是第一次看到他的長相，居然長得挺帥，嚇我一跳。」

「他說了什麼？」

「很普通的內容。對方問『您對自己的宗教團體有什麼看法』，他回答『我不認爲我們是什麼宗教』之類的，十分無聊的問答。其實是提問的人太無聊。」

「他是怎樣的男人？」

「跟黑澤先生差不多年紀，比想像中更普通，讓人頗有好感。」

「讓人有好感的領袖人物，聽起來不會很矛盾嗎？」

「這個嘛……」年輕人笑了，「不過根據信徒的說法，他能預知未來，看見接下來會發生什麼事。雖然滿難懂，但似乎和混沌理論是同樣的道理。」

從這個胡言亂語的奇怪年輕人嘴裡聽到「混沌」一詞，黑澤感覺十分新鮮。

「信徒說，因爲看得見未來，中過彩券。總之，高橋能看見未來。這種事情，實在太yabai了。」

「如果他眞的看得見未來，希望他能改善這個世界。」

「最後，他朝著攝影機說：『睜開你的雙眼，我現在正活著。』」

「這是什麼意思？」

「不知道。雖然聽起來很蠢，不過他一臉正經地這麼說，反倒討人喜歡。」年輕人苦笑。「這句話實在令人印象深刻，不曉得是對什麼人說的。」

「對你說的啊。」黑澤揶揄著年輕人，一邊思考「我現在正活著」的意義。高橋是想說自己和大家一樣都活在當下嗎？所謂「睜開雙眼」，是對信徒說的嗎？還是對信徒以外的人，比如黑澤這樣的男人說的？大部分詭異的新興宗教，總會對信徒大吼「睜開你的雙眼」，卻打算蒙蔽信徒的雙眼。

「他從頭到尾都表現得相當謙虛，令人頗有好感。」

「因爲很跩的人往往沒什麼內涵。」

「我看了昨天的節目，漸漸搞不懂什麼是宗教、什麼是神了。那個姓高橋的男人並未自稱是神，也不打算開創新宗教，卻能吸引人到他的身邊，我實在沒辦法理解。我還是比較適合看著蘋果從樹上落下。」

兩人沉默地坐了一陣子。

「黑澤先生，你接下來要去工作了吧。」

「還不知道。」

「可是，你穿著瓦斯公司的制服。」他一臉好笑地指著黑澤，「那是爲了闖空門的偽裝吧。」

「搞不好，我眞的是瓦斯公司的員工。」

「不過，你剛才說制服是在網路上買的。」

黑澤再次看著年輕人，對方露出天眞無邪的笑容。

「以黑澤先生的外表，說是在哪家大公司上班也會有人相信，爲什麼要當小偷呢？」

「因爲我會瞬間移動吧。」黑澤粗聲粗氣地回答。

年輕人剛要從長椅上起身，突然說「啊，有隻死貓」。

公園長椅旁有杜鵑花叢，的確有隻黑貓死在那裡。紅色項圈上掛著鈴鐺，貓的嘴裡冒出像是內臟的東西，約莫是被車子輾過。

「眞可憐。」

「明明是黑貓，卻叫『三毛』（註）。」黑澤說著，指向項圈上的鈴鐺，上面寫著

註：指黑色、褐色、白色共存於身上的貓。

「三毛」。

「飼主可能在找牠。」

「大概吧。」

「黑澤先生能不能讓牠復活？」年輕人問道。黑澤以爲對方在開玩笑，但對方一臉認眞，無法打哈哈敷衍過去。「我想黑澤先生一定辦得到。」

「是啊，我一定辦得到。」黑澤如此回答。因爲他的確覺得，只要看到年輕人那張天眞無邪的臉，無論做什麼事都會成功。

黑澤輕輕伸出雙手，面向黑貓閉上雙眼，當場祈禱了起來。他伸向黑貓的指尖緩緩移動著，年輕人在一旁說：「這和氣功師不需要碰到病人的身體，就能治病一樣。」

黑澤維持這個姿勢半晌，放下雙手，深呼吸了幾次。

「牠一定會活過來。」黑澤說道。

「是啊。」年輕人愉快地高聲回應。

其實，就連黑澤自己都覺得黑貓會復活。

分別時，年輕人對黑澤說「關於剛才提到的工作，如果你改變想法，請務必來電」，接著就雙手插在牛仔褲後面的口袋走遠了。

黑澤在心中祈禱他們下次的工作順利，卻樂觀不起來。任何事都該知所進退，那個年輕人的老大卻是缺乏這種判斷力的男人。

黑澤打算下手的目標，是摩天大廈B棟五〇五號室。

那一天是駕照更換日。

對於討厭排隊的黑澤而言，混亂的換照現場簡直和修行沒兩樣。結束優良駕駛的講習，拿到剛出爐的駕照，終於能從一團混亂中解放之際，排在黑澤前面的男人，駕照恰巧掉在地上。

由於掉在腳邊，黑澤蹲下來撿，並且反射性地記下對方的住址。

他確認一下那男人的長相，年約三十五歲以上，戴著一副眼鏡，充滿年輕人的狡黠，簡直是菁英分子的範本。如果企業決定裁員，一定是能留到最後的生存者，並不是黑澤喜歡的類型。

只是，無意間發現對方戴的手表是寶鉑（BLANCPAIN）美麗的藍款時，黑澤不禁產生興趣。表面上刻著幾何圖形，應該是限定版。黑澤不記得正確的價錢，但想必不便宜。

男人以沉穩的嗓音向黑澤道謝，拿回駕照。以上班族的標準而言，他的西裝和皮鞋也是高檔的名牌貨，而他的腹部堆滿贅肉。

還不賴，雖然黑澤不想和對方交朋友，不過倒是很想去府上打擾一下。

幾天後，黑澤造訪了駕照上的住址。摩天大廈共有兩棟，一模一樣的建築物並排在一起，聽說附近的人都稱爲「雙子星大廈」。

接下來，黑澤持續觀察男人，有時在大廈門口盯梢，有時在男人前往車站的途中尾隨。爲了確認對方的作息，黑澤窺探他的生活狀況。幸運的是，大廈的門鎖是新建築少有的圓柱鎖，更棒的是那男人獨居。不知他是單身，還是離婚才獨居，總之平常白天家裡都沒人。此外，每星期似乎有一天晚上要開會，那一天總會特別晚回家。若要下手，不是平常的白天，就是開會的那天晚上。

黑澤進入大廈的建地，放緩了步伐。

他自然地走著，避免不安地東張西望，只要表現得堂堂正正，周遭的人便不會起疑。他戴上手套進入電梯，按下五樓的按鈕。

來到五〇五號室前，他按下電鈴，門邊掛著寫有「舟木」的名牌。等了一陣子，再次按下電鈴。

黑澤從口袋中取出兩枚釣鉤，釣鉤的前端像耳扒子。他雙手拿著釣鉤，往鎖孔鑽進鑽出好幾次。門鎖打開的聲響，總帶給黑澤一種充實感，像是拿到「你還能繼續活下去」的許可證。他厭惡宗教，但如果真有小偷之神也不錯。每當打開別人家的門鎖，走進玄關之際，黑澤往往會這麼想。

推開大門，身體滑進屋內的瞬間才是最緊張的時刻。就算事前按了門鈴，屋內還是可能有人，或許是佯裝不在家，或許是正在上廁所，總之撞見人的狀況意外地多。

如果屋內有人就出局了，比賽結束。敗陣的選手只能回到休息區，不能跟最近的竊盜集團一樣，威脅要加害對方。那就像出錯的棒球選手，因無地自容而毆打裁判，丟臉到極點。

黑澤沒聽到任何聲響，也感受不到有人的氣息。

脫下鞋子，他走進屋內，並將鞋子在玄關擺好。他的鞋子看起來最寒酸。

他將包包放在屋子中央，接下來就是和時間的戰鬥。最好能在五分鐘內解決，超過十分鐘，通常會變得不順利。

目標是現金。進入客廳後，他迅速環視四周，接著靠近家具，由下而上依序打開高級漆製櫥櫃的抽屜。

第二個抽屜中，大刺刺地擺著一捆一百萬圓的鈔票。確定自己的嗅覺尚未退化，黑澤的心情大好。

他點點頭，將鈔票放回原處，走進另一個房間。

寢室的裝潢高級到讓人不由得倒退幾步。地板上鋪著長毛地毯，看起來就像棉被。

黑澤小心翼翼地避免弄亂床鋪，打開衣櫃檢查了一番。

接下來，他走進書房。整面牆都是書櫃，排滿聽都沒聽過的作家全集。厚重風格的書桌上擺著名片盒，抽出一張來看，對方的職位比他想像中高。

按照順序打開抽屜，發現五本存摺。雖然每一本的餘額都高得令人羨慕，他還是放了回去。

大致看完一遍，他再次回到客廳。從剛剛發現的那捆鈔票中取出二十萬圓，放進衣服內袋，然後將剩下的放回原處。

接著，黑澤從波士頓包裡的檔案夾中抽出一張紙。

他往沙發上一坐，將那張紙放在低矮的茶几上，用原子筆在紙張的右上角寫下號碼。在西元年之後加上橫槓，標記爲「25」。因爲這是今年的第二十五件工作。

紙張上是黑澤寫的文章，內容包括「這是闖空門」、「我是開鎖進來的，沒打破貴府的玻璃或撬開玄關的門」、「我並不是因爲特殊理由才盯上貴府」、「我只進行最低限度的破壞」等說明事項。

曾有個男性同業一臉輕蔑地說「幹麼做這些麻煩事」。

「因爲被小偷找上門是一件很麻煩的事。」

「什麼很麻煩？」

聽到對方的反問，黑澤不由得想嘆氣。他有點輕視這個無法想像受害者心情的同業。

「當然很麻煩。苦主必須報警，清點被偷了哪些東西，還得辦理存摺、信用卡的止付，接下來會感到不安：我們家爲什麼被盯上？是得罪什麼人嗎？是哪裡疏忽了？如果是有女兒的人家，父母不免擔心女兒會被強暴，緊張得睡不著。」

「所以你才留下那些紙？」

黑澤揚起眉毛，點點頭。「你不認爲只要留下『我之所以從貴府偷東西，一切都是爲了錢』之類的說明，對方就會安心嗎？只要不造成麻煩和不安，即使他們心疼幾十萬圓的損失，或許會認爲這就像出麻疹或人生的必修課，放棄追回了。」

「你不覺得自己有時候在做無聊事嗎？」

「像現在這樣仔細跟你說明的瞬間，我就覺得很無聊。」

聽到黑澤這麼說，對方不愉快地皺起眉。

有編號的紙張左邊劃出簽收欄位，黑澤寫上「從抽屜中取得二十萬圓」。他原本打算拿走整捆鈔票，不過想想還是算了。萬一有什麼需要，再來偷一次也行。

通常他一次會偷十到二十萬圓，一個月工作兩、三次剛剛好，貪心會導致失敗。

他確認有沒有遺漏的事情或東西，這才發現櫥櫃的抽屜並未完全關上，於是重新關好。

黑澤看了一眼時鐘，經過七分鐘，比預定多了兩分鐘，不過還算可以。

回到玄關穿好鞋子，輕輕吐出一口氣。他轉向房間，緩緩行個禮，推開大門走出去。

花了數星期觀察男人的行動，入手二十萬圓。闖空門絕對不是什麼有效率的工作，若不當成一種近乎嗜好的作業，會跟它合不來。

黑澤向小偷之神喃喃說道：「託您的福，這次的工作順利結束。」反正那一定是一尊垮著臉的神明吧。

河原崎坐上塚本停在店外的車，塚本就對他說：「我們四處逛逛吧。」

這是輛銀色敞篷車，頂篷已放下來。河原崎對車子不感興趣，一坐上去才發現這輛車只有兩個座位，除此之外沒什麼特別，不得已只好說些無傷大雅的感想，像是「這輛車不大，應該很好迴轉吧」。

河原崎的腦中一片混亂，開口問：「解剖是什麼意思？」他滿腦子只有「高橋」在河邊抱著貓的模樣。

駕駛座上的塚本一直看著前方。他打開方向燈，轉動方向盤。

「就是字面上的意思啊，解剖。」

「所謂的解剖，就是把什麼東西分割、切開，對吧？」

「對，就是那個解剖，調查其中的構造、組成。」

什麼東西的構造？河原崎害怕地問。

「神。」塚本吐出這個字眼，踩下油門。河原崎的身體倒向座椅。

他斜眼瞄著塚本，「那是指……」

「高橋先生啊。」塚本的語氣聽來若無其事，卻顯得相當認眞。一點都不誇張，河原崎眞的覺得自己會昏過去。

解剖神，應該不像拿鋸子鋸開豎立在田埂上的稻草人那般容易。

車子穿越市區，進入北環狀線。一路上沒塞車，車子順暢地在車道之間移動，下了坡道。兩人相對無言，音響也沒流瀉出任何音樂。

如果一直沉默下去，塚本應該會說出「剛剛是在開玩笑」。河原崎默默等待。

「你現在是怎樣的心情？」塚本開口。

「什麼意思？」

「你想解剖高橋先生嗎？」塚本這次的口氣混雜了一些開玩笑的意味。

河原崎覺得自己快要尖叫出聲。

車子駛出環狀線，彎過幾條小路，正在前往泉岳的途中，周圍都是山脈。這是一條長而視野良好的緩坡路。

塚本踩下煞車，車子大力地往前震了一下，兩人的身體被安全帶拉住。

「怎……怎麼了？」

「等我一下。」駕駛座上的塚本一臉嚴肅。他換檔之後，將車子停在路肩，熄掉引擎下車。

河原崎也急著想下車，卻忘了解開安全帶，身體被卡住。接下來，他又忘了打開門鎖，一頭撞上車門，總之做什麼都不順。

一下車，一陣風吹過他的身體。雖然有些寒意，但滿舒服的。

塚本打開後車廂，拿出鏟子，並戴上橡膠手套。「你看，那裡有隻狐狸。」

他以鏟子指著行進方向的車道說著。河原崎剛剛並未留意，不過的確有隻小動物橫臥在地，可能真的是狐狸，大概被車撞到了。

塚本笑了一下，「那可不是我撞的。」

他鏟起血肉模糊的屍體，鏟子劃過柏油路面時發出磨擦聲。他暫時將屍體放在車道旁邊的地面上，那動作看起來就像將蛋捲移到盤子上，非常輕柔。

塚本熟練地開挖，等挖到一定的深度，就將狐狸屍體放入，再將土撥回。

河原崎指著鏟子問：「你總是帶著四處走嗎？」

「我們任意在地面上鋪柏油，也隨意開著以石油爲能源的交通工具四處橫衝直撞，不是嗎？然而，與人類的任性無關的狐狸或貓隻卻被輾斃，一切都是因爲我們的蠻橫。所以，我希望至少能尊重一下像這樣死在堅硬柏油路上的動物。」

塚本將鏟子放回後車廂。

河原崎出神地凝望著塚本的一連串作業，他的姿態和冒雨中河裡撿起貓的「高橋」重疊了。

那時候的「高橋」，連背上的燒傷都顯得無比美麗。他盯著廣瀨川的滾滾濁流，究竟在想什麼？是使命感？自己的存在？還是，哀憐沒被任何人看見，獨自從十七樓跳下的沒出息男人？抑或是，擔心失去目標的徬徨年輕人？

「塚本先生……」

「什麼事？」

「我很感動。」河原崎呢喃著。

塚本輕快地露出笑容，無視於河原崎的話。

敞篷車開始加速，快速地前進。

河原崎在副駕駛座上不停說著：「塚本先生的鏟子讓我好感動。」最後，連他自己也不知道在說什麼。

塚本在泉岳的停車場停車。由於登山季節已結束，偌大的停車場空蕩蕩，只停著兩輛大型越野車。

兩人下車。「我好久沒來泉岳了，上次來的時候是小學的遠足。」

「你知道這裡有多高嗎？」塚本鎖上車門、伸展身體時，問河原崎。

「不知道。」

「比二十層大廈還要高。」

「咦？」聽到塚本的話，河原崎小聲地叫了出來，他想起父親跳樓的那棟大廈。磚紅色牆壁、螺旋狀逃生梯、從上面可眺望無機質的水泥地面。父親順著螺旋狀的逃生梯往上爬，然後跳了下去。

「怎麼了？」

「沒事，」河原崎搖搖頭，只回答：「這麼說來，比十七樓還高。」

「是啊，比二十樓還高。」

登山步道已封鎖，兩人直接爬上斜坡。到了十二月，這道斜坡就會變成滑雪場，不過現在雜草叢生。這裡也有纜車，但在滑雪季之前停止運轉。

兩人花了十五分鐘走到纜車的終點站，然後席地而坐。由於斜坡很陡，兩人不停喘氣。「視野眞好，很爽快吧。」

河原崎發覺此刻很想寫生。

「你看這個。」河原崎以爲塚本是要他看眼前的風景，結果不是。塚本遞了張紙片到他面前，「是彩券喔。」

河原崎沒看過這樣的彩券，上面寫滿看不懂的文字，不是日文。因爲羅列著數字，他好不容易才弄懂這是一張彩券。

「這、這張彩券怎麼了？」

「高橋先生猜中香港彩券的中獎號碼，信徒照他所說的號碼買的。因爲他是天才，這種小事易如反掌。」一直都很冷靜的塚本只有這時聲音拔尖，「你知道中了多少嗎？」

「這個嘛，我不知道。」由於對方特意詢問，河原崎知道是一筆巨額的獎金，但他不知道該報出什麼數字對方才會高興。說低了像在嘲笑塚本，說高了塚本可能也會不高興。

「很多。」塚本露齒一笑，然後將彩券收進口袋。

「很多……嗎？」

「是啊，」塚本答道，「因爲他是神。」

「我要解剖高橋先生。」塚本突然冒出一句，眺望山下的仙台市區。他出神地望著遠方，忽然說出這句話，讓河原崎更加害怕。

「那是開玩笑的吧。」

「高橋先生會被殺。」

「咦，什麼意思？」

「高橋先生會死，之後應該會遭到解剖。不論你幫不幫忙，他都會被殺。」

河原崎說不出話。

「被誰？」過了好幾分鐘，他才擠出聲音：「他會被誰殺？」

「包含我在內的所有幹部。這是幹部會議一致通過的決定。」

河原崎什麼話都說不出來。

「你一定不敢相信吧。」塚本繼續道：「高橋先生最近變了很多，算了，這些話還是不要告訴你。」

「請、請告訴我。」

塚本煩惱半晌，期間瞄了河原崎好幾次，然後吐出一口氣說：「他失去了溫柔（註一）。」他的表情就像被自己說的話嚇到。

「溫柔……嗎？」

「所謂的溫柔，漢字不就是人字邊再加上憂（註二）嗎？那一定是『理解他人痛苦』的意思，所以才說是溫柔啊。總之，就是這樣。」

「就是這樣？」

「一切都和想像力有關。」塚本的神色複雜，又像是撇著嘴在生氣。「高橋先生失去了想像力，宛如碳酸從打開的可口可樂中流失。」

「是、是嗎？」

「他的天賦雖然沒改變，卻少了溫柔。這麼一來，不過就是普通的野心分子罷了。」

河原崎大感意外，也無法相信。大眾媒體騷動到那種地步，「高橋」仍頑固地不肯露面，看起來和野心根本無緣。

註一：日文為「優しさ」。
註二：日文為「憂い」，煩惱、痛苦之意。

塚本繼續舉出幾個例子——「高橋」會以冷酷無情的口吻嘲笑自殺者、看到被輾死的野狗彷彿看到髒東西似地嫌擋路等等。

塚本不停地小聲說著，好似永遠不會結束。河原崎雖然想開口反駁「那是不可能的」，卻發不出聲音。他曾在深夜目睹「高橋」跳進河中救貓。

那究竟是什麼？

在路燈下，連背上的傷痕都如此美麗的「高橋」，抱著貓的模樣除了溫柔別無其他。他的體型並不魁梧，當時卻像個溫柔的巨人。

然而，他現在卻成了就算撞到狗，也只會咂嘴說「眞討厭」的人。

「他失去了溫柔。」塚本斷然說道。

「今天，就在今天晚上。」

「什麼？」

「今天晚上高橋先生會被殺。」

河原崎無法理解塚本連珠炮似的一連串話語。

「在那之後，我得和你一起調查神的構造。」

「爲、爲什麼？」

「那就像在神死之後，必須祕密繼承其能力的人的義務。」

「義務？」

「換句話說，就是使命。」

河原崎的腦袋中浮現使命、指名、姓名（註）這幾個連冷笑話都稱不上的字眼。他想起喜歡講冷笑話的父親。父親的使命究竟是什麼？十一年來老老實實經營補習班，卻被突然崛起的大型連鎖補習班吃掉。河原崎覺得一臉窩囊地說著「眞想去看山」的父親一點都靠不住。「看看岩手山吧。它大到讓人發笑，就算拚命一輩子也贏不了那麼大的山。」河原崎只覺得父親在逃避現實，令他厭惡。山又怎樣？世上可沒有岩手山拯救人這般輕鬆的事。

「我最近聽說一件有趣的事。」塚本俯瞰著山腳下的街道說：「關於遊客被山賊殺害的事。遊客雖然拚命抵抗，最後還是通通被殺。爲了往後的遊客著想，他們寫下山賊的弱點藏在某個祕密場所。所以，之後的遊客託他們的福，即使遭到山賊襲擊，仍順利擊退山賊，獲得勝利。」

「這是完美的結局嗎？」

「不，並非如此。接下來換成山賊帶上新同伴，殺光遊客。」

註：這三個名詞的日語發音均爲「shimei」。

「那是悲劇嘍？」

「你怎麼想？我一開始也覺得是悲劇。只是，如果從別的角度來看，就完全不同了。」

「不一樣嗎？」

「遊客是細菌，山賊是抗生素，只是換成這種比喻而已。抗生素升級撲滅了細菌，就是這樣。」

「咦？」河原崎不禁提高聲調。

「這麼單純的故事，不過是改變一下軸心，就完全變樣了。所謂的正義或邪惡，是會隨著看法不同而完全顛倒的。」塚本搔了搔鼻頭，「不論是持續進行恐怖活動的回教基本教義派、原住民與開拓者，或是益蟲與害蟲，哪一個才是正當的，都會因看法不同而改變。」

河原崎的腦袋一片混沌。

我也不知道自己說的正不正確，但希望你至少能了解這些。身旁的塚本仍不停說著。

「應該相信在講台上演講的天才？還是，相信在你身邊、只有拿著鑵子這點能耐的平凡人？該相信哪種人，一起並肩而行，說不定這就是最重要的問題。」

聽著這些話，河原崎拿起大紅帽重新戴好。

父親有一頂一模一樣的帽子。他不禁覺得父親根本沒死，還戴著那頂折過帽簷的帽子在某處活著。

京子喝了一口咖啡放下杯子，忍著不說「有夠難喝」。

味道很淡，香氣也不怎麼樣，不知道這種店爲何會有這麼多人排隊。對於自己竟受隊伍吸引，跟著排了三十分鐘，她略微感到一股怒意。總之，自己不過是隨著首次在仙台開幕的連鎖店話題起舞而已。

店家四處發送慶祝開幕的半價優惠券。京子也用了，她懷疑咖啡味道因而淡了一半。

看著在收銀櫃檯前面排隊的客人，她心想根本不需要將那些一身邋遢的人或是窮學生當成客人。

京子很想立刻起身走出去，從這種不愉快的氣氛中解放。但她又不甘心只要走出去，一定會讓某個在人龍中等位子的蠢蛋撿到便宜，才會拖拖拉拉。

京子從旁邊座位上的背包拿出鑰匙。那是車站內投幣式寄物櫃的一支小鑰匙。

一想到這支鑰匙價值三十萬圓，京子的表情不由得扭曲。她不清楚目前的行情，只是匯入對方要求的金額。

出售手槍。

雖然聽過網路上販賣各式各樣的非法物品，但她不知道眞有這種網頁。

一開始是從某個患者那裡聽來的。

那是京子診所裡的一名四十歲女性患者。她從不與任何人正眼相對，只要別人說了什麼，她就會立刻回嘴：「我要槍斃你。」「我要開槍殺了你。」

「妳要槍斃誰？」聽到京子這麼問，她眨了好幾次眼才回答：「我啊，最討厭政治家了。」接著，她開始依五十音的順序念出眾議員的名字，一邊扳著手指訴說，某黨的某人一天到晚去高級料亭、另一黨的某人明明滿頭白髮卻被說成新進的年輕議員。她舉出各種理由，最後加上一句「基於上述理由，應該槍斃」。

京子聽完了女子所有的告發，一來是覺得阻止她說話很麻煩，二來是聽她說這些滿愉快的。「那麼，參議員就無所謂嗎？」聽到京子這麼問，女子一臉困擾地說：「我今天晚上會把參議員的名字背起來。」

「不過，手槍沒那麼容易弄到手吧。」京子一說，女子露出美麗的笑容。

「醫生，其實我買到了喔。那我就特別告訴您吧。」她突然優雅地說，接著在桌上的便條紙寫字。

便條紙上寫的是某個網址。

京子帶著好奇心，在那天晚上上網。螢幕上出現和想像中完全不同的樸素畫面，灰底背景襯著毫無裝飾的黑色文字。京子按照患者告訴她的方式，在一個個頁面中移動，等她找到那個漂亮的網站，已花費一個小時。只見頁面的上方寫著「出售手槍」。

京子半信半疑，仍用免費信箱寄了一封匿名詢問「多少錢」的信，當天就收到回信。她不由得對自己竟會做出如此輕率、不加思索的行動感到驚訝。

對方似乎住在東京都心，但如果是全國主要都市，可直接寄送。京子不知道對方是特別花錢來仙台，還是在各地有合作夥伴或運送管道。不過對方表示，若是寄送地點在仙台，也可將手槍寄放在投幣式寄物櫃。

好，就那樣吧！京子要求對方把東西放在寄物櫃，然後匯了錢。那應該是人頭帳戶，對方的郵件地址之後立刻失效。

大約在一個星期前，對方寄來了寄物櫃的鑰匙。現在有許多能代爲取件的業者，京子選擇其中一家幫她取鑰匙。除了鑰匙，還附有一張寫著車站內寄物櫃號碼的便條紙。

京子沒立刻去拿。隨便帶著鑰匙出去，萬一被在寄物櫃附近待命的人以數位相機拍下、記在顧客名單中更麻煩。

日子一天天過去，雖然得延長寄物櫃的租金，但只要想到一開始就付出的金額，根本不值一提。

然而，今天無論如何都需要手槍。手槍是解決那個傲慢女人的最佳工具，它恰好能顯示誰占上風。被槍指著的人和拿槍的人，彼此的上下關係眞是再明顯不過了。手槍根本就是爲了這種情況存在的工具。

京子在店裡坐了一個小時，臨走前故意不收拾杯子，直接離開。

如同青山所說，車站前佇立著一個白人女孩，她也的確舉著牌子之類的東西。

雖然京子不想承認，不過對方確實是美女，留著一頭非常適合的長直髮。一名醉醺醺的中年男子，神情猥瑣地靠近她，說著下流的話。

「眞是活該。」京子低頭竊笑。

京子一走近，那女孩便開口問：「方便寫下妳喜歡的日文嗎？」京子本來想吐她口水就離開，卻臨時改變想法。

接過麥克筆，京子在白紙上寫下「心」，忍著不笑出來。

「『心』嗎？」白人女孩瞇起雙眼。

「這根本不是我最喜歡的日文。」京子說完，頭也不回地離開了。

走了一會，京子感到下腹部有點疼痛。剛剛才上過洗手間，還是有殘尿的感覺。

「又來了。」她垮下臉。

不知道是壓力、天生寒性體質，或是做愛方法不對，京子每年都會患上一次膀胱炎。從殘尿感和腹痛的症狀來看，她馬上就知道了。

嚴重的話她會上醫院，如果症狀輕微，她會一口氣喝光一公升的水，然後每個小時持續喝麥茶、茶水、果汁之類的飲料，再補充睡眠。

這樣做大多能治好。不過有朋友警告她，這並不是治療膀胱炎的方法，就是因爲這麼做，才會不斷復發。聽到對方這麼說，京子根本不想理會，只回一句：「我的身體由我來管。」

忍著尿意會導致症狀惡化，京子快步走進車站。

這時，手機響起。「搞什麼啊！」她一邊抱怨一邊掏出手機，螢幕上並未顯示號碼。平常京子絕對不接沒有顯示號碼的來電，此刻她想都沒想就接了起來。

「喂……」冒出一道沉著的男聲。

「什麼？」

「我想當諮商心理師。」手機彼端傳來不久前才聽過的聲音。

「你是早上打來的那個人吧。」

「是的，我早上打過。我知道會造成妳的困擾，但我改變想法，決定重新來過。妳不覺得這兩句話很棒嗎？改變想法，重新來過。」

「是啊，非常適合你。那你下次來我診所吧，到時候再談。」

京子忍著大吼「別再打來了」的衝動，一口氣講完就掛掉電話。那男人有夠厚臉皮，不止打家裡的電話，連手機也打。

咦，手機？京子呆立原地。

那男人怎麼連我的手機號碼都知道？

如果是自宅兼診所的電話還情有可原，電話簿與網路上都查得到，所以接到惡作劇電話或有點奇怪的電話也沒什麼稀奇，但手機就不一樣了。她並未公開手機號碼，對方到底怎麼查到的？不過也不是不可能，只要向認識她的熟人打聽就行了，然而，究竟是從誰那裡問到的？

京子感到一陣暈眩，花了一點時間才發現自己被撞倒。大概是原本毫無防備地站著，所以她雙膝跪在地上，手提包也掉了。

車站的清潔工抱著空紙箱，大聲地說「非常對不起」，接著慌張地放下紙箱，打算撿起京子的手提包。

「不要摸。」京子重新站好，小聲阻止。用碰過紙箱的手去摸Gucci手提包，這人腦筋有毛病啊？

京子像是搶奪般撿起手提包。清潔工是個一臉靠不住的男人，不停低頭道歉。

她無言地轉身就走，前往洗手間。爲什麼我非得碰上這些倒楣事不可？

京子一肚子火。那個莫名其妙、想當諮商心理師的男人，幹麼打電話給我？搬紙箱的人居然撞到我？

即使走進洗手間、在馬桶上坐下，她仍氣得不得了。

尿完疼痛感就消失了，不過還有些許殘尿感，京子有膀胱炎再度發作的不祥預感。

她對著鏡子重新補妝。一看到自己的臉孔，她就想起青山的妻子。「全是那女人害的。」京子自言自語。要不是得殺了那女人，根本沒必要買槍，更不會因爲來車站拿槍，被那男人撞倒。

全是那女人害的。京子翻找手提包，「啊」了一聲。隔壁的老婦人驚訝地看了她一眼。

寄物櫃的鑰匙不見了，不知掉在哪裡，全是那女人害的。

豐田的眼前有一隻狗。

那不是乾淨的家犬，是一隻被雨淋濕、渾身泥濘的灰色流浪狗，宛如被世上的辛酸、痛苦蹂躪弄髒的純潔少年。

有種親切感，豐田甚至覺得那隻狗就是自己。

自己在公司的立場，不就和那隻狗一樣嗎？不、不對，年輕時我也曾受到重視，飲料罐的設計不是獲得了一定的評價嗎？在罐裝咖啡外貼上純白貼紙，再加上具有畫龍點睛功效的深褐色線條，這個點子大獲好評。然而，隨著年輕一輩的發言權越來越強，指名豐田的工作逐漸減少，只能做起打雜或助理的工作。在所謂「技術顧問」這種有名無實的職位上，根本無法提出什麼像樣的意見，技巧日漸生疏。遭公司開除時，甚至還被說「你的設計根本都是模仿別人」。

以前備受疼愛，如今卻渾身泥濘。是啊，我果然跟那隻狗一樣。最後，豐田同意這個結論。仔細一看，狗的脖子上繫著項圈，曾被某個家庭飼養，後來被拋棄了嗎？或許家犬也有裁員制度，所以才會被丟棄。

他沿著仙台車站一樓的通路，往北邊走了大約十公尺。在頭頂上延伸的行人專用的空中走廊，塞滿了天空。老狗在車站大樓的入口，將身子縮成一團。

豐田看了狗一眼，本來打算直接走過去。他害怕再盯著狗，就會看到自己的未來。然而，他注意到有個奇怪的女人站在狗旁邊，不停自言自語。

因爲有些在意，豐田靠了過去。

老狗縮著身子，舔著腳的前端。

「一塊一塊，」女人這麼說著，「我要把你剪成一塊一塊。」

豐田的內心湧起一股討厭的預感：這女人有問題。對方大約三十多歲，看起來並不年輕，但也不顯老。她穿著緊身褲和藍色毛衣，頭髮毫無光澤，明明沒燙髮，髮尾卻翹得亂七八糟。

女人在手提包裡翻找，拿出一把剪刀。豐田知道自己的身體出現害怕的反應。女人拿出的剪刀是可輕易剪開布料或紙箱的危險款式，只見她喀嚓喀嚓地揮動著。

「妳想對那隻狗幹什麼？」不知不覺間豐田介入其中。

那女人看上去一點都不正常，眼神渙散，膚況也很差，應該沒有理性判斷的能力。豐田不禁擔心自己捲入麻煩，狗倒是一臉事不關己，將頭擱在前腳上。

「不、不要拿剪刀嚇別人的狗。」豐田脫口而出。

「別人的狗？這是你養的嗎？」

「對。」

「別開玩笑了，這是流浪狗，從以前就在附近晃來晃去。」

女人手上的剪刀不停發出喀嚓喀嚓聲，令人非常不快。喀嚓喀嚓發出聲響的剪刀，簡直就是「裁員（砍頭）」的最佳道具。

「在附近晃來晃去就是流浪狗？那妳也是啊。這是我的狗，我有證據。」

一鼓作氣地說完，豐田就後悔了。從上班族時代就是這樣，他經常沒深思熟慮便開口說話，一邊擔心自己的話毫無說服力，卻又說不出什麼了不起的內容，最後被周圍的人看不起。他總是如此。

女人狀似愉快地咧開口紅脫落的嘴唇笑了，「證據？是什麼？」

「牠、牠很黏我。」豐田有點自暴自棄地回答。

「你是白痴嗎？」女人提高語調。

「不說這個，妳拿著剪刀想幹什麼？」豐田終於指出這件事。女人不悅地盯著自己的手，「幹什麼？就剪刀啊，當然是要剪東西。」她邊說邊跺腳，「身體會變成一塊一塊的。」

豐田後悔招惹這個麻煩的女人，在就職活動中手無縛雞之力的中年男人，本來就不該多管閒事。

「你知道嗎？」女人大叫，「人的身體會變成一塊一塊的，再黏起來。不知道什麼時候手腳會斷成一截一截，然後不知什麼時候又會黏起來。一塊一塊的，再黏起來喔。」

女人的話奇妙至極，不像詛咒，是想傳達什麼嗎？「一塊一塊」和「黏起來」是某種隱喻嗎？

以為女人陷入歇斯底里狀態時，她小聲地自言自語：「像我這樣的女人也會變成一塊一塊再黏起來嗎？」

「對！沒錯，因為妳很惡劣。」豐田指著對方。

「一定還有人會變成這樣。」女人像個預言者，陰沉、毫無抑揚頓挫、斬釘截鐵地說：「在這座城市裡，存在著這樣的恐怖。身體變成一塊一塊，再黏起來，大家都會變成這樣。」

豐田聯想到最近引發話題的仙台市分屍案。

說不定眼前這個令人不舒服的女人就是凶手，但豐田不認為那把剪刀能切割屍體。

現在不是和莫名其妙的女人攪和的時候，豐田決定離開。失業的男人就算閒到發慌，也沒必要捲入瘋狂剪刀女的人生。

只是，他頗在意那隻狗。那女人滿嘴「一塊一塊」、「黏起來」，又拿著剪刀，遲早會對骯髒的老狗下手。想到這裡，豐田心生不安。

不無可能，世上盡是不能相信的事。豐田太信任終身聘僱制，也相信自己對公司有所貢獻，絕對不會成爲裁員的對象。雖然機率不見得是零，但他認爲不可能發生，這就是他犯下的錯誤。只要機率不全然爲零，就代表事情可能會發生。

說不定哪天，那個腦袋有問題的女人就會殺了那隻狗。即使旁人嗤之以鼻，還是有可能的。

一思及此，忽然有種使命感從天而降。

豐田抱著姑且一試的心態，朝著狗拍了拍自己的右大腿，呼喚牠過來。

豐田彷彿聽見女人的嘲笑，實際上，或許再過幾秒就會聽到了。

然而，情況並非如此。直到剛才對周遭事物都漠不關心的老狗，聽到豐田的聲音，居然抬起頭走向他。

驚訝得僵在原地的不是那個女人，而是豐田本人。老狗走到豐田的右手邊坐下，抬頭望著他。

「妳、妳看，就是這樣。」豐田戰戰兢兢地說，繼續走向車站，流浪狗跟在他的身後。

接著，後面傳來女人歇斯底里的叫聲。

這下多了不需要的行李啊，豐田不禁有些困惑。

數分鐘前他已停止思考。爲連續四十次再就職面試失敗鬱悶不已的自己，居然帶著一隻狗，這到底是什麼狀況？

意外的是，帶狗進入車站，居然沒遭到驅趕。

四周投來懷疑的視線，不過沒人高聲要他「滾出去」，也沒人指著他說「沒用的男人帶著一隻髒兮兮的狗」。此外，既沒有露出輕蔑眼神走過來說「不好意思……」的站員，也沒有無聊地圍上來說「老頭子，你居然敢帶髒狗走進車站啊」的年輕人。

眾人只是滿臉訝異，無人指責或警告豐田。

那隻狗是雜種的小型犬，看起來很像柴犬，身上的短毛髒兮兮。

雖然外表骯髒，但沒髒到會在地面留下腳印，牠抬頭挺胸地在人群中穿梭。

老狗自然地跟著豐田，他有種從以前就開始養這隻狗的錯覺。狗並未黏著豐田不放，然而明明沒繫牽繩，卻仍一直跟在他的腳邊。

老狗也沒有要逃走的樣子。豐田一在土產店停下，老狗就會往前走幾步，回頭看他，接著一臉厭煩地走近。大概是年紀大了，動作緩慢。

年過四十的單身男子找工作原本就很困難，現在又有這隻骯髒的老狗跟著，真是令人絕望的狀況。如果有公司願意錄用他，恐怕是人資部負責人愛狗愛到不行，看見帶狗去面試的豐田會興奮地衝過來問「你也喜歡狗嗎」，不然就是那家公司的經營者是隻狗。

驀地，老狗轉了方向。「喂，過來啊。」狗不會講話，但豐田覺得牠似乎這麼呼喚。狗本來應該要筆直往前走，卻突然偏離軌道，走向出口。牠的鼻子緊貼著地面，放低身子前進，像要找出印象中的氣味。

地上有一支寄物櫃的鑰匙。

通往一樓並排的下行手扶梯一帶，設有串丸子店的場所裡，有一支綁著黃色號碼牌的鑰匙掉落在地。

豐田撿起來，狗也沒生氣。湊近細瞧，確實是寄物櫃的鑰匙。確認一下周遭，無人注意，所以他立刻前往三樓，記得那附近有寄物櫃。他沒搭手扶梯，也沒想過狗會搭手扶梯。

豐田撿到的是車站大樓三樓連結口的寄物櫃鑰匙。不單形狀吻合，最重要的是「38」號寄物櫃上並無鑰匙。

豐田一點也不猶豫，更沒有罪惡感。他不期待寄物櫃內會有大筆現金。

每天都過得鬱鬱寡歡，不知不覺開始渴望一些輕微的刺激。他需要無責任、簡單的方法來轉換心情，而拿著撿來的鑰匙打開寄物櫃，正是方法之一。

在投幣式寄物櫃中，或許會有某老闆的公事包，裡面放著廣告設計公司的徵人啓事。豐田這麼想著，沒錯，可能發生的機率並不是零。

「今天的面試結果就是如此。」豐田一邊走一邊對老狗說：「不論是誰都會這麼想。誰都會想今天這家公司一定會錄用我，不錄用的可能性是零。不論是職業介紹所的負責人，或是面試負責人一定也都這麼想。」

雖然老狗絲毫沒興趣，但僅僅是身邊有個可以講話的對象，豐田就有一種得救的感覺。

「38」號櫃有著延長租用的標記。雖然大部分的寄物櫃都會標明，三天之後會將內容物移往別處保管，不過這一帶的寄物櫃並無這條注意事項。

此時，豐田不禁煩惱起來。用撿到的鑰匙打開寄物櫃他毫不心虛，但他不由得懷疑失業的自己，特地從皮夾拿錢出來打開別人的寄物櫃到底有何意義。

豐田低頭看著老狗，對上牠的眼睛，說：「或許這是一種測試。」因爲要多付延長費用就放棄的人，是得不到任何東西的。「你不覺得嗎？」

老狗搖了搖頭，又點點頭，看起來似乎肯定豐田的說法。他感到非常雀躍，不知道有多少年未曾得到別人的認同了。

豐田下定決心，從皮夾裡抽出千圓鈔票，到商店兌換十個百圓硬幣。

打開寄物櫃的瞬間，感覺有點過意不去，但豐田選擇不予理會。他拿出以普通包裝紙包裹的東西，打開一看，裡頭有個塑膠袋，裝著更小的包裹。雖然小，卻頗有重量，此時他就應該發現不對勁。

然而，豐田一點都不在意，哼著歌打開袋子，拆下包裝紙。他或許期待裡面是號碼牌，甚至是極機密的徵人明細。

不過他的期待完全落空，事情朝著料想不到的方向發展。之後，他不由得佩服自己居然沒當場尖叫。

那是手槍。包裝紙裡，有一把冷酷的手槍。

在意識到手槍之前，冷汗先冒出來。他用中指戳了好幾次，小塑膠袋裡裝著幾十顆子彈。

豐田僵在原地沒多久，腳邊的狗邁出腳步，他便跟在後面。他呆住了，槍還在手裡。

現實感瞬間消失，豐田慎重地抱著塑膠袋，恍惚地衝下樓梯。他用混亂的腦袋拚命思考到底發生什麼事。

豐田只在電視和電影中看過手槍。腦海浮現越戰電影裡遭俘虜的男人，太陽穴被手槍抵著，玩俄羅斯輪盤遊戲的畫面。手槍應該與自己的人生完全無緣。

他發呆了幾十分鐘，但不到一小時就恢復冷靜。除了攸關「戀愛」、「生死」之外，或許人只需要這麼短的時間就能接受意外狀況。

他穿過伊達政宗的銅像旁，走向出口。

站員忽然跑過來。豐田慌張地將塑膠袋塞進公事包，擔心是不是被發現了。帶著狗的陰沉男人，緊握手槍在路上走著，可能很引人注目。失業的中年男人說的話有幾分可信度？誰會相信我只是撿到鑰匙而已？就算老實說出自己以為只要打開寄物櫃，裡面就會出現錄取通知，也不會有人相信吧——一堆藉口在他的腦海浮現又消失。

「不好意思，麻煩您替狗繫上牽繩，或是不要帶進車站內。」站員大概是碰到什麼討厭的事情，雙眼充血地說道。

豐田滿臉通紅，緊盯著地面快步走出車站，老狗尾隨在後。

帶著狗和手槍的失業男人，到底能做什麼？他感到一陣無力。沒有工作，卻有狗和手槍，這究竟是什麼狀況？

2

黑澤走向車站前的銀行。剛才入手的二十萬圓，妥善地收在上衣內袋。這些錢不是「偷來的」，而是「伴隨專業技術的收入」。

他走進大學的校園用地。由於這裡不是學生專用的教室大樓，所以外人也能自由進出。橫越校園，走向商店街時，有人叫住他。「不好意思……」對方的話聲冷靜，不過略微尖細。

黑澤一看，是一對老夫婦。老先生滿頭銀髮、戴著眼鏡，有一張長臉，老太太個子嬌小，有一張圓臉。老太太說：「請問到仙台車站怎麼走比較快？」

如果對方是肩上有刺青、一頭金髮的年輕人，或是臉頰有疤的男人，黑澤一定會有所警戒。

他在向老太太說明路線時，老先生突然走到建築物後方，大概是腦筋不清楚，弄錯方向。老婦人喊著「老伴，你要去哪裡」，追了過去，黑澤也跟上。於是，著了對方的道。

追到無人的後院，老先生突然回頭往右轉，與黑澤碰個正著。「糟糕……」當他這麼想時，已來不及。老婦人站到老先生的身邊。老先生拿著一把冷酷的手槍，對黑澤說：「把錢拿出來。」

老人的聲音一點都沒顫抖，非常冷靜。

黑澤看著天空，忍著不笑出來。大白天的，一對老夫婦堵在面前，掏出手槍叫他「把錢拿出來」。這種情況不能說滑稽，也不算是幽默，該怎麼形容？

兩人雖然挺直腰桿，不過的確都是七十幾歲的模樣。比起拿手槍，他們更適合拄著枴杖。

黑澤乾脆地舉起雙手，「我會給的，不過別太期待。搞不好你們還會同情我那空蕩蕩、寂寞的皮夾。」

老婦人開口：「廢話少說，快交出皮夾。」

「請照她的話去做。」老先生說道。難道他們事先分配好台詞嗎？

黑澤伸手從褲子後面的口袋拿出皮夾。他暗暗觀察，老先生雖然過瘦，但雙手牢牢握著手槍，半蹲並放低腰部。雖然不太好看，不過重心集中在下半身，是很穩定的姿勢。老婦人則一直盯著黑澤的手部動作。她撿起黑澤丟到地上的皮夾，確認內容物。黑澤不好意思地抓了一下頭，老人立刻警告：「請不要亂動。」

「就當是參考，我想請問一下，兩位是上了年紀以後才開始煩惱錢的事嗎？老人年金少到讓你們得下海搶錢嗎？」

「我們不缺錢。」槍口穩穩地對準黑澤，「雖然沒有多到不知該怎麼花，不過兩個人還算過得去。」

「看來，至少還買得起手槍。」

「你眞窮。」老婦人檢查完皮夾，有些佩服地說：「只有兩張千圓鈔票，和一些收據。」

「是啊，很爽快吧。」

「這是什麼？」老婦人看著一張從皮夾拿出的紙。

那是黑澤早上撿到的紙條，上面寫著一些外文。「我也不知道，大概是外國的護身符吧。上面有數字，也可能是彩券。妳儘管拿去。」

「我才不要這種怪玩意。」老夫婦互看一眼，像是在估算黑澤的價值。

「我可以把手放下來嗎？」

「你似乎不怎麼怕槍，話說在前頭，這可是眞貨。」老人應道。

「大概吧，不過開槍的是人類。」

「什麼意思？」

「因爲大叔你沒開槍啊。手槍雖然恐怖，不過我不怕拿槍的大叔。」

「別看他這樣，他很有膽量。」老婦人邊說邊覺得有趣，笑了出來。

「這和有沒有膽量無關，重要的是人品。」

黑澤又問了一遍他們是不是缺錢，兩人再度互看。那熟練的動作就像每次碰到轉機或困難時，總是如此商量。

「這跟錢無關，和充實的人生有關。」

「充實的人生？」黑澤配合他們的語氣。

「等我們發現時，已到了這把年紀。我們在一起生活五十多年，時間眞是一眨眼就過去了。」

黑澤沉默地催促對方繼續說下去。

「上個月我突然想到，反正遲早都得死，人生總會結束，爲什麼不在最後搞個盛大的活動？」

「所以才想當強盜嗎？」

「我們是很會忍耐的人，對什麼事都客客氣氣，不抱怨。我們一直過著吃虧、占不到便宜的生活。」戴眼鏡的老先生語氣溫柔，臉上的皺紋有氣無力地蠕動著。「然而，如果就這樣老實地消失，也不會得到誰的稱讚。人生不能延長，也沒有獎品。既然如此，乾脆做些從來沒做過的事，當成回憶也好。」

「回憶？」黑澤笑了出來。

「其實不當強盜也無妨。」老婦人接著說：「只是剛好，眞的只是剛好拿到這把手槍，所以和他商量之後，決定當強盜。」

「實在太蠢了。到目前爲止，我們一直被當成廢物，可有可無地存在著。然而，只是拿出這把手槍，對方的態度就一百八十度大轉變，平常叫囂著『老頭，滾開』，還動腳踢人的傢伙，馬上變得畏畏縮縮。」

「愉快嗎？」

「有時很痛快，有時也很寂寞哪。」老人似乎是發自內心地嘆息，不是演技。

黑澤重新打量這對鴛鴦大盜。他輪流看著兩人，靜靜放下手，對方也沒再多說什麼。

「只是……」老人一臉苦澀，「像我們這樣的老人家，因爲有了槍才能和年輕人平等交談。這話聽起來挺奇怪，不過眞的就是如此。老人家要提出自己的主張眞的非常困難，我們一直咬牙忍耐到現在，這種情況實在太奇怪了。」

「你一點都不怕呢。」老婦人露齒一笑。

「我很佩服你們，老人居然拿著槍在大街上行走，還自稱是強盜。」黑澤聳聳肩，「不過，這世上有眞正的強盜，你們太亂來會有危險，請小心。」

「這是建議嗎？」

「不，我只是雞婆。」

「沒關係。總之，我們的目的就是……」老人說到這裡，看了同夥的老妻一眼，黑澤也跟著說：「充實的人生。」三人異口同聲，有一股微小的快感。

「不論發生什麼事，都是某種充實的人生啊。」

「剛剛也是啊。」老婦人像是想起什麼有意思的事，抬頭望著老人說：「不是很有趣嗎？」

「噢，那個啊。」老人露出缺牙的笑容，「就在剛才，我們恐嚇了一個奇怪的男人。他帶著奇怪的東西。」

「奇怪的東西？」

「一塊一塊的人體。」老夫妻齊聲回答。

「怎麼可能？」黑澤皺起眉頭。

「大概是人體模特兒吧。」老婦人說道：「對方戴著大紅帽，拖著一只底部有滑輪的大袋子。我覺得那人宛如行屍走肉。」

「大紅帽？」

「帽簷像這樣折彎，戴得頗深，看不出是年輕人還是中年人，搞不好年紀很大。我們一拿出槍威脅，他大概嚇了一跳，踢倒袋子，袋口鬆開，飛出人的手腳。」

「那是人體模特兒吧。」

「最近不是很流行什麼分屍案嗎？」

「你們遇到凶手啦。」黑澤不由得佩服地點點頭，「而且，你們還拿手槍威脅那個凶手？」

「他絕對不是活人，而是戴帽子的活死人。他一臉慘白，所謂諸事不順的中年男子大概就像他那樣。」老婦人說道。

「袋子裡眞的是屍體嗎？」

「不知道。他慌慌張張地撿起那些軀塊，塞進袋子就逃走了，我們又不能追上去。那男人簡直跟幽靈一樣，說什麼『又要從大廈跳下來了』，如果去追他，搞不好會被帶去另一個世界。」

「而且也不能報警。」老人揮了揮手槍。

黑澤觀察兩人的表情一陣子，不像在扯謊。不過，老人不是最擅長說一些支離破碎、難以理解的話嗎?他這麼說服自己。

如果拿槍威脅那男人把錢交出來，袋子裡的那隻右臂可能會拿出錢包，問「可以一人一半嗎」，老夫婦甚至開了這樣的玩笑。

黑澤迅速從外套內袋拿出信封，朝著老婦人丟去。

「這是什麼?」老婦人輕蔑地看著腳邊的信封。

「你們剛剛不是叫我把錢交出來嗎?本來不想拿的，不過我改變心意了。」

老婦人撿起信封，以布滿皺紋的手指打開。「好大一筆錢。」

「才二十萬圓。」

「我們不能收。」老婦人說道。

黑澤嘲笑他們「明明就是強盜」，老先生笑著回答「也對」。黑澤接著故意挖苦他們「明明就是老人」，老人又笑著說「正是如此」。

於是，黑澤轉身離開。

剛要走出校園，他轉頭一看，老夫妻朝著反方向走，瘦削的背影與嬌小的背影靜靜遠去。

黑澤走向大街。他弓著背緩緩走著，搔搔頭低喃「他們是強盜，我是闖空門」。重複十遍「闖空門和強盜」之後，換成「他們有年金，我沒有收入」，接著又換成「他們有全民健保，我是全部自費」。「不該給他們二十萬圓的」，最起碼不該全部都給。

手機響起時，黑澤在商店街。螢幕沒顯示來電號碼，他邊走邊將話筒放在耳旁，等待對方開口。

「黑澤嗎？」

「是你啊。我剛才跟你手下的年輕人見過面了。」

「阿正是吧。」

「艾薩克・牛頓先生。」

「什麼意思？」

「沒什麼。那麼，老大有何貴幹？」

「阿正剛剛跟我說了。他一直嘆氣，說黑澤先生眞無情。雖然我不抱期待，不過你眞的不打算和我聯手嗎？」

「偷竊是單打獨鬥的比賽，不論何時都該單獨出賽吧。」

「這次是一筆大買賣，可不是一般的搶劫酒店或便利商店。」

反正一定是銀行或公家機關，黑澤早就料到了。

「我勸你最好取消。」

「謝謝你的忠告。我不會現在下手，大概再過一陣子吧。你眞的不參加嗎？」

黑澤沒發現自己連表情都扭曲了。不考慮前因後果，也不事先調查就打算大幹一場的人，是毫無未來可言的。「你知道定向運動嗎？」他不禁問道。

「就是看地圖找目標的運動吧，這點常識我還有，你是嘲笑我年紀大了嗎？」

「跟年紀無關。『未來』必須仔細尋找，像無頭蒼蠅一樣亂飛是找不到的，得用點腦筋才行。你最好也多想想。」

「你認爲我沒在考慮嗎？」

「我是指考慮將來的事。不光是你，政治家也好、孩童也罷，大家都不考慮將來。總是想到了就結束，情緒激昂地結束，放棄一切結束，吶喊之後結束，斥責之後結束，隨便敷衍之後結束。從沒想過不能不考慮以後的事。大家習慣只看電視，停止思考，就算有感覺也不思考。」

「我有仔細思考。」

「那我什麼也不會多說，只是，我就是不會和你合作。我並不討厭你，不過我不想和你一起工作，你知道爲什麼嗎？」

「因爲討厭我嗎？」黑澤知道男人在苦笑。

「因爲我愼重考慮過了。」黑澤說完，過了一會，對方再度出聲：「黑澤，我很看重你。」對黑澤而言，這個比自己大十歲的男人，簡直和令人同情的上司沒兩樣。「你手段高明、學識豐富，同業都無法理解你爲什麼要做闖空門的工作，這是眾人之間的熱門話題。」

「眞是毫無意義的話題。」

「我只想跟你一起幹一票而已。」

對方的嗓音突然變得蒼老。黑澤把手機從耳邊移開，拿到眼前看了一會，「抱歉，但我就是想自己來。」他將手機放回耳邊，「跟別人結夥，什麼都做不成。」

「是嗎？」男人打心底發出遺憾的聲音，「你專偷一般家庭，不是比較惡質嗎？」

「你最好也從小case做起，不論任何工作都需要基本工夫和暖身動作。」

「不管對象是誰，你都這麼尖牙利嘴。」

「別說這個了，我給你一些情報。」黑澤告訴對方關於自己盯上的大廈或獨棟住宅的情報。「全是我盯上的目標，也調查過了。如果你想要，就讓給你。在大幹一票之前，最好重新考慮一下。」

「你爲什麼要告訴我？」

黑澤回一句：「我也不知道。大概是不希望你那個年輕手下去做危險工作，那是日本的損失。」

「我還沒落魄到需要你讓出工作。」

「總之，工作內容和日期決定之後，告訴我一聲。我不會參加，但能給你一點忠告。」

「你認爲我需要忠告?」大黑澤十歲的竊盜集團頭目，毫無根據的自信突然膨脹，清晰地說出這句話。

「首先，你需要的就是把別人的忠告聽進去。」

黑澤結束對話，將手機放回口袋。

突然間，他發現自己正打算走向銀行，這才想起本來要存的錢，被方才出現的那對鴛鴦大盜拿走了，於是停下腳步。

他不後悔將裝有二十萬圓的信封交給對方，而是對於自己趁老婦人沒追究金錢來源的空檔，二話不說轉身就走一事感到不舒服。動了歪腦筋，趁人不備的感覺眞是差勁透頂。

又是美學嗎?他不禁嘲笑自己，而且工作完手邊卻沒收入，雖然不至於扼腕，卻仍令人心情惡劣。

黑澤取出皮夾，看了一下裡面，拿出早上撿到的紙片。上面羅列著看不懂的外國文字，說不定根本不是什麼「帶來幸運的護身符」，而是恰恰相反的東西。雖然想過要丟掉，不過他實在無法輕易放掉到手的東西。

黑澤開始考慮，是不是該在晚上再幹一票？他的腦海浮現事先調查過的幾棟大廈和房舍。

河原崎他們坐在山腰上。塚本將兩手枕在腦後，就這麼睡著了。

河原崎不時發呆。他抱膝看著下方的登山步道，一邊整理思緒。他明白塚本話中的含意，或許那不難理解。

「我爸在三年前死了。」河原崎驚訝於自己竟脫口說出這句話，塚本沉默地聽著。

「他是跳樓自殺。當他從我眼前消失之後，我非常沮喪。」實際上，他也不清楚爲什麼父親的自殺會帶來如此巨大的衝擊。

「我爸張開雙手，從十七樓跳下去。他用這種愚蠢的方法，丟下我們逃走，搞不好早就忘了我們。我們家的人有自殺的傾向。」

河原崎的腦海浮現父親在棒球練習場大叫的身影，卻想不起父親當時說了什麼。

「我爸的父親，也就是我爺爺，一樣是跳樓，據說是因癌症末期太悲觀而自殺。大家都飛走了。」河原崎自嘲著低下頭。「換句話說，我的家人都活得半途而廢，爲了在中途逃走，所以從大樓跳了下去。還沒拿到接力棒的我，突然不知道自己該以什麼理由活下去。」

「接力棒？」

「運動會不是有接力賽嗎？如果將生存比喻成接力賽，我家一開始就不行了。交棒給下一個跑者之前，大家就都離開跑道了。下一個跑者拿不到接力棒，不得不直接跑。好不容易打算努力跑下去的我，遲早有一天也會離開跑道。沒辦法交棒的接力賽毫無意義，不是嗎？」

塚本反問：「是嗎？」

「當時，我在電視上看到那個人。」

「高橋先生嗎？」

河原崎清楚記得當時的事。仙台發生連續殺人案，警方找不到任何線索，受害者持續增加，卻只能袖手旁觀。「我看著電視，不禁覺得那件案子就和我的人生一樣。誰都無法阻止案子發生，無法防止受害者繼續增加，宛如烏雲逐漸密布，而我們身處其中。仙台街頭籠罩著一股看不見未來的氛圍，和我內心的某種情感很像。」

「然後，高橋先生出現了。」

「對。」河原崎記得很清楚，那一瞬間，烏雲密布的天空彷彿透出一束陽光。

「當時，我無意間看到新聞快報，一開始還不知道那代表什麼，但仔細看了內容之後，心跳越來越快。」

〈仙台商務旅館連續殺人案嫌犯，遭到逮捕。〉

螢幕上流動的每一個字都像打進河原崎的腦袋一樣，動搖著他的心臟。他有一種預感，將會出現什麼改變。

「那天晚上的電視新聞已開始報導那個人的事。不論哪個頻道的主播都一臉興奮地說，案子是由一般市民破的。」

當時的新聞媒體真是瘋狂。聽到河原崎這麼說，塚本也皺眉點頭。「高橋先生對媒體的騷動頭痛不已，大概是出乎意料之外吧。對了，你還記得高橋先生唯一發表的評論嗎？」

「記得。」怎麼可能忘記。

電視上播放很多次「高橋」說話的影像。那是破案之後，過了好幾個星期的事。

「有人跟我說，多虧有我才能破案。但解決這件案子並不特別困難，還有更困難、更重要的事。眞正重要的事存在於樸素、無趣的生活中，我想拯救他們。」

「『他們』是指什麼人？」記者慌張地詢問。

「『他們』是指誰，他們自己一定知道。」

那句話拯救了河原崎。他馬上知道自己是「他們」其中之一。他感激這個人拯救了自己。「在塚本先生的眼中，那個人不是神嗎？」提出這個問題需要相當大的勇氣。

「高橋先生嗎？」塚本皺起眉頭，一臉苦澀，看起來也有點像在演戲。他煩惱半晌，回答：「以前是啊。」

「現在不是了嗎？」

「那個人是天才，不是神。」塚本斬釘截鐵地說：「剛剛你不是看到彩券了嗎？」

河原崎氣勢十足地應道：「是，那……那眞的是中獎彩券嗎？」

「是眞的，眞的中獎了。是一筆金額大到讓人不敢說出口的獎金。包括我在內的幹部，大家都很激動。」

「可是……？」河原崎想像著後續情況，催促塚本繼續說下去。

「那個人卻打算將這筆錢用在庸俗不堪的事上。」

「庸俗不堪？」

「總之就是庸俗不堪。」塚本只有這時顯得不耐，話速變快，像要隱藏自己的缺點。「所以，我們代爲保管那張彩券。」

河原崎不相信那張彩券是眞的，剛剛拿在手上的紙看起來只是皺皺的紙片。僅僅是一張紙片，就能讓人得到幸福或從大樓跳下去嗎？

「只要是天才就能蒙受好運。那個人是天才，但不是神。」

「因爲他庸俗不堪嗎？」

「不上電視說些有的沒的，算是他的優點，然而他最近什麼也不跟我們說了。」

河原崎發現，雖然有演講，但來自「高橋」的訊息減少了。

「如果高橋先生上電視，你覺得怎麼樣？」

「上電視嗎？」河原崎試著想像那種場面，「我覺得很俗氣。」

塚本也無言地皺眉。

河原崎不知不覺往後仰，回過神時已躺在地上，從斜坡上望著天空。視野突然轉暗，他看到一張臉。塚本俯視著他。從正上方窺看的塚本，遮蔽了屬於他的天空。

「神是內臟。」

「咦？」河原崎慌張地起身，「這……這是什麼意思？」

「我思考過關於神的事，得到屬於我自己的結論。你知道內臟的定義嗎？其中一個是『無法自行控制』。比如，你想抬右臂就能抬起來，頭發癢也能搔抓。可是，換成內臟就沒辦法了。腸胃反覆蠕動，將剛剛吃的麵包持續往下輸送。但我們不能因爲想這麼做，而控制它們去做。讓心臟的肌肉間隔幾秒才跳動，或是一邊注意腸道的情況，一邊處理眼前的文書工作。如果眞的變成這樣，大腦會無法掌握狀況，陷入混亂。」

「的確如此。」河原崎試著用大腦控制心跳，馬上知道辦不到。若眞的變成這種情況，說不定會在睡眠中不小心停止呼吸。

「所以，我仔細一想，發現這樣的關係就像人類和神。」

「什麼和什麼的關係？」

「我和胃啊。」塚本說著，撫摸腹部一帶。「我依自身的意志隨性活著，既不考慮死亡，也不想爲誰而活。但只要哪天我的胃不動了，一切就算結束，不是嗎？如果胃完全不消化我努力吃下去的東西，停止工作，我的生活也就結束了。然而，我們無法控制胃，所以我避免暴飲暴食，細嚼慢嚥……」說到這裡，他愉快地露齒一笑：「得一直注意胃的狀況才行。會不會痛？有沒有血便？放不放屁？意思就是，胃背負了我的人生。說到我能替胃做些什麼……」

「是什麼？」

「專注傾聽，竭盡全力，然後祈禱。」

河原崎知道身邊的雲霧此刻已散去。他複誦著：「專注傾聽，竭盡全力，然後祈禱。」

「我沒辦法直接看到胃，頂多只能留意胃是否在某處發出警告，然後祈禱。基本上，內臟到我死亡爲止，都和我在一起。總是在我看不見的地方陪伴著我，和我一起死去。這跟神很像吧！如果我做了壞事，神會發怒，對我降下災難，有時可能是巨大的災難。每個人都有胃，跟神一樣。每個人都相信自己的神才是眞的，別人的都是假的。然而，每個人的胃都是一樣的，到最後，大家相信的神，或許指的是同樣的東西。」

眞的很像呢！河原崎小聲同意，無意識地撫摸自己的腹部。

他試著回想「高橋」的臉孔，卻想不起來。如同炫目的光芒反射般，「高橋」的身影消失了。河原崎感到心跳加速。

塚本再度開口。他緩慢的說話方式讓人心情愉快。「如果高橋先生是神，那麼，我們和高橋先生的關係，就像我們和內臟一樣。」

「是啊。」

「胃和我們合而爲一，不論哪一方先死，另一方勢必也得死。換句話說，如果高橋先生眞的是神……」

河原崎猜得到塚本接下來想說的話。「如果眞的是神……？」

「只要殺了他，就能知道眞相。」

去除認爲太輕率或畏懼的情感，其實河原崎從塚本的話中感受到一股強大的魅力。

想確定到底是不是神，只要殺掉就能知道。塚本的想法雖然粗暴，但簡單明瞭，充滿吸引力。他不禁亢奮起來。

「神不會死。如果神會死，我們也會消失。」

簡直像是要測試神。河原崎發現自己雖然恐懼，卻抱著相同的想法：我想測試神。

兩人默默坐在地上幾十分鐘。地面很冷，從旁吹過的風也很冷，但河原崎認爲，這是要讓興奮到陷入茫然的自己冷靜下來。

「你在畫畫吧？」

什麼？河原崎回望對方。

「你會畫畫，這是非常幸運的。爲了證明高橋先生是不是神，我會解剖他。只是，如果眞的要做，我希望你將一切畫下來。你不想將天才的身體當成證據留下來嗎？河原崎，你會寫生嗎？」

「如果指的是畫畫這件事。」正確來說，應該是他只會畫畫。

「我要你精準地畫下神被解剖後的器官。」

「咦？」

「有一本十六世紀的解剖學書籍《人體的構造》（註）清楚描繪出人體的構造，是

註：《De humani corporis fabrica》，近代解剖學之父維薩留斯（Andreas Vesalius，一五一四～一五六四）於一五四三年發表的解剖書。

由一個叫維薩留斯的人進行公開解剖後留下的人體結構圖。內容精細到令人無法相信那是四百年前的作品。接下來，你畫的高橋先生的身體，將會比那本書更重要。」

「我嗎？」

「維薩留斯出版這本書時只有二十八歲，你比當時的他年輕太多。你留下的畫，應該會成爲貴重的財產，或許能夠拯救世人。」

「拯救世人」這句話，再度讓河原崎感到亢奮。

「我們被神包圍，大自然的存在比我們更高一層。所以，如果要說什麼是神，或許『地震』、『大樹』、『洪水』才是。所以，有人能夠拯救在黑暗中行進的我們，意外的是，搞不好不是那個在講台上反覆演講的男人。」

「意外？」

「搞不好是像你父親那樣，張開雙手從大樓跳下去的男人喔。」

抱膝的雙手加重力道，塚本的話在河原崎腦中迴響著。

「你父親的死，可能和突發的自然現象差不多。」

河原崎不禁想起父親。他是個奇怪的男人，曾每天去動物園。不僅深夜潛入動物園，還嚷嚷著「一到晚上，有個男人會睡在那裡。喂，你有沒有在聽我說話？那個男人啊，其實是動物園的引擎。爲了維持園內動物的活力，他晚上也待在那裡。只要他一不在，動物就沒精神」之類令人無法理解的話。或許從那時起，他的腦袋就出了問題。

即使在身爲兒子的河原崎眼中，他也是個怪人。不過那種怪法，的確和詭異的雨季一樣，違反自然界的運作。

最後，塚本開車送河原崎回家。兩人在車上沒有交談，但他們已充分了解彼此，就像是那種將自己覺得不舒服的污垢全洗淨的爽快感受。

河原崎下車，繞到駕駛座旁向塚本道別。塚本打開車窗，忽然流下眼淚。「啊，這眞是……」他拚命找理由，彷彿打心底感到困惑，擦著臉上的淚水。他似乎止不住眼淚。「我也不想殺死高橋先生啊，儘管我已下定決心……不、不對，一定是因爲遭信任的人背叛，我才會哭。」

「啊、啊……」河原崎忍不住發出呻吟。

「傍晚六點，我在大學醫院的停車場等你。」塚本笑道，「來證明他是不是神吧。」

河原崎覺得腦袋很沉重，可能是發燒了。他試著在腦中描繪「高橋」站上講台的模樣，但失敗了，怎麼都想不起來。滿腦子都是剛剛道別的塚本，遠去的敞篷車是唯一可見的實體。

「不是早就告訴你了嗎？」副駕駛座上的京子得意洋洋地說道。因爲青山方才一邊開車，一邊苦悶地表示「她還是不肯離婚」。

「你怎麼跟她說的？」

「我說『我們離婚吧』。」

「她是不是先問『對方是誰』？」

妳怎麼知道？青山一臉訝異。

「那種女人總是想知道自己的敵人是誰。她們最在意的，就是自身的立場和地位。」

「是嗎？」青山露出緊張的表情，可能比天皇杯冠軍P.K.賽踢不進球還緊張。「她不肯答應，頑固地拒絕了。」

「既然如此，也只能這樣。」京子噘起嘴，這是一開始就決定的事。「只能這麼做了。」

「做？」

「我可不是說上床。接下來要做什麼，你知道吧？」

「啊、啊，我知道。」青山神情微妙地點點頭。

「一到家就殺了她，」京子刻意輕鬆地說：「然後將她裝進後車廂，載去埋掉。」

「嗯、嗯。」

「在泉岳的深處有很多不顯眼的森林。」

這種事想得越簡單越好。殺人埋屍，只要屍體沒被發現就好。就這麼簡單，沒必要搞些拙劣的小動作。

幸運的是，那女人的雙親早就去世，沒有密切往來的親戚，和鄰居的交情也不好。京子越來越覺得這就是所謂的大好良機，只要青山不說，沒人會發現那女人消失了。根本沒人能證明她曾存在，眞是太滑稽了。

京子要和青山一起生活。她暗自微笑，如果一切順利，說不定連那女人的年金都能弄到手。

「只要訂個大概的計畫就好，過於精細的計畫，反而會綁手綁腳。來診所找我的患者多半活得太認眞，一板一眼地訂定人生目標，卻讓自己痛苦不已。」

青山露出複雜的表情。他是京子的患者，當然也是這樣的個性。他沒踢進攸關勝負的罰球，因而罹患輕微的憂鬱症。周遭的人都說他身爲職業足球員，個性卻太纖細，但本人並不承認。

「對了，我照妳說的去了車站一趟。」

「你去看過寄物櫃嗎？」

京子打電話拜託青山去車站查看。她非常在意是否有人使用遺失的那支寄物櫃鑰匙。

「關得好好的。三十八號，對吧？上面還顯示延長使用費的金額。」

「是嗎？那就好。」

「不過，那個寄物櫃怎麼了？如果妳要用，趕緊把裡面的東西拿出來比較好吧。」

京子並未告訴青山細節，所以沒回答。青山雖然一臉不滿，但也沒特別生氣。

「妳聽過這樣的事嗎？」過了一會，青山改變話題。

「什麼事？」

「有人死而復生。」

「說什麼蠢話？」京子皺起眉頭。青山就是喜歡怪力亂神的傳聞，但她不知爲何青山突然提起。

「這似乎是最近十分流行的話題。聽說把屍體放著，就會變成一塊一塊，然後這些軀塊會自己動起來。」

「一塊塊動起來？」那種景象一定非常滑稽，京子聯想到被切斷尾巴的蜥蜴。

「對，然後這些軀塊又會黏起來。」

「黏起來？」京子語帶嘲笑，「它們變成磁鐵啦。」

青山不太高興，「我是指被切成一塊塊的軀體黏起來。」

「所以呢？」

「沒什麼。只是我昨天出門，在等紅綠燈的時候聽到幾個高中女生談論這件事。好像有人到處在傳這種怪談。」

「眞老套。最近分屍案的話題不是鬧得沸沸揚揚嗎？想必是搭便車的無聊怪談，騙小孩的。這件事跟我們有什麼關係？」

「我們永遠也不知道，什麼事會和自己有關係哪。」

一開始是響起緊急煞車聲，接著輪胎在柏油路面打滑。副駕駛座上的京子感覺輪胎發出又長又尖銳的磨擦聲，身體猛然飄浮起來。

然後是「咚」的撞擊聲，還沒結束，保險桿似乎被撞壞了。

安全帶深深陷入京子的肩膀，向前衝的身體被扯了回去，彈回座位上。

轉眼間發生的情況，令京子感到一陣暈眩。突如其來的疼痛和驚嚇，讓她的怒氣瞬間湧起，雖然還不到失去知覺的程度，但她一句話也說不出來。

過了一會，她才有餘裕在意駕駛座上的青山。

轉頭一看，青山靠在方向盤上。大概是撞到某個部位，他痛苦地按著下巴說「糟糕」，臉色慘白。

一定是天色昏暗的關係。他們原本預定從大街穿越西道路，朝四十八號國道直行，但京子想上廁所，所以拐去愛子地區。右轉進入捷徑之後，四周已很暗。

眞是飛來橫禍，京子煩躁不已。

青山又說了一次「糟糕」，解開安全帶，衝下車。

京子跟著下車。一踏出車外，一股不祥的預感頓時爬滿全身。

道路周圍一片漆黑。這是一條單行道，而且非常狹窄。

京子環顧四周，右邊是某家西點公司的倉庫，前面豎立著柵欄，左邊並排著小酒館和咖啡廳。店鋪似乎很久以前就倒閉，窗玻璃被打破，入口的大門也變形了。

京子試著轉動脖子，剛剛撞到的右手雖然有瘀痕，不過身體並沒有其他疼痛。

幸好這是狹窄的暗路，實在不幸中的大幸，我還眞是好運——京子心想。

青山一副茫然若失的模樣，也沒放聲大叫。不過，與其說他還清醒，不如說他已陷入混亂。

他站在紅色轎車另一邊，帶著恐懼緩緩地確認前方的情況。

京子已知道發生什麼事。她可以想像那是什麼衝擊，腹部被撞到的那聲「咚」仍殘留在體內。撞到人了。

四周沒有任何人影。

青山跪倒在地，好不容易才抬起頭，顫抖著說：「京子，是人。」

「冷靜一下。」京子走向青山，腦中忙碌地思考著。快想想、快想想啊，她逼迫自己。

就算在黑暗中，也知道對方死了。那是個年輕男人，說不定和青山相同年紀。他倒在轎車前面，或許是因爲骨折，姿勢很怪異。

京子也不是看慣了屍體，不過她並不害怕。眼前的狀況毫無現實感，像是認眞的士兵玩偶身體扭曲，倒在地上而已。

青山拚命深呼吸。他彷彿直到方才爲止都忘記呼吸，晃著肩膀，大口吸氣。如果讓他重踢一次那個失敗的罰球，他的表情一定會和現在一樣。「怎麼辦？」

「小聲點。」京子提醒，不過青山約莫是太震驚，又大聲說「糟糕」。

京子十分厭煩，這男人怎會如此死腦筋？像這樣毫無人煙的漆黑道路，不正是能掩人耳目地處理這件事的大好地點嗎？

「京子，妳去確認一下是不是眞的死了。我是外行人，妳不是醫生嗎？從剛才妳就什麼都不做。」

京子很不高興，感覺自己的臉皮正憤怒地抽動。青山噘起嘴，像個抱怨的小孩。

「我是精神科醫生，車禍屍體和精神異常有什麼關係？難道有患者是被車撞而罹患憂鬱症的嗎？」

「跟我也沒關係。」

「是嗎？足球選手不是跟車禍更有緣？」

「哪有這回事……」

「就在剛才，身爲職業後衛的你撞到人了。」

京子毫不在意地這麼說，青山並未答腔，只是一邊發抖，一邊說著「現在不是球季」這種不成理由的理由。

因爲碰上麻煩，京子又感到一陣尿意。「嘖，又來了。」她啐了一聲。

青山雖然很害怕，還是蹲下去，下定決心伸手觸摸屍體。

「附近沒有廁所嗎？」

「這種時候妳還要上廁所？」

「我就是想去啊，不行嗎？」京子咬牙切齒地瞪著青山。

「等、等一下。現在這個狀況不處理不行吧？妳稍微忍忍。」

京子忍著脾氣不發，克制想對青山怒吼「勉強憋尿，如果搞到膀胱炎惡化，連腎臟都出問題，你要怎麼賠我」的衝動。由於實在太氣了，右腳開始發抖。她站在原地抖起腳來。

「好冷。京子，這個人眞的死了。」

青山就這麼蹲著，閉上雙眼，觸摸地上那具屍體的下巴一帶。京子不由得苦笑，就算是車禍造成的屍體，也不可能這麼容易失溫。青山恐怕是把被寒風吹冷的皮膚，誤以爲是屍體的體溫。與其說他可愛，京子簡直快被他的無知氣炸了。這個空有頭顱不長腦的年輕人，難道沒有我就活不下去嗎？她厭煩地想著。眞是的，沒有我就無法處理車禍嗎？

「不要亂摸。」京子口氣不佳地指示青山。隨便翻弄屍體，不是好方法，也不乾淨。於是，「你先過來這裡，」京子開口叫青山，「想一下該怎麼做吧。」

豐田在商店街走著。原本擔心狗會不會亂跑，不過老狗可能受過嚴格的訓練，一步也沒離開豐田。這種情況或許就像年輕時受過軍事訓練的退伍老兵，就算記憶力變差也不會忘記行進方式。

豐田在一家規模頗大的寵物店買了遛狗用的牽繩。

「藍色的還不錯吧。」他在小巷內的電線桿旁，將牽繩扣在狗的項圈上。搭配老狗微髒的身體，全新的項圈和牽繩顯得非常不協調。

豐田牽著狗穿過街道，走了十五分鐘。通過天橋之後就是公園，廣闊的階梯斜斜地往前伸展，在天橋下慌張行進的車流簡直就像異世界的場景。公園裡有一塊廣大的腹地，不知有沒有妥善管理。在櫻花盛開的季節，到處都會掛滿燈籠，夏天則擠滿看煙火的人群。不過，在冬季寒冷的白晝，公園裡沒什麼人，只有幾個玩飛盤的孩童。

豐田找張長椅坐下後，狗在他的腳邊縮成一團。

「要玩那個嗎？」他指著在空中交錯的飛盤，老狗絲毫不感興趣。

好累，他閉上雙眼。

豐田再次想起早上通知他不錄取的公司。薪水比他在上一家公司的金額六成還少，沒有津貼，工作性質既不是管理職也不是設計師，只是打雜而已。這是他最大的妥協了。他放棄過高的期望，只希望盡快穩定下來，即使如此還是不被錄用。聽說這個工作機會只有兩個名額，竟有三十個人來應徵，某處一定有兩個人接到錄取通知吧。連那種水準的公司都不肯僱用自己，眼前只剩下牆壁了，豐田心想。

「無能！」

從某處傳來這個聲音，豐田抬起低垂的腦袋，四下無人。那群在丟擲飛盤的孩子們發出歡呼聲，他只是聽錯了。

他又低下頭，閉起雙眼。

「你眞落魄！」

他發現那是自己體內的聲音。

如今只有不安包圍著全身，接下來會變成怎樣？眞是太悽慘了。此刻，手上握著彷彿是唯一棲身之所的繩索，另一端綁著一隻老狗。豐田感到非常不安，不知不覺眼眶積滿淚水。

「好想工作。」他出聲說道。去除這股不安的唯一方法，只有找到工作，讓生活安定下來。他環抱著身體，不安得發抖。豐田自嘲地想著：如果因不安而凍死，不知道會不會上報？

一直呆坐著，他逐漸煩躁起來。難道不安也像空腹感一樣，會讓人煩躁嗎？到底該怎麼辦？即使繼續找工作，如果像今天又落空，恐怕就沒有機會了。

絕望，眼前只有絕望的岩壁。不，真的沒希望了嗎？豐田拚命想冷靜下來。

「好想工作。」

他又說了一次，從公事包裡拿出隨身聽。將耳機塞進耳朵，他急忙按下開關，聆聽披頭四的歌曲〈HERE COMES THE SUN〉，在心中反覆唱著「It's All Right」，「沒問題的、沒問題的。」

老狗一臉意外地抬頭看著豐田，並未露出嘲笑的表情，轉身便離開。

豐田越聽越深深覺得這是一句好話。「太陽升起，It's All Right，沒問題的。」他年輕時並不聽音樂，甚至輕蔑音樂。反正不過是甲蟲唱的歌罷了，曾在心裡瞧不起、連聽都不聽的披頭四，居然在中年之後給予他勇氣，真令他詫異不已。聽了兩次，他拔下耳機，關掉隨身聽，從長椅上起身。

豐田正要走出地下道，看到迎面下樓的高中女生時，冒出一個念頭。

大概是尖銳的鞋跟聲刺激大腦，他靈光一閃。不知道真正的契機是什麼，總之年輕女性的腳步聲，讓豐田突如其來地下定決心搶劫。

只能去搶劫了，這就是閃過豐田腦海的念頭。

手槍。

我不是有手槍嗎？沒道理不用。豐田再次確認，像是念著自己的姓名般低喃：「我有手槍。」

或許豐田只是偶然撿到寄物櫃鑰匙，碰巧發現寄物櫃的位置，然後找到手槍。不過，大抵來說，所謂的幸運，都是「偶然、碰巧」發生。

這把手槍是爲了拯救我而出現，是僥倖。不就像在乾涸的田裡，意外降下一場及時雨？那支投幣式寄物櫃的鑰匙會掉在地上是必然的。對了，豐田想通了，再次就職的四十場連敗，可說是和祈雨一樣了不起的儀式。

豐田第一個念頭，就是用槍殺了那男人——舟木。殺了那個開除自己的戴眼鏡上司。

不可思議的是，一旦決定這麼做，心情立刻平靜下來。這幾個月未曾感受到的安穩包圍全身。射殺那個上司，是相當不錯的想法。

然而，他馬上恢復冷靜。不能忘記該做的事，豐田深呼吸，重新思考。「好想工作。」他喃喃道。自己不是想要工作嗎？也就是想要有交房租的錢。

射殺那男人也解決不了任何事。

首先，還是要想辦法賺到交房租的錢。這麼簡單的事，爲什麼現在才想通？如果沒人要給我工作，我自己給不就好了？

失業的人如果在名片上的職稱是「失業者」，就不再是失業的人了，不是嗎？對了，以搶匪爲業不就得了？豐田興奮地思考著。

下手的目標就是郵局。小型郵局就好，他沒煩惱太久就得出這個結論。

只要拿手槍威脅職員，他們一定會馬上把錢交出來。聽說郵政儲金有三百兆圓，那麼，從裡面拿一點也不會有什麼影響吧？如同從沙丘上掬一把沙，放入壺中帶回家。

他對老狗說：「這是工作、工作，就像太陽每天都會升起一樣。」

狗沒回答，不過從牠往前直走的姿態看來，似乎也不反對。

就算郵局已近在眼前，豐田也毫不猶豫。他很驚訝自己居然沒發抖。他沒有什麼罪惡感，或是覺得自己有勇無謀，反倒比較在意放手槍的位置。

豐田將手槍放在褲子口袋裡，很擔心走到一半槍會掉落。他試著模仿電影裡飾演警察的男演員把槍枝插進皮帶，又害怕萬一槍枝走火，兩腿之間會演變成一場慘劇。

想像自己的性器官血肉模糊的模樣，他一陣毛骨悚然，於是將槍重新插在背後。由於插得頗深，腰部一帶變得很拘束。

只有一發子彈，若能知道是不是眞槍就好了。

豐田將老狗拴在郵局正面的路燈柱子上。老狗似乎認爲豐田要把牠丟在這裡，正要出聲吠叫時，豐田對牠說了聲「沒問題的」。或許是豐田一廂情願，老狗聽到這句話，似乎露出理解的表情，沉默下來。

他在郵局對面的百圓商店，買了一副便宜的太陽眼鏡和醫療用口罩。

戴上太陽眼鏡，握緊手槍，豐田慌慌張張地將隨身聽耳機塞進耳朵，又聽了一次披頭四的歌曲。深呼吸三次，關掉隨身聽的同時，他走進郵局。

「雙手舉起來！」郵局自動門打開的瞬間，豐田將口罩拉到下巴，大吼出聲。他將手槍對準正面，放低姿勢。

一片靜悄悄，靜到豐田以爲自己的耳朵有問題。郵局內鴉雀無聲。

過了一會他才發現哪裡不對勁。郵局內沒有客人。

只有自己的心跳發出擾人的噪音。

他把槍口朝向櫃檯。

往前踏出一步，三個穿制服的男人映入眼簾，他隨即用口罩遮住嘴。

豐田壓抑著亢奮的情緒，安撫自己「冷靜下來，冷靜下來就沒問題了」，輪流看著那三個制服男人。

兩個中年男人，和一個年輕人。三個人都呆呆地張著嘴。

不知為何，豐田感到一陣噁心，接著他立刻知道原因。只要在有點距離內，與複數以上的人相望，就會讓他想起厭惡的面試經驗。那是選擇和被選擇的差別。

一回過神，他已開槍。不記得何時扣下扳機，連何時將手指放到扳機上也不記得了。他想打穿面試四十連敗的現實。

本來打算朝著天花板開槍，但豐田手不穩，變成朝著正面開槍，把一塊勸導民眾存錢的布條打穿了一個洞。

「這是真槍！」豐田大吼。由於戴口罩的關係，聲音模糊不清。他拉下口罩，再次大吼：「我會開槍的！」

豐田想像的場景是郵局員工一臉懼色，宛如看到蛇的青蛙，舉起雙手往後退。不過，他也有心理準備，或許所有人會毫不懼怕地挺身對抗。

然而，呆立在櫃檯裡的男人們，並未出現以上的反應。

首先，最年輕的男人出聲：「你是警察嗎？」另外兩人緊盯著豐田。「雙手舉起來！」這句話聽起來的確像是警察或刑警的台詞。

年輕男人面向其他兩名同事，盯著自己的制服猛看。

下一瞬間，年輕男人衝向櫃檯的後門。正當豐田驚訝得說不出話時，對方的身影已從後門消失。

另外兩人也一樣。他們顯然是先逃走的年輕人的上司，對於落跑的下屬既不斥責也不哀嘆，反倒跟在後面逃了。

「咦？」豐田發出驚呼。

他舉著槍，陷入混亂。「郵局的員工居然丟下工作逃跑？」

難道全國的郵局員工被教導要這樣面對突然上門的搶匪嗎？

搶匪出現時，請趁隙逃走。有這種對應方式嗎？可是，眼前剛上演這一幕。眾人一起從職場逃走。這已超出乖乖聽搶匪的指示，或不要刺激搶匪的狀況。面對出乎意料的發展，豐田愣在原地。「怎麼回事？」他好不容易才放下舉著槍的手。

彷彿被獨自留在沒有面試官的面試會場。

豐田慢慢靠近櫃檯。

他雙手攀住櫃檯，臀部往上一頂，翻進另一側。這裡不是客人的活動範圍，而是郵局員工，也就是這些工作者的領土。

起碼有個女性員工也好，他在意起奇怪的細節。男職員膽小到令人掃興，在槍口的威脅下居然丟下工作逃了。

櫃檯內側雜亂無章地堆著幾疊鈔票，簡直像早就在等候豐田到來。

金額頂多三百萬圓，綁成一束的萬圓大鈔有三疊堆在一起。

三百萬，豐田不知道這個數字和自己現在做的事情相比，到底算多還是少？究竟划不划算？

他抬起頭，發現上方有監視器，隨即慌忙低下頭。然後，他將戴著口罩和太陽眼鏡的臉緩緩轉過去，又偷看一眼。

當下，他並不覺得不安。與其以失業者的身分倒下，不如因臨時起意搶劫，被監視器拍到臉孔而遭警察逮捕來得好。

豐田將錢裝入口袋。

再次翻過櫃檯，跑向出口。可能是太緊張，他跑得很快，才會出了差錯。一回過神，他已雙腿打結，摔一大跤，肩膀還撞到地板。

摔倒的瞬間，豐田恢復理智，原本壓抑的不安與恐懼頓時出現在臉上。他突然害怕起自己剛才做的事。

他拚命想站起，雙膝卻劇烈發抖，根本站不起來。

放在口袋裡的幾疊鈔票掉在地上，太陽眼鏡也飛了出去。

好不容易爬起來，想撿起鈔票時，他發現郵局入口有人影晃動。

不知何時，出現一個學生模樣的男子，在用提款卡提款。男子從機器中抽出存摺，瞥了戴口罩的豐田一眼，不過他似乎沒發現郵局裡剛剛上演了一齣搶劫的戲碼。

豐田決定放棄那些錢。他判斷已來不及，總之不逃走不行。一走出郵局，他便拿下口罩。

他衝到路燈旁，牽起老狗的繩子。

帶著狗說不定意外成了絕佳的掩護，他焦慮地思考著。不會有人認爲牽狗散步的男人是郵局搶匪吧。

「我做了喔，眞的下手了。可是，在緊要關頭跌倒了。」豐田顫聲向老狗報告，「很好笑吧？」

終於拐進一條從郵局方向看不見的路，豐田嘆了一口氣，心想：鼓起勇氣做的這件事不能寫在履歷表上嗎？當然不能啊。老狗吠了一聲，像是在回答他心中的疑問。

3

志奈子原本看著太陽西下、天色逐漸轉暗的窗外，此時將視線移回戶田的臉上。她放下手中的刀叉。店內的時鐘顯示已過晚上六點。

「怎麼了？」戶田不感興趣地出聲問，壓根就不打算從盤上的鴨肉抬起頭。

「我很好奇，戶田先生爲什麼要找我？」

志奈子無法抗拒發問的衝動。兩人相對無言地吃飯已夠尷尬，她又拋出更沉重的話題。

戶田以叉子將肉送進嘴裡，使勁咬下之後，拿起膝上的餐巾擦拭嘴邊。「妳問這個幹麼？」

「沒什麼。只是，我無法理解，爲何您要提拔我這個無名小卒。聽說，您總是和知名畫家來往。」

「是啊，我對沒名氣的人沒興趣。」戶田一點都沒有不好意思的樣子，反倒洋洋得意。

「替無名的新人澆水、施肥、好好照顧他們，守候他們哪天開花結果，我可沒那種耐性。」

志奈子憂鬱地聽著這些話。戶田對畫家的才能或畫作魅力毫無興趣。他瞧不起憑著熱忱培育畫家的小畫商，總是等到他們培育的畫家終於長出花蕾時，便立刻摘下。

「我以前不是有個姓佐佐岡的員工嗎？他最喜歡做這種徒勞無功的事。所謂多管閒事，就是在說他。什麼挖掘新進畫家，苦心培養啊。」

志奈子想起佐佐岡第一次和她攀談的情況。她在朋友借來的畫廊裡舉行小型個展，偶然前來參觀的佐佐岡對她說「妳畫得很好。如果妳有興趣，歡迎打電話給我」，然後給了她名片。

志奈子從未像收到那張名片時那麼高興。

「沒想到，佐佐岡居然背叛我打算獨立創業，最後搞得一敗塗地。」

「佐佐岡先生並沒有打算背叛您，」志奈子小聲地回應，「他只是想自己負起責任，培育畫家而已。」

當時，戶田徹底打擊佐佐岡。他和所有與佐佐岡交情親密的畫家取得聯絡，必要時還特地上門拜訪，說服對方與佐佐岡斷絕往來。除了露骨地提高契約金，對於不肯配合的畫家，甚至語帶威脅地表示「這個業界很小，恐怕以後會有諸多不順利的事吧」，逼所有人臣服於他。

志奈子不是為了錢，而是受到那句再老套不過的話——「妳的畫總有一天會被全世界接受」吸引。

直到最後的最後，佐佐岡打電話給志奈子，顫聲問：「連妳也被戶田先生拉走了嗎？」聽到志奈子肯定的答覆，他拚命壓抑著混亂的心情，喃喃自語：「是嗎？這樣啊。」

志奈子雖然向他道歉，但在心裡說服自己，為了更上一層樓，必須選擇適合自己的舞台，這是必要的手續。

然而，掛斷電話時，佐佐岡那句「妳的畫會越來越好」，一直留在她的心裡。

「妳知道他現在怎樣了嗎？」戶田問。

「不，我不清楚。」志奈子搖搖頭。她不可能知道。

戶田狀似愉快地以叉子戳著鴨肉。

餐廳大門位在志奈子的正對面。那是一扇很重的門，如果店員沒使盡全力就很難打開。志奈子想著「門突然打開了」的同時，也不禁「啊」了一聲。

一名中年男人突然走進店內。身穿深綠色外套，沒打領帶，腳上那雙沾著泥巴的運動鞋，後跟被踩得失去形狀。從此人的穿著就可看出不適合這家餐廳。他臉上刮過鬍子的痕跡十分醒目，眼眶泛紅，年約四十五歲。

志奈子「啊」了一聲，是看見男人走向他們的桌位的緣故。

男人盯著戶田的背影，筆直朝他走去。雖然不是衝向戶田，但那種靠近方式極不自然。

戶田完全不在意店內的騷動，依舊愉快地吃著盤中的料理。

男人握著刀子。

聽到一聲尖叫，志奈子沒發現那是自己發出的。她掩住嘴巴站起來，撞翻了椅子。

周遭的桌位也傳來尖叫聲，好幾個客人慌張跌倒。

服務生皆一臉蒼白，只見握著刀子的男人在大叫。

志奈子以爲戶田會被殺，嚇得跌坐在地。

她害怕得不得了，根本站不起來。她想像戶田遭人從背後刺殺、血濺五步的情況，彷彿是淋上柳橙醬汁的鴨肉，鮮血流得到處都是，恐怖極了。

當她好不容易起身，卻發現眼前的光景出乎意料之外。

戶田毫不慌張，或是該說一臉輕鬆地拿起酒杯，喝了一口紅酒。看見志奈子站起來，他瞇起雙眼說「妳看後面」，著自己身後。

拿刀的男人發出呻吟，倒在戶田的背後。兩名西裝男子架住那男人，用力壓制在地板上。

壓制持刀男的那兩名男子，剛才還在隔壁桌吃飯。

他們的行動迅速確實，彷彿早已習慣這種場面。

戶田像是看穿志奈子的想法，誇耀自己的勝利般說：「我不是說過沒有錢買不到的東西嗎？告訴妳，就連安全也買得到。」他又喝了一口紅酒，「我就是爲了這種情況才僱用那些傢伙。」

「他……他們從什麼時候……？」

「不知道，大概一直都在吧。我沒興趣知道，只要能確保我的安全就行了，契約內容就是如此。」

志奈子又看了那些男子一眼。在西裝的包覆下，看不出虎背熊腰的體型，不過面無表情壓制持刀男的身手，讓她充分感受到他們的確是專家。他們的技巧實在好得過分。

戶田一點都不關心身後的狀況，不像是故作姿態，而是打心底沒興趣。志奈子覺得他的表現太缺乏眞實感，有些暈眩地坐回座位。

周圍仍騷動不已，眾人的眼神都集中在志奈子和戶田的身上。

戶田一臉無奈地抱怨：「他們就不能安靜地吃頓飯嗎？」

持刀男被兩名保鏢架著，拖出店外。志奈子看到他的臉，感覺很懦弱，不像高級知識分子，但也不像心懷不軌、陷害他人的長相。

「戶田！」男人由保鏢架著，手裡的刀子也遭奪下。在被推出門之前，他大吼：

「你對我太太做了什麼？」

戶田這次不再面無表情，而是微笑著拿餐巾擦拭嘴角。志奈子不確定他的笑，是因爲鴨肉太好吃，還是男人說的話。

「聽到聲音，我才想起那是誰。」戶田一臉滿足地點點頭。

「請問那是什麼人？」

「不知道是哪家經紀公司的老闆。公司不大，趁著景氣好，打算撈一票。他缺錢周轉，一個月前來找過我。」

「希望您資助他嗎？」

「是啊，大家都是這樣。來跟我低頭，說什麼如果我不出錢，就是我的損失。眞是愚蠢，我可不打算利用別人的公司來賺錢。我一向靠著先見之明和決斷力，開拓自己的路。」

「所以，您沒借他錢？」由於借不到錢，便拿刀襲擊戶田嗎？要說誇張也實在挺誇張，志奈子不禁這麼想。

「不是。」戶田的嘴角微微上揚，「他向我提出一個有趣的交易。他說我可以找他公司裡的年輕女人，什麼藝人之類的，隨便我搞一個晚上。總之，就是他提供女人，我出錢。」

「這樣啊。」志奈子曖昧地點頭回應。眞是老套又自以爲是的戰略。

「他這麼一提，我靈光一閃。」戶田還是一臉高興地拿起酒杯，「因爲什麼都能用錢買到，我想買那男人最重要的東西。」

「最重要的東西？」

「聽說他非常愛妻子，眞是笑死我了。我派人調查過，他隨便利用公司的女人，卻那麼重視年紀不小的妻子。所以，我用錢當釣餌，跟他說『把你太太借我一晚，我就借錢給你』。」

志奈子呆住了。不必問也知道，那男人一定是煩惱到最後，仍接受這項提議。

爲了解決眼前的困境，他恐怕編了幾百個理由來說服自己和妻子。

志奈子想起一部電影也是這樣的內容：一名美國富豪以大筆金錢與一對年輕夫妻的妻子共度一夜。但那名富豪是由瀟灑的勞伯．瑞福飾演，十足的紳士。和眼前這個毫不掩飾膨脹的自尊心、年過六十的男人完全不同。

「那麼……您對他太太做了什麼？」志奈子感到口渴，也伸手拿起酒杯。

「這個嘛，」戶田揚起粗大的眉毛，「看到他剛剛那麼生氣的樣子，妳應該猜得出來吧。反正是難得借來的女人，我就把想得到的花樣都玩了一遍。晚餐前我就讓她全裸、對她下藥，讓她好好享受有生以來從沒嘗過的滋味。」

戶田的口吻非常平淡，志奈子頓時說不出話，半晌才問：「戶田先生……和她嗎？」

「我哪來的體力？只要有錢，多少個男人都找得到。我只有一開始參加，之後就在一旁觀賞。一個晚上實在太短暫，一下就結束了。」

志奈子的眼眶蓄滿淚水，不知爲何心中的懊悔就這麼溢了出來。

戶田愉快地問：「我很過分嗎？」

「嗯，這個嘛……」

「我有沒有做是一回事，只是那男人認爲我做了。」

「什麼？」

「雖然他不知道我軟禁他的妻子之後，到底有沒有做我剛才說的事，但他認爲我做了。他的妻子毫無記憶，只是覺得可能被我下藥強暴了。因爲她醒來時，是全裸躺在床上。」

「什麼意思？您到底做了什麼？」還是什麼都沒做？

「那男人約莫胡亂想著妻子被怎麼了、我做了什麼，整天困擾得不得了。人的想像力總是不停往壞的方向發展，聽起來很有趣吧！再怎麼追問妻子，她就是想不起來。眞是愚蠢，我只是享受這種樂趣罷了。玩弄他人的想像力是相當有趣的事哪。」

最後，那男人陷入半瘋狂狀態，持刀打算襲擊戶田。

「他大概是從哪裡問到我會來這家店，也就是有人洩漏我的行蹤。雖然是很麻煩的問題，不過那男人未免太不要臉，跟我借錢，又打算殺我，到底是誰比較過分？」

志奈子忘了勞伯・瑞福主演的那部電影的結局，最後那對年輕夫妻有沒有大復合呢？

「您剛剛說的，只是那男人的妄想嗎？」

「不，無法完全否定我做了那些事的可能性。」

「到底是哪一種情況？」

「爲什麼要告訴妳？就算我眞的指使一些男人強暴別人的妻子，也跟妳無關吧。」

「所以，到底哪一種情況才是眞的？」

「不論哪一種都沒差，」戶田粗魯地說：「總之，沒有金錢買不到的東西。我想買什麼都買得到，而且想買就買。連別人的人生、愛情，甚至是想像力和安穩的生活都買得到。」

語畢，戶田向服務生確認接下來是否會上甜點。

黑澤沒注意到走廊傳來的腳步聲。這個出乎意料的失策，令他表情扭曲。

正當黑澤在熄燈的房內，拉開衣櫃抽屜，熟練地翻找時，日光燈突然亮起。

「喂，你在幹什麼？」從敞開的房門口傳來這句問話。

一回頭，只見一個男人站在那裡。年紀和黑澤差不多，似乎是勤奮工作的上班族。對方將公事包夾在腋下，擋在房門口。

爲什麼走廊的燈亮起時，沒注意到有人進來？黑澤暗啐一聲。對專業的小偷而言，這實在太丟人了。他慢慢起身，眨眨眼以適應燈光，與進來的男人互望。

確認對方的長相之後，黑澤發現見過此人。他有點像在演戲，曖昧地舉起雙手，好讓對方了解自己不打算抵抗。

「你在做什麼？爲何在我家？」男人出聲質問，並不打算靠近黑澤。男人想必十分慌亂。打開房門，看到陌生人在黑暗中翻箱倒櫃，任誰都會嚇一大跳。

黑澤舉起雙手，觀察著對方。那男人是個文弱書生。

這樣說來，今天黑澤一整天都在舉手。白天碰到一對上了年紀的鴛鴦大盜，被槍威脅不准動。到了晚上，被走進來的男屋主逮個正著，得向對方討饒。今天居然這麼不順，眞是了不起。

由於把錢給了那對老夫妻，便再偷一筆彌補損失，這根本是錯誤的決定。

黑澤看著對方，默默反省。不，與其說是反省，不如說他彷彿站在高處俯瞰自身的處境。

穿著深藍色兩件式西裝的男人顯然只是佯裝鎮定，其實內心慌亂得很。他的眼神游移不定，大概是想從現場逃走，一直不自在地交換兩腳的重心。黑澤拚命忍住笑意。

「你……你到底是誰？」男人問。

「小偷。」黑澤舉著雙手，露出大膽的笑容。

黑澤觀察男人的表情。他緊盯著對方，不放過任何細微的變化。「你是屋主嗎？」黑澤明知故問。

看到黑澤正大光明的態度，男人瞬間浮現不安的神色。他或許在想：明明是小偷，行跡敗露與屋主撞個正著，居然還這麼囂張，到底是怎麼回事？

黑澤動著腦筋，想蒙混過當前的狀況。

「你偷了什麼？」男人故作威嚴，低聲問道。

「我剛要開始。」

黑澤在腦中確認眼前這男人的所有情報。

「快滾出去。」

「你不報警嗎？」黑澤早就看穿對方不會去找警察。

男人答道：「如果你現在出去，我就放過你。」

黑澤慢慢放下雙手，一點也不慌張，甚至可說是從容不迫。偶爾碰上這種事，也沒什麼不好。幸運的是，對方沒因突如其來的狀況而歇斯底里地大叫，或是撲到他身上。

「我們來聊一下吧。」黑澤提議。

「你說什麼？」

「小偷都很喜歡閒聊。」

男人十分害怕。身為男子漢，此刻應該要斥責黑澤搞錯自己的立場，或拿起電話威脅「這次真的要報警了」。

兩人陷入沉默。黑澤微笑著享受這段時間。

「好吧。」黑澤舉起食指，和男人正面相對。「我們來玩人類觀察遊戲。」

男人臉色一沉。

「對小偷來說，最重要的是技巧，再來就是觀察。觀察力非常重要，光是看對方一眼，就能想像對方的底細、性格，乃至於目前的人生。」

「那又怎樣？」聽得出男人很不冷靜。

「我現在就來猜猜，至今爲止你過著怎樣的人生。挺有趣吧？要報警的話，不妨等這個餘興節目結束，我絕對不會傷害你，這是我的原則。由於給你這位了不起的上班族添麻煩，我只是想稍微娛樂你一下。」

「你在說什麼鬼話？」男人雖然口氣粗暴，但聲音很小。

「你是老二吧？」黑澤不理會對方，逕自開口：「你在家裡排行老二。三十五歲，和我同年。宮城縣人。」

男人不停眨眼。「那又怎樣？」他略顯逞強地說：「那種事只要看看駕照或什麼證件，馬上就知道了。」

「接下來才是重頭戲。」黑澤愉快地笑了起來，「你不抽菸，對吧？」

「不抽。」男人一臉無趣地點點頭，露出「房裡沒有菸灰缸，看也知道」的表情。

「最高學歷是某國立大學畢業。」

「調查一下就知道了。」男人的臉色稍微變得蒼白。

「文科，經濟系。」

「對……對！」

「你非常用功，總是認眞出席每一堂課。是那種就算其他人蹺課，還是會努力寫筆記的人。」

「或許吧。」

「如果染上感冒，不得已請病假，你就會很緊張，到處詢問缺課的內容，擔心借不到筆記。總之，是完美主義者和膽小鬼的綜合體。」

男人似乎竭力忍耐，沒有任何回應。

看著沉默的男人，黑澤嘴角泛起笑意。「和女人交往也一樣。好不容易約到同班同學，搭你的租車出外兜風。然而，前一天要是沒徹底將預定行程走過一遍，你會十分不安。你對任何事都感到不安，不論是碰面時間、出發時間、車上的話題、途中休憩的咖啡廳和菜單……如果事情不能按照計畫進行，你就會陷入極度恐慌的狀態。」最後他補上不知說了幾次的「對吧」。

男人臉上出現焦躁的神色。

黑澤繼續說：「我還知道很多事。雖然我不是什麼奇怪的老太婆算命師，但只要看著你，就能看到你過去的種種經歷。」

「你眞的看得到？」

對方像遇見靈媒一樣驚訝。

「看得一清二楚。」黑澤樂不可支地回答：「你曾去觀光勝地的山上約會吧！是藏王嗎？你本來想好好欣賞風景，沒想到當天濃霧大起，連前方十公尺的景象都看不見。什麼計畫都被天氣破壞了，既不能觀光也不能做任何事。你驚慌地開著車在山裡轉來轉去，最後開到陌生的地方。託你在山裡轉來轉去的福，坐在副駕駛座的女朋友暈車了。大概是不想弄髒租來的車，於是她突然跳車。」因爲太好笑了，黑澤大笑出聲。「不，這可不是什麼好笑的事。總之，幸好當時你的車速不快，她雖然跳車，卻只有擦傷和扭到腳。那時候，想必情況一團混亂吧？你的預定計畫裡，並沒有『萬一她跳車』這一項。」

「你、你……」男人結結巴巴地說不出話。

「眞是徹底的失敗。」

「你怎麼知道？」

「我當然知道。只要仔細觀察某個人，就能知道對方的過去。我連你畢業典禮的事都知道。」

「畢業典禮？」

「大學畢業典禮，你沒參加，對吧？」

男人皺起眉頭。

「你應該沒去。因爲那天你去看了史丹利・庫柏利克執導的電影《二〇〇一太空漫遊》。」

黑澤彷彿聽到對方內心的慘叫聲。

黑澤繼續說：「那是重新上映的最後一天。你在仙台的某家小戲院看了一整天的《二〇〇一太空漫遊》。雖然以前就看過，但你又跑去看了。是爲了要確認庫柏利克本人有沒有在片中登場，對吧？」

「那、那是……」男人原本要反駁，卻停下來遮住嘴。「你爲什麼知道這件事？」

「你從某個男同學那裡聽到『庫柏利克在那部片子裡飾演一個小角色』。」黑澤覺得實在太滑稽了，「爲了避免錯過庫柏利克出現的場面，你連眼睛都不敢眨，緊盯著銀幕。對你來說，這一切想必很有意義吧。整天在電影院看那部無聊片子，竟錯過了畢業典禮。」

男人似乎猶豫著要不要回應，或許是在思考任由這個闖空門的傢伙說個不停是好事嗎？

「你是不是還跟朋友打賭，到了二十一世紀，人類能不能像那部電影一樣前往木星旅行？」

聽到這裡，男人的表情終於產生變化，原本怯懦的眼中浮現訝異之色。他瞇起雙眼，瞄準靶心般凝視著黑澤。

黑澤露出親切的表情，注視著男人。「你一直認爲『到了二十一世紀，人類就能在宇宙中旅行』，所以我跟你說：『看了庫柏利克執導的電影，只覺得宇宙眞是無聊透頂，讓人想睡，我壓根就不會想去。那不過是在太空船裡無止境地慢跑罷了，我從來沒看過那麼讓人想睡的電影。』。」

「啊！」男人發出驚呼。

像是長年封住的遙遠記憶，被重新拉了出來。「黑澤？」過了一會，男人才說：「你是黑澤嗎？」

男人自然地露出笑容。那張總是逞強而緊繃的臉孔，浮現十年來不曾有過的笑容。黑澤也很高興，喚出男人的名字。「好久不見，佐佐岡。」

面對出乎意料的再會，男人驚訝得合不攏嘴。兩人並未互相擁抱，也沒握手言歡，只是不好意思地相視而笑。對於在三十歲之後，爲久別重逢感到高興的兩人，苦笑是最適合的反應。

半晌，佐佐岡才開口：「我早就不看庫柏利克的作品，電影內容也忘光了。不過，你剛剛是騙人的吧？庫柏利克不會出現在片子裡吧！」

「那麼久以前的事，就別再提了。」黑澤應道。

河原崎在一片漆黑的路上拚命朝西走去。

他沒辦法獨自在家中抱膝枯坐。由於完全冷靜不下來，他衝出家門。

沉默地走在四十八號國道的狹窄步道上，彎曲的道路彷彿是看不見未來的人生，而緩緩向下的坡道更讓他有如此強烈的感覺。

此時，他才發現自己正走向何處。

他走向位在葛岡的墓園——父親的墳墓。

前方持續出現角度很大的彎路，每每快走到盡頭時，馬路對面就會突然出現車輛，讓河原崎驚嚇不已。

他穿越住宅區。

眼前有一隻黑貓走過，傳來一陣鈴聲，可能是繫著掛有鈴鐺的項圈吧。全身漆黑的貓在停下腳步的瞬間，和河原崎四目相接。「三毛！」有個女人跑向黑貓喊道。河原崎心想，怎會有黑貓的名字叫「三毛」？

黑貓敏捷地衝向車道。牠四處張望，跑來跑去，彷彿在尋找某人。河原崎覺得牠簡直像在拚命搜尋救命恩人。

大約走了四十分鐘，接下來就是直行的馬路，民宅漸漸減少，兩旁的風景變得單調。從右邊山路往上走，就到墓園了。

三年前替父親舉行的葬禮，規模非常小，只是按儀式走完流程。母親只在意父親的死法，說什麼也不願讓太多人看到父親的遺容。

葬儀社的化妝師居然能修復父親從十七樓跳下而摔爛的臉，河原崎驚訝不已，但母親非常厭惡別人看到父親的臉，甚至說「那不是你爸爸」。

雖然早有心理準備，不過看到父親的墳墓不如想像中荒蕪，河原崎不免鬆了一口氣。

墓碑上沾附著泥土，周圍的石地也長出一些雜草，可是河原崎並未因此心生愧疚。仔細一看，四周都是這樣的墳墓。

他在墓碑前插上花束。那是墓園入口的花店賣的掃墓用花束，一束五百圓。然而，河原崎不知道父親究竟喜不喜歡花。

他在墓碑前站了好一陣子。堅硬且泛著黑色光澤的墓石上並未浮現父親的臉孔，河原崎仍一直看著墓碑。

「你說些什麼吧。」他聽到一道說話聲。

正確地說，河原崎只是感覺有人在說話。他訝異地環顧周遭，那不是十分清晰的說話聲，有些沙啞。附近沒人，他再次左右張望，往下走了一步，眺望著墓石，竟隱約浮現父親的樣貌。河原崎不停眨眼，腦中一片混亂。或許潛意識裡，他一直想和父親交談。

「爸？」他試著開口，並決定說下去，如果是幻聽更好。「我最近聽說，一旦發生地震或龍捲風之類的天災時，要是父母能冷靜面對，就不會造成子女精神上的傷害。相反地，萬一父母陷入恐慌，就算子女獲救，心底還是會留下陰影。」

「你想說什麼？」父親的聲音問道。聽起來彷彿在竊笑。

「我想說的是，如果父母靠得住，子女就能順利成長。」

「你在責備我逃開一切，任性地死去嗎？」

「嗯，是啊。」

「你不是小孩了。」

爲了隱藏自身的懦弱，以粗暴的口氣對親近的人說話，父親生前就是如此。

河原崎頓時沉默，嘆了一口氣。自己是想和父親說這種話才來的嗎？

「你逃去宗教那邊了吧。」那個聲音斬釘截鐵地說：「像你這種人，多半會把宗教當成避風港。」

「沒那回事。」河原崎有點生氣地回應。

「你很崇拜那個姓『高橋』的男人吧？你明明不清楚他的底細。這不就表示，你逃到宗教那邊了嗎？」

河原崎吃了一驚。

沒錯，他的確對「高橋」一無所知。居然爲一個完全不知底細的人傾心至此？這是盲目崇拜嗎？明明什麼都不知道？那不是和早逝的創作歌手的歌迷，或是群聚於新興宗教教祖跟前的教徒，沒什麼兩樣嗎？「這不是宗教。」他像要拭去心中的迷惑般說道。

「你在說什麼？」那聲音笑了起來，「你不就是沉迷於奇怪的宗教不可自拔，眞正的愚蠢信徒嗎？」

「不對！」河原崎小聲反駁。這與宗教團體完全不同，他的聲音變得高亢。周遭的人，包含大眾媒體的評論者，都異口同聲地稱呼「高橋」爲「教祖」，稱呼前去聽演講的河原崎等人是「新興宗教」的教徒。雖然河原崎從未挺身反駁，卻一直有著強烈的不協調感。他並不討厭被稱爲「信徒」，因爲他們的確是「相信高橋的人」。然而，這與新興宗教完全不同。大眾將他們和新興宗教混爲一談，他一直感到不滿。

「將人類視爲神的瞬間，你們已是新興宗教的狂熱分子。」

「聽起來就像是爸爸認爲人類不能信神。」

一陣笑聲傳來，「我看見了。」

「看見什麼？」

那聲音似乎洋洋得意，「我從十七樓跳下來時看到了。越來越接近柏油路面、即將摔到地上的瞬間，不論是腳踏車、停車場生鏽的屋頂，或是聚集在垃圾場的烏鴉的嘴，我都看得一清二楚。然後，有個東西飛過我的眼前，你知道是什麼嗎？」

「到底是什麼？」

「蚊子。」

「蚊子？」

「不是有一種蚊子，看起來像是腳很長的水黽嗎？牠從我的眼前迅速飛過。」

「你要說那隻蚊子是神嗎？」河原崎覺得眞是荒唐透頂，話中透著怒氣。

「我很清楚那就是。」

「爲什麼蚊子是神？」

「我在死前看到的。那一瞬間，我知道牠才是眞正的神，其他都是騙人的。你現在相信的一切，全是謊言。」

「你倒是說說看，我現在相信什麼？」

「換句話說也行。你現在懷疑的一切，也都是謊言。」

「那跟蚊子沒有關係吧。」

「蚊子不是會『啾』、『啾』地吸血或樹汁嗎？那和接吻沒什麼差別。神本來的任務，就是親吻所有人類。」

河原崎完全不想反駁。那種類似瘋子胡扯歪理的說法，的確和父親生前非常類似。

「人類總是毫不考慮地用雙手打死蚊子吧！意外地，神也是如此。明明近在眼前，人類卻絲毫不心存感謝，無所謂地啪啪啪打死神。然而，祂們一點也不生氣。畢竟祂們是神啊，被打死的瞬間，也只是笑著說『又來了』。日常生活中，我們毫不在意地殺死的生命都是神喔。」

河原崎覺得父親的聲音非常眞實。難道他現在也戴著那頂紅色棒球帽，到處晃來晃去嗎？

「爸，你想說什麼？」

「睜開你的雙眼吧。」

一睜開雙眼，河原崎發現自己回到四十八號國道上。

顯然已過了一段時間，他不知道在墓園發生的一切究竟是眞是假。剛剛眞的和父親交談過了嗎？他甚至懷疑自己沒走到墓園。

說不定自己根本沒去墓園，只是在四十八號國道的某處隨便拐了一個彎。河原崎愣愣地走回國道。

不知何時，他下定決心。

當他注意到時，自己正步向大學醫院，尋找停車場的位置。他在停車場內走來走去，確認車子駛出的方向。銀色敞篷車並不難找。

塚本發現河原崎，瞥了手表一眼，隨即露出笑容。

「我要做。」河原崎說。

塚本嚴肅地點點頭，指著副駕駛座的車門。「那就上車吧。」

「高橋先生死了，」趁著發動車子時，塚本說：「但我們還活著。」他皺著眉，神情苦悶。「神死了，我們卻沒死。你知道這是什麼意思吧？證明結束了。」

河原崎非常驚訝自己並未因塚本的說詞陷入混亂。他只是吞著口水，謹慎地聆聽塚本的話。

「一定是蚊子。」河原崎喃喃自語。車子加速的引擎聲，蓋過他吐出的話。

「你說什麼？」

「沒什麼。」

河原崎已下定決心。父親究竟是胡言亂語，還是正確無誤？只要解剖名爲「高橋」

的這位「神」就能明瞭。

爲了穩定心神，河原崎在副駕駛座上閉起雙眼，猜測接下來的去處。他將手放到胸前，想著：「接下來會發生什麼事？」

「到了。」

一開始，他以爲是父親的聲音，也不知道車子究竟行駛了多久，甚至覺得只是瞬間的移動。

塚本帶他來到一棟大廈。搭上電梯，他立刻發現大廈附近都是樹林。等待塚本開門之際，河原崎感覺自己心跳快速，彷彿是遠方響起的警鐘。

「進來吧。」塚本說道。河原崎在玄關脫下鞋子，走進屋內。最先注意到的是，裡頭傳來某種聲音，是鋼琴聲。從玄關延續到客廳的走廊，顯得異常地悠遠。

走廊盡頭有一扇通往客廳的門。塚本打開門，默默走進屋內深處。這是一個約有二十張榻榻米大的大房間，裡面連接著廚房。

角落只擺著電視和音響，十分單調，遙控器掉落在地上。整個房間都鋪上透明塑膠布，河原崎穿著襪子踏上去。他看到「那個」出現在正中央。一名裸男姿勢端正，面朝天花板，躺在塑膠布上。

河原崎面對塚本站著，那具白皙的屍體就躺在兩人之間。他心想，神死了之後，倒在這裡。

不論有多少老套的字眼，像是「名偵探」、「神」、「天才」等等，加諸其上都不會失色的美麗男子，如今成了一具裸屍，在此沉睡。

河原崎一時動彈不得。

「接下來要解剖神了。」塚本說道。

「整理一下吧。」京子這麼說著，感覺下腹部仍有尿意，讓她無法平靜下來。「你開車撞到人，這是千眞萬確的事實。那是一具男屍，而且就在眼前。」

「啊、啊……」青山乖乖地縮起下巴，「看起來是個年輕男子，可能不到三十五歲，正值壯年。」

「現在有幾個選擇。一是把屍體放在這裡不管，我們繼續開車，然後殺了你老婆。二是去報警，我們現在還沒殺人，主動自首一定能減輕刑罰。這裡的道路又窄又暗，唉，怎會碰上這種事？你開車沒看著前面嗎？沒發現他在走路嗎？」

「我不知道……不，我一直看著前面。雖然一邊開車一邊想事情，但絕不可能沒發現行人，說不定是他自己衝過來的。對了，就是這樣。他自己衝向車子，我只是撞上去而已。」

雖然聽起來很自以爲是，但京子沒否定這種可能性。

「的確有可能是自殺或意外。」

「我是無罪的。」

「雖然不能說你無罪，」京子很受不了青山的單純，「但對方應該也有相當程度的過失。就算有人報警，應該也不會受到太嚴重的處罰。」

青山考慮半晌，終於開口：「如果我去自首……」

「一定會輕判。」

「不、不對。」青山難得語氣粗暴，「如果我去自首，球隊會開除我嗎？」

京子終於明白青山在意的是什麼。比起罪刑輕重、過失程度、受害者的家人等等，他只在意自己能不能繼續踢球。青山目前正處於即將簽訂下個球季契約的重要時刻。

京子喜歡嘲弄煩惱不已的青山。雖然他身強體壯，卻十分孩子氣，膽小又無知。京子覺得他眞是可愛得不得了。嘲笑頭腦簡單、四肢發達的青山，讓他對自己百依百順，是京子最大的樂趣。

「是啊，這是當然的。」京子輕率地回答：「媒體會開心地報導這件事。即使是

Ｊ２（註）的選手，發生這種意外也會有小篇幅的報導。這樣一來，球團勢必會馬上和你解約，撇得一乾二淨。」

「果然是這樣嗎？」

「可能性很高。」

「那我該怎麼辦？」

京子早就準備好答案。實際上，因衝擊力道遭安全帶緊緊勒住時，她便已決定。

「這還用問？當然是想辦法藏屍體，和隱瞞這起意外啊。」

「妳是認真的嗎？」青山像是終於等到京子這句話，顫聲確認道。

「你也這麼想吧。」

「我……」

「話說在前頭，你從剛才就對被撞的『他』毫無歉意，嘴裡只念著『怎麼辦』、『足球』。」

「那是……」

「『他』一樣是人生父母養的，說不定有兄弟姊妹，也可能已婚，孩子還小。這都

註：指日本足球乙級聯賽。

因你的粗心大意化爲烏有。你知道自己犯了多大的錯嗎？他的妻子爲了賺錢養家，不得不開始做不習慣的工作，而孩子再也見不到爸爸了。」京子刻意責難青山。

青山似乎終於產生罪惡感，皺起眉頭，苦悶地摸著撞壞的車子保險桿。眞是太單純了，京子努力忍著笑意。

「那我該怎麼辦？」

「也不能怎麼辦啊，轉眼間你就把好幾個人的幸福毀於一旦。」

「我、我去自首！」青山大聲說道。京子擔心附近的人聽見，慌張地阻止：「別說傻話了。因爲你只在意自己的事，我才會這麼說。」

「那京子打算怎麼做？」

「好好想一想，如果你去自首，有什麼好處？誰能得到幸福？」

「當然是死者家屬。」

「家屬？你認爲他們會高興？得知爸爸、丈夫被你撞死，他們會高聲喝采嗎？找到你這個加害者，家屬只會憎恨你，不可能感謝你。」

「那究竟該怎麼辦？」青山顯然已陷入混亂，「即使把屍體丟在這裡逃走，也沒人會獲得幸福，對吧？家屬不知道肇事逃逸的犯人是誰，連生氣的對象也沒有。」

「就當成是一場意外，不過人不是你撞死的，怎麼樣？」

「什麼意思？」

「你不用去自首。相反地，讓『他』替我們把車開進海裡。」

「咦？」

「聽好，」京子提醒青山，「接下來要去收拾你老婆，不就能僞裝成是那男人和你老婆殉情自殺嗎？讓他們坐上這輛紅色轎車，連人帶車推進海裡，當成他們有外遇關係不就得了？溺死的屍體沒那麼容易浮上來。縱使浮上來，由於曾遭車子猛烈撞擊，也不容易判斷死因。」

青山傻傻地張著嘴。

「我再說一次，就是把『他』和你老婆僞裝成殉情自殺。」

京子在腦中反覆描繪著臨時想出的計畫，看來還不壞。

「眞、眞的會那麼順利嗎？」

「沒問題。反正這具屍體只有和車子相撞的痕跡，根本無法分辨是不是掉進海裡時造成的。」

「但照妳剛剛的說法，這樣一來，又有誰能得到幸福？」

京子的眼神發亮，「大家都能得到幸福。聽著，我們能從肇事逃逸的罪名解脫，很棒吧？死者的家屬也是。『他』並非毫無意義地被撞死，而是和女人一起殉情，如果

『他』有妻子，就是外遇了。」

「實際上並非如此。」

「雖然並非如此，但我們把事件設計成這樣，從他妻子的角度來看，就是背叛的行爲。背叛妻子再和其他女人殉情，有人會對這種丈夫有所留戀嗎？沒有吧！或許她會因突如其來的狀況感到驚訝，也許還會有些悲傷，但一定會很快振作起來。和陌生女人一起死去的男人，她根本沒有爲此沉浸在悲傷中的道理，對吧？」

青山眼神游移，沉默不語。

「反正人死不能復生，活著的人應該爲剩下的人生積極向前看。而且，這樣一來，可以連同你老婆的屍體一併處理。」

「可是，『他』實在太悽慘了。被撞死不說，還被僞裝成與陌生女人一起殉情。」

「連這具男屍的幸福都得考慮，事情會沒完沒了。」

青山想反駁，不過沒說出口。

「我們一定要幸福，知道嗎？」

青山不太情願地低下頭。

「既然決定了，就趕緊行動吧。把『他』放進後車廂。」

「後車廂？」青山一臉困惑。

「行李當然要放進後車廂啊。那個被撞死的男人，是天外飛來的『行李』。之前你自誇這輛車的後車廂很大，豈不是正好？還是，你要讓『他』睡在後座？」

京子忍著尿意，飛快地講完一大串話，催促青山：「快走吧。」

青山不情願地屈服了。他彎腰把手伸進屍體和馬路之間，一口氣將屍體提了上來。

「好濃的酒味。」

「看來是喝醉了。」

將屍體放進後車廂是項大工程，沒辦法直接放進去。京子當然不會出手幫忙，她認爲耗費體力勞動絕對是男人的工作。

青山將屍體放在馬路上，硬將屍體的雙腿折彎。他喃喃說著：「屍體骨折了，四肢晃來晃去。京子，妳不怕嗎？」

「怕什麼？」

「屍體啊。妳一臉無所謂的樣子，不愧是是精神科醫生。」

「根本毫無關係。」京子乾脆地回答。她最討厭那種看到屍體就發抖，嚇到雙腿發軟、當場跌坐在地的軟弱女人。看到血就會暈眩，再怎麼說也該是男人的反應吧。在這層意義上，她很滿意自己看到青山抱著屍體時，還能保持冷靜。

青山調整屍體的方向好幾次，終於放進後車廂。京子聽見他朝後車廂內說了聲「對不起」。

「你幹麼道歉？」

「我覺得很抱歉。」青山靜靜關上後車廂蓋，如此回答。

「對屍體感到抱歉？你腦筋有問題啊？」

京子隨即坐進副駕駛座。回到駕駛座上的青山臉色發青，「我第一次摸到屍體，原來是這種感覺。」

「拿出自信來。雖然職業足球選手很多，你可是唯一處理過屍體的喔。」

車子緩緩前進。途中，京子覺得後車廂似乎傳來某種聲響。她狐疑地皺起眉頭，轉頭向後看。「好像有什麼聲音？」

「聲音？」

「該不會還沒死透吧？你停車確認一下。」

「不，那男人眞的死了。雖然聽起來很怪，不過他死得非常徹底。」或許青山眞的不想再打開後車廂看到那具屍體，所以特別用力回答。方向盤也配合他的語氣，左右轉動著。

接著，青山突然緊急煞車。車子發出歇斯底里的磨擦聲，猛然停下。

京子感受到安全帶深深嵌進身體，驚訝地想：「不會吧？」難道十分鐘前發生過的倒楣事又來一次？

然而，保險桿、引擎蓋都沒發出任何碰撞聲，也毫無衝擊力道。

「你是怎麼回事？」京子瞪著身旁的青山。他緊盯著後照鏡，嘖了一聲。

「到底怎麼了？」聽到京子加重責備的語氣，青山才回過神說：「糟糕，屍體掉出來了。」

京子一下反應不過來。她不懂青山的意思。青山沉默地將左手放在排檔桿，慌張地倒車，但倒得不太順利，重新踩了好幾次油門。

車子開始後退。

完全沒有後方來車的燈光，也沒有車輛撞上來。青山倒車倒了幾十公尺才停下。

「屍體掉出來了。」

「你說什麼？」

「後車廂蓋打開了。」

京子慌忙回頭一看，後車廂的確開著。

「怎麼回事？你沒關好嗎？」

「不，我確實關好了。妳也聽到了吧？我用力關起來，發出很大的聲響。」

「才怪，你像在摸什麼似地輕輕關上而已。」京子根本沒看到，卻斬釘截鐵地這麼說。

「屍體只是彈了一下掉出來，肯定就在附近。」

「那就趕緊撿起來，萬一有車來就麻煩了。」

「早就很麻煩了。」青山說著，打開車門鎖。正打算下車時，他突然回頭對京子說：「對了……」

「又怎麼啦？」

「乾脆讓下一輛來車輾過屍體，如何？」青山雙眼發亮，接著補上一句：「這是個好方法吧。」

「下一輛來車？」

「對啊，北上或南下的車子都無妨，總之我們把屍體放在地上就好。如果接下來有車子輾到他，就是對方的責任。只要又被輾過，就分不出第一個撞到他的是誰。」

看來，青山滿腦子都是丟下屍體從現場逃走的想法。「跟牆壁塗上第二層油漆一樣。只要有陌生人又從上面輾過，就不會有人知道是我們撞死他了。」

「警察會知道的。只要仔細調查，不論第二次還是第三次輾過去，警察都查得出來。」京子對整件事感到厭煩不已，簡短地說道。不過，她很羨慕青山能夠這麼單純。

「萬一接下來經過的車子主人，發現倒在馬路上的屍體怎麼辦？如果對方直接報警，反倒更危險。不是每個人都像你這般不小心哪。」

「我們看準下一輛車經過時，再把屍體丟出去，對方就無法避開。」

「在那之前，我們要躲在哪裡？不可能，太不自然了。你就是這樣，才會被說成是不會下指令的後衛。」

「那妳說該怎麼辦？」青山不服地噘起嘴。

京子深吸一口氣。「你立刻出去，把屍體扛起來，重新放進後車廂。這次好好關上車廂蓋，再回到駕駛座上，對我低頭道歉說『讓妳久等了』，然後開車出發。」她喘了一口氣後，接著道：「這就是你現在該做的事。」

青山找不到反駁的理由，緊閉著雙唇。那模樣非常可愛。半晌，他一語不發地開門下車。

京子並未離開副駕駛座，只換個姿勢看著方向鏡。天色雖暗，青山那結實的身體仍隱約可見。他蹲在柏油路上，一鼓作氣抱起屍體。過了一會，京子聽到後車廂傳來放進東西的聲響，車體也搖晃了一下。最後，傳來關上後車廂蓋的聲響。

「這次好好關上了吧？」

「剛才也好好關上了。而且，那具屍體變得好冷。人只要一死，都會變成那樣嗎？」

「不會那麼容易就變冷。」京子嘲笑青山的無知。

青山思考一會，突然重新發動引擎，向前開去。

從後面的車燈光線可知有車駛近。「眞是千鈞一髮。」京子暗自撫胸，再晚一點，說不定就會被對方撞見。

屍體從緊閉的後車廂掉出來的意外，居然連續發生兩次，實在太匪夷所思。

二十分鐘之後，同樣的狀況又重來一遍。緊急煞車、輪胎的摩擦聲、用力往前傾的車體、深深嵌入身體的安全帶。整件事以一模一樣的順序再次發生。

京子看了一眼方向鏡，屍體掉落在數十公尺外。

京子打算狠狠斥責青山一頓，轉頭一看，發現青山露出複雜的神情。雖然臉色蒼白，但不像是害怕，而是痛苦地皺著眉，跟他在禁區內撞倒敵隊選手時一模一樣。只見他的額頭抵在方向盤上。

京子立刻回頭，確認後車廂蓋又打開了。「後車廂該不會壞了吧？」

青山沒回答。他粗暴地踩著油門，默默倒車。快速停好車後，他隨即開門下車。

京子聽到青山將屍體放入後車廂的聲響。車子搖晃了一下，接著青山回到駕駛座。

「怎麼回事？」

「看樣子屍體又飛出去了。」

「後車廂蓋一定壞了，你仔細檢查一下。」

「沒壞。」

「那爲什麼連續飛出去兩次？」

青山緊握方向盤，顯得相當煩躁。光是要去殺妻已讓他變得很神經質，再加上撞死素不相識的青年，本該藏妥的屍體還連續飛出去兩次，難怪他會陷入混亂。

「對了，後面沒有車子跟上來嗎？我剛剛看到車頭燈，對方該不會目擊屍體從我們車上掉落吧？」

青山沒回答京子的問題，過了一會才開口：「莫非是屍體自己飛出去？」

「你明知我最討厭這種怪力亂神的事。」

京子隨意地瞥了後照鏡一眼，又看見後方來車的車頭燈。她覺得對方簡直像突然從某處浮現。「後面有車來了。」

青山無言地點點頭，仔細地交互看著後照鏡和前方。此時，和對面車道的一輛卡車交會而過。

「啊！」青山突然叫了一聲。

「又怎麼了？」京子反問青山，心想：「這種時候還會發生什麼事？」

「沒有，藉著剛剛的光線，我看到後面那輛車的駕駛。」青山一臉困擾地抓著臉頰。

「是認識的人嗎？」

「不，不認識。我只看見他戴著帽子。妳不知道嗎？那頂紅帽。」

青山說出一個巴西隊中鋒選手的名字，「那頂棒球帽是他的正字標記，有一陣子非常流行，超難買到。」

對面車道又經過一輛卡車，京子也回頭一看。「啊，我看見了。紅色帽子，而且帽簷折得很彎。」

「那種戴法當時很流行，把紅帽折彎後戴上，而且要壓得很低。」

「那又怎樣？」後面來車的駕駛戴什麼顏色的帽子，關我什麼事？京子不由得生氣。

「不過，那個司機的臉色白得像鬼，真是噁心。」

「幽靈戴那頂帽子，實在太浪費了。」青山低聲說了一句。

失業的人實在太適合公園長椅了，而搶劫未遂的男人更適合，豐田心想。

公園裡沒什麼人，幾個小時前玩飛盤的孩子們也不見蹤影。寒風吹過地面，捲起了落葉。

豐田還是有些茫然，坐在長椅上不知嘆了多少次氣。

衝出郵局之後，他很激動。由於緊張、恐懼和少許的成就感，他一邊喘氣，一邊對老狗說：「我做到了，眞的做到了。」

但過了十分鐘，憂鬱緊接著來報到，一點一滴地滲進他的心裡。他後悔自己犯下的罪行，連握著牽繩的手都在發抖，坐立難安。他認爲自己應該拿著槍，直接去警署自首。

然而，又過了三十分鐘，他忽然覺得警察算什麼，隻身一人拿著槍，果敢地闖進郵局的自己，才是眞正了不起。對象是誰都無所謂，如果是職業介紹所的負責人更好，此刻他只想向某人報告自己幹了一件大事，想大叫：「只要我願意，什麼都做得到。」

高昂的情緒和極度的不安交替出現，豐田躁鬱地坐在長椅上，內心激動不已。

到底是怎麼回事？豐田看著在腳邊縮成一團的老狗，一邊思考。衝進郵局，掏出槍指著職員，過程到這裡都還好，直到郵局職員忽然放下手邊的工作，全部逃離。那些職員膽小的程度，實在有些匪夷所思，簡直就像一場夢。他不禁懷疑，那眞的是現實生活中發生的事嗎？

豐田大叫「雙手舉起來」的瞬間，恍若大浪來襲，所有職員一起逃了出去。眞有這種事嗎？不單是一個人，居然是三個人同時逃走。從他們不負責任和膽小的態度來看，郵局不如僱用豐田比較派得上用場。

此時，豐田聽到警車駛近的聲音。警笛聲大作，數輛警車從大街上穿梭而過。天色漸暗的街景中，紅色警示燈閃爍著。

豐田不認爲自己犯下的搶案會招來警車，畢竟是那種不上不下的案子。或許有其他案子發生，警車前往的方向也不是郵局所在地。

我連郵局都搶不成嗎？

豐田後悔沒帶走三百萬圓當中的一疊鈔票。此刻，胸口的烏雲逐漸擴散，緊接著轉爲不安。

失業者的憂鬱強烈地充塞在體內，他又嘆了一口氣。無意識地嘆氣，更讓他徹底感受到自身的無能。如果嘆息能放在地面上累積，早就將他全身掩埋，讓他窒息而死。

「老頭，老頭！」突然有人叫他。

豐田的眼前站著一個男人。由於四周很暗一開始看不出來，不過仔細一瞧，對方只有十幾歲，個子比豐田高大，臉上的青春痘十分顯眼。年輕人理所當然地對他說：「借我錢。」

豐田立刻察覺，這是時下年輕人以中年上班族爲目標、半帶好玩性質的「狩獵」遊戲。

他發現身後有人，轉頭一看，另外兩個年輕人笑嘻嘻地靠近。其中一人染金髮，嘴裡不停嚼著口香糖，另一人頭戴黑色棒球帽，朝地面吐了一口口水。豐田很快瞥了腳邊的老狗一眼，老狗似乎不知道發生什麼事，依舊坐著不動。

「老頭，你有錢吧？」滿臉青春痘的年輕人問。

「你可是支撐日本經濟的上班族呢。」棒球帽男走近。

比起受到年輕人威脅，豐田更覺得這句話傷了他。身爲失業者的不安，讓他心中一陣酸楚。

可是，現在的自己不一樣。他把手伸到背後，想起「那個」。手邊不正有著貨眞價實的「武器」嗎？

「對、對不起，我不是上班族。」尚未意識到之前，豐田已脫口而出。他雙手伸到背後，握住插在皮帶裡的手槍，拿出來指向帽子男。你們這些年輕人，不好好工作，靠著恐嚇輕鬆賺錢，你們了解失業者的痛苦嗎？憤怒湧上心頭，豐田失去了冷靜。

三個年輕人瞬間停止動作。

豐田以顫抖的右手拿槍，指著眼前男人的鼻尖，氣血上衝，集中到頭部。腳邊的老狗抬頭看著圍在豐田四周的三個年輕人。牠輪流望向豐田、槍口，以及頭戴棒球帽的年輕人，本能地感受到現場的緊張氣氛。

「你們不要瞧不起失業的人。」豐田說道。

看到豐田掏槍，年輕人顯得很害怕，狼狽地往後退。但一聽到「失業的人」四個字，彷彿是某種信號，他們突然動了起來。「搞什麼，原來是失業的人啊，那就沒什麼好怕了。」他們似乎對豐田的失業者身分感到安心。

滿臉青春痘的男人繞到豐田身後，抓住了他。

趁著豐田被用力抓住，棒球帽男將他的右手扭成奇怪的角度。豐田發出「啊」的一聲，發現槍已被搶走。

情勢頓時逆轉。

嚼著口香糖的金髮男抓緊時機，痛毆豐田的腹部。他痛得全身蜷曲。

「老頭子拿這種東西想幹什麼？」搶走手槍的棒球帽男約莫是太興奮，露出痙攣般的笑容。從背後押著豐田的青春痘男則放開了他。

從被押著的狀態解放之後，豐田失去平衡，往後倒下。

三個年輕人大笑著圍過來，其中一人拿槍指著他。

「老頭，把錢交出來！」拿槍指著豐田的男人，吞下口水後說道。

一旁的青春痘男笑意加深，「你拿這種東西能幹什麼？我們就接收嘍。」

「等、等一下。」豐田伸出左手，「等一下。」

「眞想開一槍試試。」棒球帽男說道。比起威脅，更像是因扭曲的慾望而興奮的自言自語。「開啊、開啊。」嚼口香糖的男人以冷冰冰的聲音，在一旁不負責任地鼓譟著。

快、快住手！豐田一屁股坐在地上，不斷後退。由於太丟臉，他不禁全身顫抖。

想到自己會以失業者的身分遭到射殺，他就全身發冷。對方嚼著口香糖，順便開槍打死他，也令他恐懼不已。

此時，發生意料之外的事。

一旁的老狗突然發出低吼，咬向拿槍的棒球帽男的腳踝。

面對突如其來的發展，眾人呆立當場。

被咬的年輕人大叫：「這傢伙！」他搖晃著被咬住的腳，想要甩開老狗，但老狗絲毫不鬆口。另外兩人雖然想踹開老狗，卻也沒辦法。豐田茫然地看著咬住男人腳踝的老狗，腦袋彷彿被狠狠敲了一記，不敢相信那條老狗居然會保護自己。

牠不管自身的年紀、體格，即使毫無勝算仍向前撲去。不知是對臨時飼主的忠誠，還是自古以來群居生活中的某種默契，抑或是老狗特有的痴呆？總之，老狗果敢地咬住敵人的腳踝不放。

勇猛果敢，腦中浮現這個字眼的同時，豐田也爲自己方才丟臉的反應慚愧不已。他聽到斥責自己的聲音。

老狗勇敢面對敵人，你居然坐在地上發抖！豐田替自己打氣。他用力抓住發抖的雙腿，痛罵自己：你這個沒用的傢伙！就算老狗罵你是「喪家之犬」，你也沒有任何反駁的理由。

猶豫不決之際，他聽到老狗的哀號。

棒球帽男已將咬住腳踝的老狗踢開。

接下來的發展非常快速，像在看倍速播放的影片。口香糖男從後面抱住老狗，大喊：「快開槍，先打死這隻狗！」

老狗不太掙扎，不知是有所覺悟，抑或是沒有體力了。總之，牠就這麼被抱著，凝視槍口。

豐田慌張地站起來。在碎石地上滑了好幾下，他才勉強站穩。腦中響起「那隻狗被半好玩地打死好嗎」的問句，他找不到藉口，但身體動彈不得。恐懼害他連一步都踏不出去。

「喂，快把狗放好，我要開槍了。」棒球帽男說道。

抱著狗的金髮男聽從同伴的話。被放回地面的狗原地坐下。

「好！」年輕人大叫一聲，似乎把這裡和電玩遊樂場搞混了。

豐田起身，喊了一聲：「快逃！」不，他是打算這麼喊，但不確定到底有沒有發出聲音。

棒球帽男瞇起一隻眼睛，瞄準目標，打開槍的保險栓。

槍口確實對準了狗。

「快逃！」豐田這次真的發出聲音。

老狗動也不動，一臉悠哉地盯著槍口。這隻笨狗！豐田內心湧起一股絕望。

或許是害怕子彈不長眼，會受到波及，另外兩人後退幾步。

豐田看到對方扣下扳機，也聽見喀嚓一聲。

然而，沒有令人恐懼的槍聲。「奇怪？」豐田這才想起，槍膛裡並無子彈。唯一的一發已在郵局用掉，他完全忘記這件事。

棒球帽男沒發現槍膛裡沒裝子彈，疑惑地歪著頭。

只有老狗一臉冷靜，坐在原地望著豐田。

「我早就知道了。」牠彷彿一開始就知道槍膛裡沒有子彈。

此時，豐田終於動了起來。雖然慢了點，但還不算晚。

他撲向棒球帽男。從旁邊用力撞向拿著槍、站著不動的男人。

男人難以置信地看著沒有子彈的手槍，然後倒下。豐田騎在他身上，拚命毆打他的臉。倒在地上的男人反抗著，身體晃個不停，豐田卻毫不在意地痛毆。分不清楚是臉頰還是下巴，總之豐田不停揍他。等到豐田覺得拳頭發疼時，已過了好一陣子。

「這老頭在幹什麼？」其餘兩人搞不清楚狀況，愣愣站在一旁好一會，發現豐田在毆打同伴，才急忙衝過來。

豐田的動作非常迅速。他抓住地上的手槍，從西裝口袋裡掏出兩顆子彈，以顫抖的雙手用力而不熟練地將子彈裝填進去。

他打開了保險栓。非常完美，眞是千鈞一髮。

接著，他將槍口朝向又想撲上來的青春痘男。

「我、我會開槍的。」豐田好不容易擠出這句話，不過很有效。青春痘男和金髮男面面相覷，害怕地點點頭，轉身逃離。

只剩下被豐田騎坐在地的棒球帽男。雖然被揍到整張臉又紅又腫，他卻絲毫沒有反省的神色，也沒有懼怕的模樣，只是不滿地看著豐田。

這個年輕人的身體，彷彿是由種種不滿構成。

豐田拿著槍站起來。

「老頭，你知道自己幹了什麼好事嗎？」年輕人抓著碎石想爬起，毫不愧疚地說：「居然敢揍我。」

豐田雙肩抖動，喘個不停。老狗來到他的腳邊，緊挨著他坐下。

「你是白痴嗎？老頭子居然拿著那種玩具。」

年輕人撿起掉落的帽子，拍掉上面的沙石，挺起上半身。

豐田將槍口朝向年輕人。他豁出去了。爲了讓沒出息的人生有激烈的改變，或許眞的必須遭遇一些荒唐、暴力的事情。他一邊這麼想，一邊拿穩手槍。

「那把槍明明不能用，你是笨蛋嗎？你這個被裁員的老頭子！」缺牙的年輕人嘲笑道。

聽完對方的話，豐田扣下扳機，響起短促的槍聲。對於開槍一事，豐田自身也驚訝不已。他聽到年輕人的慘叫。右大腿中彈的年輕人，發出不成聲的呻吟。

豐田訝異地盯著手槍。年輕人大聲喊痛，豐田不禁吞了一口口水，「我開槍了。」

怎麼辦？怎麼辦？他慌張到聽不進年輕人的連連哀號。

豐田打算離開現場，跨出第一步時，瞥見老狗的身影，愣了一下。

老狗望著夕陽。牠抬起頭，無所謂地望著太陽西沉。

豐田停下腳步，看見老狗側面的瞬間，胸中的塊壘瞬間變得輕盈。充斥在腦中的焦慮、恐懼、不安、後悔的濃霧頓時散去，年輕人的哀叫聲也消失在遠方。

豐田呆呆地看著老狗。

微髒的老狗，露出洞悉世事、接納一切的表情。

他想起學生時代讀過的小說中的一段文字。那是主角對白痴女性所說的台詞。

「不用害怕，然後，絕對不要離開我。」

眼前的老狗什麼都沒說，豐田卻覺得老狗說出同樣的話。比起被迫辭掉工作，失去冷靜，狼狽到極點的自己，這隻狗居然如此威風凜凜。

既不怕手槍，也不擔憂該如何生存，牠勇敢且自在地活著。

他用力抱住老狗，稱讚：「你實在太了不起啦。」

老狗露出一副「你這老頭在說什麼啊」的表情。

4

黑澤突然覺得某處傳來槍聲。他站著望向窗外，還聽見車子的引擎熄火聲。

「怎麼了？」佐佐岡問道。

「沒什麼。」黑澤含糊其詞。在相隔十幾年、再次重逢的老友面前，車聲之類的瑣事不是合適的話題。

佐佐岡明顯陷入不安，一定是作夢也沒想到屋裡居然會出現同班同學。黑澤忍著笑意，持續闖空門這份工作居然也會碰到這種場面，實在愉快。

兩人隔著客廳的長桌佇立不動。

「我可以坐下嗎？」黑澤指著身後的沙發問道。

「咦，好啊。」佐佐岡點頭同意。

黑澤在沙發上坐下，對佐佐岡微笑說：「你不坐嗎？」對方每個動作都緊張兮兮。

「我們上次見面是什麼時候？」

「畢業典禮吧。」黑澤立刻回答：「嚴格來說，應該是前一天。因爲你沒來參加畢業典禮。」

「誰教你說庫柏力克會在電影裡出現。」

「庫柏力克終於也死了。」黑澤沒說的是，他看到新聞報導時想起了佐佐岡。

「我最近都沒看電影。原來如此，庫柏力克最近過得這麼糟啊。」

「喂、喂！」黑澤十分訝異，「我說『死了』可不是什麼比喻，他眞的死了。」

「騙人的吧？」

見對方一臉認眞，黑澤頗爲吃驚。「你連電視都不看嗎？那是好幾年前的事了。」

「我工作很忙，而且也沒興趣看電視。」

「你的人生這樣就好嗎？」黑澤正經地問。

佐佐岡露出笑容，「學生時代你也經常這麼問我。」然後，他苦笑著說：「不過，史丹利・庫柏力克眞的死了嗎？」

「或許是庫柏力克本人說謊。」

「說自己死了？」

「可能是光想像二十一世紀的變化就覺得很無聊吧？即使躲起來還是會被媒體找

到，逼他接受『來到二○○一年，請問您有什麼感慨嗎』之類，既曖昧又無趣的訪問。他討厭這些，所以選擇死亡。」

「眞的嗎？」

「這只是我的猜測。」

「他的電影就算現在看也不過時。」

「即使是二十一世紀的現在，庫柏力克的電影一定還是無聊得要死。」

「他似乎說過『無聊是最大的罪惡』。」佐佐岡笑道。

聽到佐佐岡的話，黑澤露齒一笑：「他眞的忘了自己拍的電影有多無聊。」

「這麼說或許很厚臉皮，不過難得見面，能不能給我什麼喝的？不是酒也行，只要能喝就好。」

黑澤坐在沙發上，掌心向上朝著對方。

佐佐岡突然一臉疲憊，說著「啊，也對」，然後起身。黑澤注視著他。許久不見的學生時代的友人，顯然還是太認眞，絲毫不知變通。他忍俊不住，問道：「你的工作是什麼？」

佐佐岡在客廳中央走來走去，「你知道畫商這種工作嗎？」

「你是指賣畫的人嗎？」

「是啊，就是這樣。」

「我經常在《推理劇場》之類的節目看到。這些人買賣海外知名畫家的作品，看起來都不是什麼善類。」

佐佐岡笑了，「我在一家規模很大的畫廊工作，說是日本第一也不為過。是啊，大家的確都不是什麼善類。」

黑澤記得佐佐岡大學畢業後任職的公司，雖然稱不上是超級一流的企業，但也是小有名氣的上市公司。直到剛才，他都以為佐佐岡在那裡工作。

不知道佐佐岡在何種因緣際會下進入美術界，不過黑澤並不打算問。反正如果他不當小偷，過著正常生活，可能是碰上什麼契機，就此走上這條路。

「那是在仙台的畫廊嗎？」

「不，在東京。不知為何，畫廊這種行業通通集中在銀座。」

「大都市會毀掉一個人。」黑澤認真地說道，「那你為什麼住在仙台？」

「我太太在這裡工作，所以我暫時待在這裡。」

「所以，這是你太太的公寓？」聽到黑澤這麼問，佐佐岡不好意思地含糊其詞，低下頭。然後，他像要轉移話題似地問：「你真的是小偷嗎？」

「與其說這些，麻煩你快點給我喝的吧，佐佐岡先生。」黑澤故意打趣地說：「我和你不同，我的人生一開始就走上岔路。」

「人生難道有所謂正確的道路嗎？」

「有啊。」

「你爲什麼會當小偷？」

「我也不知道。」

「我想起你畢業之前說過的話。」佐佐岡提高聲調，「你跟我說『沒有所謂獨特的生活方式』。」

「是嗎？」

「你說這世上到處都是被規畫好的路線，人生這條路上盡是標誌和地圖。有些道路甚至是爲了連接岔路而存在，就算走進森林也有標誌。即使出外旅行，打算重新認識自己，也有專爲這種目的所寫的書。說得極端一點，連成爲流浪漢的路線都規畫好了。」

「我說過這麼了不起的話啊？」黑澤不好意思地抓著頭。

「我大概是認同你這些話，才去畫廊工作。當時，對於去一般公司上班，我抱持著疑問：『我的人生這樣就可以了嗎？』因爲你的一席話，我頓時輕鬆了起來，反正不論去哪裡都一樣嘛。」

「現在的我也能給你忠告。」

「什麼忠告?」

「不要囉哩囉嗦，快拿喝的過來。」

佐佐岡聞言，大笑出聲，彷彿此時才想起該怎麼笑。接下來，佐佐岡的動作很詭異。他左顧右盼，猶豫著該怎麼踏出第一步。他先向右邊跨出一步，又立刻停下，轉向左邊。

「等一下!」黑澤豎起食指，「你的樣子很奇怪，該不會是工作過度，有記憶障礙吧?」

「記憶障礙?」佐佐岡不安地站在原地。

「所謂的記憶，是由顳葉（temporal lobe）內側的海馬體負責記錄在大腦裡。記錄、保存，然後讀取。你工作過度，所以無法順利讀取平常的記憶。」

「什麼意思?」

「你連家裡的擺設都忘了吧?」

佐佐岡絲毫不隱藏困窘的表情，像少年般脹紅了臉。「什、什麼意思?」

「你去拿飲料給我，卻連廚房在哪裡都搞不清楚，也不習慣坐這張沙發。明明是你家，你卻這麼手足無措，到底怎麼回事?」

「家裡的事都是我太太在打點。」佐佐岡回答的聲音極小，黑澤幾乎聽不見。

「你是什麼時候結婚的？」

「五年前。」

「一定很不順吧。」

「好厲害。」佐佐岡又是一臉驚訝，「你怎麼知道？」

「我猜的。」黑澤抱歉似地舉起手，「這種事隨便跟什麼人說，大概都八九不離十。」

「我和我太太是在某個頒獎派對上，透過其他畫商介紹認識的。」

「她非常年輕吧。像你這麼認眞，每天拚命設法在社會上存活的男人，見到年輕一點的女人便會很感動。宛如剛從礦坑裡爬出來，見到陽光就恍惚不已的男人。」

佐佐岡露出自嘲的笑容。

「你們現在是分居東京和仙台兩地嗎？」

「倒也不是。」佐佐岡搖搖頭，「由於工作性質，我總是在各地出差，本來就不常在家。我太太也有自己的工作，我們維持著各自獨立的關係。」

「這樣也算是夫妻嗎？」

「根據我的定義，算是。」

「下次別在我面前使用『定義』這個字眼。」黑澤說罷，兩人不約而同地笑了。這句話是黑澤學生時代的口頭禪。

「對了，」黑澤再次望著佐佐岡，「你太太今天不回來嗎？我待在這裡會不會不方便？」

「你是我的朋友，又不是小偷，而且我太太不會過來這裡。」

黑澤看著朋友慌張解釋的模樣，懷念之情油然而生。不論過了多少年，人的本質就是不會改變。佐佐岡跟以前一樣，完全不會撒謊。

「你的人生又如何？你真的靠偷竊過活嗎？」

「是啊，我靠當小偷過日子。除此之外，我沒做過什麼正經工作。」

「很充實嗎？」

「充實的人生啊……」黑澤想起那對上了年紀的鴛鴦大盜，「這可不是什麼像樣的生活。闖進別人的家裡，搗亂他們的房間，奪走他們的錢財。自己不努力賺錢，卻搶走別人的貴重財物，糟糕透頂。」黑澤聳聳肩。

佐佐岡沉默不語，或許在煩惱該說什麼。

「我從以前就只會逃避，」黑澤笑著說：「我已放棄抵抗。」

「抵抗？」

「我放棄抵抗人生。這世上有一股巨大的潮流，就算反抗那股潮流，終究還是會被推著走。如果能理解我們活著的背後有一股巨大的力量，就沒什麼好怕的，也不需要逃避。我們以爲是靠著自身的意志和選擇過日子，其實也不過就是『活著』，不是嗎？」

「這不是你在學生時代最討厭的『宗教』嗎？」

「不是，我只是認爲人生並不是道路而已。」

「不是道路？」

「是海洋啊。」黑澤聳聳肩，「人生是既沒有路線也沒有標誌的茫茫大海。我們是身在其中，緊緊抓住一條大魚，委身於巨大的海流罷了。」

「你是說我們都是魚嗎？」

「魚或海洋。」

「好奇怪的宗教。」

黑澤笑著回答：「我對於宗教或神祕現象之類，虛有其表的可疑事物完全無法接受。最近不是出現那種崇拜破案者的團體嗎？」

「那是什麼？」佐佐岡不像在裝傻。

「你還眞是遠離塵世。幾年前，有個普通人解決了發生在仙台的命案。」

「在仙台？」

「是啊，那個人雖然不是福爾摩斯，但經過這件事之後，一群過度崇拜他的人組成

「現在仍持續活動嗎？」
「嗯，現在也是。這個規模龐大的新興宗教叫『名偵探大人萬歲』。」
「這樣啊，但還是眞辛苦。」佐佐岡想了又想，如此回應。
「怎麼說？」
「因爲名偵探必須不停解決案件。」
所言甚是，黑澤點頭同意。

「總之，我要說的和宗教無關，是更單純的事。聽好，我們人類本來是阿米巴原蟲之類的單細胞生物，歷經久遠的歲月慢慢進化。」
「這讓我想起庫柏力克電影中出現的石板。」
「到了現在，我們演變成如此複雜的生物。擁有感情、會操縱記憶、撒謊、算計別人、希望擁有名聲，還能演奏爵士樂。」
「那又如何？」
「這樣就夠神奇了吧？在抬出宗教之前，光是活著這件事已足夠讓人驚嘆，應該要拍手喝采。」

團體。」

「你總是會說一些有趣的事。」

兩人陷入短暫的沉默。黑澤享受著片刻的安靜。

過了一會，佐佐岡開口：「這麼一提，我工作的畫廊也有個奇怪的青年。他在畫框店打工，經常在我那裡出入。他的經歷十分特殊，以前當過電腦系統工程師，據說曾坐牢。畫框店的老闆很喜歡他，才會僱用他。他不單年輕，頭腦也挺好。我和他聊過，發現他講話有條有理，實在不太適合拿著畫框跑來跑去。有時他會告訴我關於『稻草人』的故事。」

「稻草人？」

「他看過會說話的稻草人。」

黑澤發出竊笑聲，愉快地問：「這是一種比喻吧？」

「大概吧。那個會說話的稻草人洞悉世間的一切，總是溫柔地守護所有人。我能理解他的想法，即使稻草人不會說話，只要一想到有某種令人安心的存在始終眷顧著自己，或許就不會這麼不安。他常說『未來是由神的食譜決定的』。他口中的『神』或許是指某種普遍的存在吧。」

「『神的食譜』嗎？眞是奇怪的字眼。」

「你不覺得比起命運，這種說法更合適嗎？對了，搞不好和你剛才說的魚是同樣的意思。我們就是食譜，就是游泳的魚。」佐佐岡露出笑容，接著又猶豫不決地望向廚房。「對了，我還沒拿喝的給你。」

黑澤緊盯著佐佐岡，「或許我們今天在這裡重逢，也早就寫在『神的食譜』上。」

「是啊！」

「算了。」黑澤從沙發上起身，與佐佐岡四目相接。然後，他平靜地說：「把你家的地址和電話告訴我。」

對方頓時語塞，好不容易才小聲回答：「我不記得了。」

「難道你不記得這是什麼地方嗎？」黑澤接著問：「那麼，你記得那件事嗎？我們學生時代一起去高級餐廳時，我說了什麼？」

佐佐岡眼神一亮，「你要我模仿你吃東西，然後你開始用攪拌咖啡的小湯匙吃飯。」

「是嗎？」黑澤佯裝不知。

「託你的福，後來我再也不隨便模仿別人。」

「很多事都必須向他人模仿學習。」黑澤輕輕舉起雙手，「今天或許就是那一天。」

「什麼意思？」

「別再裝傻了，接下來你打算怎麼辦？」
大概是被戳到痛處，佐佐岡滿臉通紅地想著該怎麼回答。
「別看我這樣，好歹我是有經驗的小偷，著手工作之前，會進行一定程度的調查。這家的主人是誰？在什麼地方工作？有沒有其他家人？養不養狗？什麼時候家中沒人？」黑澤一口氣說到這裡，停頓一下，接著說：「這不是你家。」
佐佐岡不好意思地低著頭。這個習慣動作和學生時代一模一樣。
「你一進來我就發現了。」
「一開始你就知道嗎？」
「說什麼畫廊、畫商的，這裡根本一幅畫都沒有。」
「啊！」佐佐岡不禁縮起身子。
「這不是你家，你也是闖空門的，對吧？」
眞是太有趣了，黑澤望著天花板這麼想。

得知「神死了」，河原崎不禁愕然。世界末日來臨之前，神先死了，這就和商店打

烊之前，店員先拉下鐵門一樣。他雙腳發抖，搞不清楚自己是害怕還是興奮。

沉穩的鋼琴聲從音響中流瀉出來。

「這是什麼音樂？」河原崎問塚本。

「凱斯・傑瑞特（註）的獨奏音樂會。」

流瀉在安靜室內的鋼琴旋律的確非常美妙。「這種好聽的音樂最可疑了，你可得注意一點。」河原崎想起父親經常一臉苦澀地如此告誡他。

琴聲包圍的房間，瀰漫著奇妙的氛圍。純白牆壁、鋪滿透明塑膠布的木質地板、擺在角落的電視機。一名裸男仰躺在正中央，所謂「神聖的氣質」正是如此，河原崎感動不已。

河原崎只在聚會的講台上看過「高橋」，不太記得他的長相。即使如此，河原崎仍覺得這個男人就是高橋。

一點現實感也沒有，河原崎的眼前突然一片模糊。「原來他個子不高，眞意外。」高橋的體型比想像中嬌小。

「因爲他不像平常那樣站在講台上，光芒一消失，看起來就變小了。」

「不過，他很美。」河原崎湊近屍體，傳來塑膠布滑動的聲響。穿著襪子站在塑膠布上很容易滑倒。他站在屍體旁邊往下看，接著轉向窗戶。

「你是怎麼辦到的？」他看也不看塚本地問道。河原崎的意思是，塚本怎麼殺死這個人的？

「和安樂死一樣的方法。」

「安樂死？」河原崎腦海浮現父親摔落地面的情景。就算是爲了安樂而死，這世上眞有讓人安樂死去的方法嗎？

塚本以公事化的語氣說明在杯子裡摻入安眠藥，並且替對方注射肌肉鬆弛劑之類的方法，但河原崎無法理解。塚本甚至說：「反正這種『酣樂欣』安眠藥，全國的藥局不知道被偷走幾萬顆。」

「總之，他就是被下藥死掉的。」河原崎說完，又低頭看著仰躺在房間中央的男人。他的皮膚白皙，非常美，連體毛也不顯得猥褻、骯髒。

「神會被下藥死掉嗎？」塚本在一旁說道：「這不是神的屍體，因爲神不會死。」不知是否河原崎多心，塚本的聲音聽起來有氣無力。「果然不一樣，他不是神。」莫非塚本期待「高橋」被注射肌肉鬆弛劑也不會死嗎？

「那麼，現下躺在這裡的這一位又是誰？」

註：凱斯・傑瑞特（Keith Jarrett，一九四五～），美國重要的爵士樂、古典樂鋼琴家。

塚本指著角落的皮箱，要河原崎遞給他。那個有點厚度的咖啡色皮箱放在窗簾下方。河原崎踩著塑膠布前進，拿起皮箱。雖然不像外表看起來那麼重，不過箱子裡傳出金屬碰撞聲。

河原崎遵照塚本的指示打開皮箱。他放下皮箱，跪在塑膠布上打開。

「這是道具。」

說是工具也行。首先映入眼簾的是一把小鋸子，接著是剪刀和切割器，還有醫療用手術刀，大約十支並排在一起，以及幾條毛巾。

「這……這是？」

見河原崎不安地回頭，塚本說：「別看我這樣，我曾想當醫生。」

至此，河原崎終於對接下來要做的事有了實際感受。「我們要解剖。」塚本這麼說。河原崎再次看著膝蓋下面的塑膠布，即使是屍體也會大量出血，解剖就是這麼一回事。他看著手邊的手術刀，和西式餐刀的尺寸不一樣。

「還有一個，旁邊有素描簿。」

雖然被窗簾遮住，不過的確有一本素描簿。書背上有扣環，打開一看，裡面什麼也沒畫，是全新品。

河原崎想起自己的任務。他望向塚本。

「你就畫在上面。」

河原崎拿著素描簿和皮箱，退回原位。

「為了確定天才究竟是怎樣的天才，你就在那裡畫吧。」

「塚本先生呢？」

「我跟著你素描的進度來解剖。首先，你把解剖前的模樣畫下來吧。」

河原崎被自己吞口水的聲音嚇了一跳。他徹底體認到置身於解剖神的現場。

河原崎依舊認為眼前這一位並未死去，就算被解剖也不會死。他覺得腦袋好像麻痺了。

他坐下來，吐出一口氣，從背包中取出鉛筆。

他緊盯著屍體。

然後，他的手無意識地動了起來。鉛筆在白色圖畫紙上滑動。決定好將屍體全身都畫進去的構圖後，他打起草稿。他沒有任何罪惡感，沉著冷靜到讓人不舒服，只有甜美的鋼琴旋律灌入他耳裡。

河原崎一度以為房間裡只有自己和屍體。他輪流看著橫躺的「他」和素描簿，在白紙上畫著黑色線條。

到目前為止，河原崎沒有畫出多餘的線條，這是好兆頭。如果狀況不好，得不斷重畫，最後只會畫出一團黑。他從以前的經驗得知，打草稿的線條越少越好。草稿和人生都是如此，重新來過的次數越少越好。

「你要當個畫家，知道嗎？」河原崎想起父親經常這麼對他說。

河原崎還是小學生的時候，就擅長繪畫，也喜歡看畫。看到課本上出現《麥田鴉群》（註）的那一天，他興奮到無法入睡。於是，他拿著課本到父親的寢室。父親看到那幅畫，也興奮地高聲說「喔，這是梵谷的作品」，並且告訴他：「你會覺得這幅畫很棒，表示你也很厲害。」

父親也曾一臉看透世情地說：所有顏色都能以紅、黃、藍三種顏色調出來，所以你要按照紅綠燈的指示過馬路喔。

父親總是對他說：「你要當個畫家。」在他聽來，就像是「別跟我一樣」似地難以忍受。河原崎希望父親不要指望子女能挽回他那沒出息的人生。

「難道你不知道自己有當畫家的天分嗎？」父親的口吻聽上去不知是憤怒或悲傷，但河原崎只是想為自己畫畫罷了。不論是停在玻璃上的蟲子，倒映在水面上的自己，他會將映入眼簾的一切素描下來，畫出日常風景。僅僅是這樣，他就很幸福了，甚至沒去考美術大學。不知何時，他有一種近乎強迫症的想法，覺得不能做任何讓父親感到高興的事。

「你知道嗎？」

塚本的聲音將河原崎拉回現實。他一邊動手，一邊看著塚本，「什……什麼事？」

「我在說名偵探。高橋先生說中命案的凶手，所以，大家都稱他爲英雄吧？」

光是從塚本嘴裡聽到「高橋」，河原崎就心跳加速。他根本不敢說出這個姓氏。

「實際上不是嗎？」

「不，正是如此。他說的『下一次是仙台公園飯店的三樓』，的確成爲事實。高橋先生是天才，準確無誤地預測凶手的下一步行動。可是，不單是這件事。」

「咦？」

「幾年前，不是發生市長被殺的案子嗎？」

河原崎立刻想起，對塚本點點頭。他還記得當時父親爲這個案子興奮不已的模樣。

現任市長突然下落不明，最後陳屍在公廁。

「那時，高橋先生也露了一手。」

「眞的嗎？他說中了嗎？」河原崎記得當時沒有這方面的報導。

註：梵谷的名作《Wheat field under threatening skies with crows》（一八九〇年，現收藏於荷蘭的梵谷博物館）。

「不，他並未指出凶手的名字。當時的狀況和商務旅館命案一樣，高橋先生無法說出凶手的名字。簡單來說，他只能看出其中的法則或規則。」

「法則？」

「天才發現的向來是法則。高橋先生知道『世界是這樣構成的』、『人類是這樣組成的』，命案也是如此。他看得到命案或犯行的某種法則。」

接著，塚本舉出幾件「高橋」說中真相的案子。

其中一件是發生在橫濱的電影院爆炸未遂案，河原崎也記得這件案子。根據塚本的說法，高橋看出座位被放置炸彈的法則。

「不過，高橋先生並未站出來發言，只是看出法則。然而，不知爲何，商務旅館命案他卻大剌剌地說出來，而且是在大眾面前。」

河原崎相信「高橋」是爲了像自己一樣的人，才選擇在眾人面前現身。一定沒錯。如果沒發生商務旅館命案，河原崎就算活著也不曉得「高橋」的存在，光是想像他就毛骨悚然。那就像站在屋頂上淋雨，不知道前方五十公尺有什麼，赤裸裸地暴露在暴風雨中。「高橋」必定是爲了在暴風雨中赤裸行走的人，也就是和河原崎有同樣遭遇的人才挺身而出。

「高橋先生看得見這個世界的法則。」塚本再次強調，「就像是在二次元的世界中，只有一個人看得見三次元的世界。因爲他是從上往下看，一切都看得一清二楚，好比從天空俯瞰納斯卡荒原的神祕圖案。高橋先生和我們處在不同次元，所以他能了解人類悲傷或痛苦的緣由。」

「但那已是過去的事了吧？塚本先生不是說他變了嗎？失去溫柔的一面。」

「對，沒錯。」塚本粗魯地回答，聽起來有些慌張。他氣勢十足地指著屍體，「正是如此。高橋先生變了，溫柔的一面都消失了。儘管他能看透一切，卻不打算拯救任何人。他和那些氣象專家沒什麼兩樣，明知颱風會來，卻嘲笑那些準備遠足的孩子們。」

「那他怎麼看待目前發生在仙台的分屍案呢？」

「白天你也問了同樣的問題。報章媒體記者每天都跑去高橋先生的住處。」塚本皺起眉頭。

發生在仙台市的分屍案煽動了媒體，媒體再煽動一般大眾。善於炒作話題的媒體，爲了取得「高橋」對仙台分屍案的評論，簡直是拚了老命。

「他們氣焰高漲地爭問高橋先生『你是名偵探吧？快點告訴我們凶手是誰』。對他們而言，高橋先生和被幽浮綁架的男人並無差別。」

河原崎看著仰躺的屍體。老實說，他也偷偷期待著「高橋」能指出分屍案的凶手。所有信徒想必都這麼期待。他希望「高橋」能一腳踢開聚集而來的媒體，不說一句話就壓倒這些人，以本身的力量證明自己比這些人更優秀。

名偵探必須不斷解決案件。

「但他再也不開口了。」河原崎緊盯著眼前的屍體，還沒有失落感。看得到屍體臉上的汗毛，全身體毛並不濃密，或許這就是充滿神聖氣質的原因。

「總之，我不知道高橋先生活著會變成怎樣，我只覺得他變成一個普通人了。其實，我試探過高橋先生對於分屍案的看法。」

「咦，眞的嗎？」

「他沒給出什麼像樣的答案，只說了句『不用理會那種事』，我沒辦法繼續追問。這陣子，高橋先生辦得到的，只剩下猜中彩券號碼。」

塚本從西裝口袋拿出一張和白天一樣的彩券，讓河原崎看了一眼。

「選六個號碼，如果和開獎的號碼完全一致，便能獲得獎金。」

「那一位猜中了？」

「因爲高橋先生看得見法則。他連人生的法則都看得一清二楚，這種數字排列的規則對他易如反掌。然而，如今他只在這種地方發揮力量。」

「那……那獎金有多少？」

「隨隨便便就超過上億圓。」

「啊！」河原崎不禁僵住。隨隨便便就超過上億圓，他說不出話來。

「明明只是一張紙片，實在太蠢了。」塚本放回口袋。嘴上說是「紙片」，他的動作卻十分慎重。「人生居然會被這樣一張紙片影響，眞是太愚蠢了。」塚本笑道。瞬間，他的臉孔看起來很俗氣。

河原崎還是非常茫然。他試著想像上億圓的金額是什麼樣子。如果有這麼一筆錢，父親是不是就不會像蝴蝶從十七樓飛落？

河原崎看著屍體，那高挺的鼻梁朝向天花板。他不由得想問：人生當眞如此愚蠢嗎？我不敢相信你死了，你不是應該要拯救我嗎？

眼淚突然湧出。

河原崎並不覺得悲傷，也沒有罪惡感，只覺得要來接自己的船沒出現，自己被丟下了。爲什麼？他只想知道這件事。因爲我不肯當畫家嗎？我該從哪裡從頭來過？

河原崎的淚水滴在圖畫紙上，握著鉛筆的手在發抖，不過塚本似乎沒察覺。

河原崎以不會被發現的角度拿袖子擦拭眼角，重新注視著屍體。

某處似乎傳來「不要胡思亂想，繼續打草稿」的聲音。河原崎心想，只要繼續畫「高橋」的模樣，自己與他的關係就能延續下去。

「你是神嗎？」

河原崎忍住這麼問的衝動，繼續畫下去。他不禁認爲自己能做的，終究只有畫畫。

京子不停吵著要休息。她對青山說：「如果看到便利商店就停下來，我要上廁所。」

青山雙手握著方向盤，面朝前方，敷衍地回應。

「聽到沒有？」

青山向來都是單手握著方向盤，彷彿要睡在駕駛座上，此刻卻一臉認眞地看著正前方，令人覺得十分滑稽。京子覺得眼前的青山還不如駕訓班的新手，不由得脫口罵「眞沒出息」。

即使如此，青山仍未轉移視線。從那愼重的表情看得出，他滿腦子都在想，不能再讓屍體從後車廂飛出去。

「總之，你給我停車。」京子煩躁地高聲說道。在沒有紅綠燈也沒有路燈的林間小路上，根本不可能有便利商店。

京子忍著尿意，但她沒辦法忍受「忍耐」這件事。

快氣死了，京子粗暴地喘了口氣。

青山放棄似地點頭答應，切換方向燈。前方沒有逆向來車，車子一停下，京子立刻下車。

看到京子正要走進樹林，青山從駕駛座下車，問道：「妳要在樹林裡解決嗎？」

「沒關係，馬上就好了。」京子說著往前走。橡樹沿著道路兩旁並排著。青山在意地看著後車廂。

「你跟我一起來啦，這麼暗很恐怖。」

「我有點擔心後車廂。我確認一下，馬上過去。」

雖然不滿意青山的回答，京子仍走進樹林深處。林子裡沒有平坦的路，不過草叢高度只到腳踝部分，不至於無法行走。

爲了找到可遮蔽自己的地方，京子持續往前走。回過頭，高大的橡樹如柵欄般擋住視線，她看不見停車的地方。附近行車的車頭燈閃過，她不由得緊張起來。縱使從車道看不見她，在野外小便她還是無法冷靜。

一發現雜草還算茂盛的地方，京子立刻脫下褲子解決生理需求。果然不出所料，雖有尿意但尿量不多，卻依舊有著殘尿感，實在麻煩透頂。

當她重新繫好腰帶時，青山走過來，笑道：「妳眞大膽。」

「什麼意思？」

「居然能在這種樹林裡小便。」此刻青山似乎忘了那個被撞死的青年，也忘了飛出去的屍體，只是一臉下流的男人。

男人怎會這麼單純？京子甚至忘了生氣，只覺得厭煩。男人如此容易被性的誘惑或喜悅所影響。只要仔細追問，上門求診的男性患者多半是慾求不滿。所謂性的快樂，說穿了不過是受到本能的驅使。說得更直接一點，只是尿道的痙攣罷了。京子不懂男人爲什麼會有這種問題。

不過，換個角度來看，總比想太多來得好。京子想起已分手的丈夫，他總是把事情想得太複雜，永遠一副認眞過頭的表情，甚至對做愛敬而遠之。相較之下，京子還是比較喜歡像青山這般單純易懂的男人。「樹林也好、大馬路也好，不論在哪裡小便，從體內出來的東西也不會改變。」

「也對。」

「你那可愛的屍體又從後車廂飛出來了嗎？」

這句話似乎把青山拉回現實，「屍體規規矩矩地沉睡，只是……」他認眞思索著，環顧周圍後說：「乾脆埋在這附近吧。」

「你在說什麼啊？」

話聲一落，馬路傳來滑輪轉動的聲音。京子驚訝地往聲源處望去，青山也察覺到了，緊盯著馬路。但接下來不再有任何聲響，京子覺得可能是自己多心了。

「這裡不是正好嗎？」青山重新振作，說道：「這裡不會有人經過。現在開始挖洞，時間還很充裕，也不會有人看到我們搬運屍體。」

聽到青山熱心地想說服自己，京子感到十分無趣。「你這麼想把屍體埋在這裡嗎？」

青山霎時露出生氣的表情，隨即改口問：「難道不行嗎？」

「當然不行。要把那個被你撞死的人，跟你老婆一起處理掉啊。我們不是要將他們偽裝成殉情，整輛車推進海裡嗎？」

「但那個男人和我老婆又沒有關係，他們根本不認識。」

「接下來就會認識了。死了之後才認識，不是很浪漫嗎？」京子煩躁地說完。越是和青山糾纏不清，越覺得膀胱炎又要惡化了。青山的不乾脆和殘尿感一模一樣。

「不，我還是覺得把屍體埋在這裡比較好。」

「就算埋在這裡，也會馬上被發現。」

「即使被發現，跟我們也沒有關係。」

「那你要怎麼解釋車子被撞凹的原因？」京子發覺自己無意間大聲起來。她閉上嘴，注意周圍的動靜。

兩人沉默地互望。

此時，突然傳來樹枝折斷的聲音，京子嚇得問青山：「你剛剛有發出聲音嗎？」

「這裡不可能有人啦。」

京子無言地環顧四周。她緩緩轉頭，凝神觀察黑暗的樹林，卻什麼都看不見。

「回去吧，趕緊離開這裡。」

青山已不再堅持要把屍體埋在這裡，一臉沉重地走向馬路。

走到馬路上，由於沒有其他車輛的燈光，周遭很暗，稍微離遠一點就什麼也看不見。不過，因爲是直行車道，如果有其他車輛的燈光，立刻就會發現。

京子剛要打開車門，忽然停下動作，諷刺地問：「後車廂的情況如何？屍體不會再飛出來了吧？如果屍體又掉出來，一定是你這輛車的錯。」

「沒問題啦。」青山說完，又補了一句：「我想應該沒問題。」

京子提高聲調，「聽著，這可不是我的問題。人是你撞死的，跟我沒關係，你得好好確認後車廂的狀況。」她教導孩童般繼續說：「明年還能不能在球場上擔任後衛，只有你才能救得了自己，你要振作一點。」

「我當然知道。」青山露出不滿的眼神，點頭回應。頭頂上的樹枝被風吹過，像在竊竊私語。不光是落葉，連果實掉落的橡樹也搖來晃去，彷彿摩挲著京子他們的頭頂。

「我再幫你確認一次到底有沒有關緊。」

京子這麼說著，放掉開了一半的車門把手，走向後車廂。

「不用啦，我剛剛確認過，鎖得好好的。」

「少囉唆，快把鑰匙給我，說不定車廂蓋歪了。」

「不用啦，妳不必再檢查。」

「快點。」京子站在後車廂前催促道。

青山一臉苦悶地走到站在原地不動的京子身邊，「我永遠只能被妳牽著鼻子走。」

「你有意見嗎？快點，鑰匙給我。」京子伸出手。

青山搖著手，「裡面是屍體喔，難道妳喜歡屍體嗎？」

「我還真想請你幫忙介紹有戀屍癖的人，連吸血鬼都對屍體沒興趣。」

「妳還是後退一點，不然會嚇一跳。」

「說什麼我會嚇一跳，你剛剛也看到了吧？我目睹屍體時有嚇一跳嗎？我最害怕的時候，是你撞飛那個年輕人的瞬間。」

「剛才妳明明一臉厭惡地看著屍體。」

「所以我不是說過了嗎？」京子的聲音聽起來非常疲倦，「我不怕屍體，但我討厭看到屍體。這樣你懂了吧！」

青山不服氣似地噘起嘴，「我要打開了。」

「快點打開吧。」京子說著，往後退了一步。她有種不祥的預感，左顧右盼確認有無其他來車。附近並沒有車子的燈光。

「我要開了。」青山重複一次，將鑰匙插進鎖孔，慎重地轉動。

後車廂打開了。車廂蓋被推到頂端，稍微晃了一下。

裡面很暗，一開始看不清楚，於是京子凝神細看。

「咦？」青山皺起眉，湊近後車廂。

京子往前幾步，也湊近後車廂。

頭頂上的落葉樹被風吹過，發出詭異的聲響。

京子睜大雙眼，注視著後車廂。

「啊！」由於太震驚，她頓時說不出話。

一旁的青山倒抽一口氣。兩人張著嘴，彷彿呼吸困難，全身顫抖，連叫都叫不出來。

後車廂裡有屍體，然而，並非方才京子看到的那具年輕人屍體，怎麼看都不是。

後車廂裡的屍體被分屍了，變成一塊一塊的。

屍體的手腳交替並排著，軀幹放在一旁，顯然是被切斷。沒看到頭部，可能是滾到後車廂的深處。

直到剛剛還四肢健全的屍體，不過幾分鐘，居然就被分屍了。京子一屁股跌坐在柏油路上。

「京子，妳還好吧？」青山的聲音從頭頂傳來。

「還……還好。」京子逞強地說，但不太成功。

我沒這麼脆弱——雖然這樣想，但京子很清楚剛剛體內的血液彷彿瞬間倒流。或許是無法理解狀況，使她陷入混亂，也可能是看到屍體的切斷面，不禁感到一陣噁心。

她暗暗斥責自己，貧血是男人才會出現的症狀。然而，她就是全身無力。搞什麼，這到底是怎麼回事？京子的腦袋裡充斥著恐懼和噁心的感受，意識漸漸模糊。

豐田迅速離開公園。就算先下手的是那群年輕人，也不能保證他們不會去報警說有人持槍。年輕人最擅長把自己犯的錯擱在一邊，絕對不會主動提起。

他將手槍收進公事包，由於無處可去，只能先回到街上。人多的地方比較安全，在毫無人煙的地方隻身行走，反倒容易被警察盯上，應該混入商店街。

豐田正要走上天橋，才發現雙膝抖個不停。他的膝蓋使不上力，當場跪倒在地。他慌忙抓著扶手，還是撐不住，最後只好坐在樓梯上。

雙手不斷發抖，或許是方才開了槍的緣故。他不知道此刻自己是恐懼、心懷罪惡感，或只是單純的興奮？唯一可以確認的是，他開槍傷人，和失業一樣是無可動搖的事實。

過了好一陣子，他終於站起來，深深吸了一口氣。雖然不曉得要去哪裡，他仍邁出腳步。看著老狗規律地往前走的背影，不知爲何就有一股安心感。

身邊有這隻狗眞是太好了，豐田心想。不要害怕，他反覆思索這句話。沒錯，不要害怕。

豐田筆直穿過廣瀨通，朝商店街走去。看到四周也有遛狗的行人，不禁鬆了一口氣。這樣一來，他就不會太顯眼。

豐田豎起耳朵，注意周遭的動靜，沒聽到類似警笛的聲音。這麼說來，之前郵局的搶案怎麼樣了？雖然很想去一探究竟，但他有一種預感，會被那些洞悉犯人重返犯案現場心態的刑警揪出來。他十分猶豫，不曉得該不該去瞧瞧。

左邊有一所小學。豐田在人行道旁停下腳步，狗也跟著停了下來。

狗露出警戒的神情，望著遠方。不知牠是在確認附近是否有警察、前來報復的年輕人，或是嘲笑豐田失業的人，還是想起從前擔任看門狗的時光，總之，牠窺探著四周。

「你不是豐田嗎？」突然有人向豐田搭話。

轉頭一看，他發現左邊站著一個與自己差不多年紀的男人。對方有一頭醒目的白髮，個子十分瘦小。

「啊，」豐田想起對方的名字，「井口。」

井口這個男人和他同期進公司。偶然還眞有趣，豐田佩服不已。被迫離職的關鍵時刻，上司搬出的名字正是眼前的井口。

當時，上司嚴肅地說：「要是你不離職，就會有人丟掉工作。」他指的那個人，就是井口。

井口前方有一名坐輪椅的少年，他從後面推著輪椅。豐田不確定輪椅上的少年究竟是井口不幸的包袱，還是無可替代的幸福。

「聽說你辭職了。」井口乾脆地說道。

「傷腦筋哪！」豐田佯裝平靜，並往腹部使力以免聲音走調。要是一鬆懈，他恐怕會從公事包裡掏出手槍，大吼：「你以為是誰害我落到這步田地？」

豐田想告訴井口，當他一臉平靜地推著輪椅時，自己是多麼落魄不堪。

「那是你的狗嗎？」井口指著豐田腳邊的老狗。

「我沒有要撿牠，是牠自己跟過來的。」

井口似乎不曉得該當成笑話，還是從老狗微髒的毛色看出豐田所言不虛，只好露出一個尷尬的笑容。「這位叔叔以前和爸爸在同一家公司工作，我們是同期喔。」井口向輪椅上的兒子如此說明。「你現下在哪裡高就？」

聽到這個問題，有如萬箭穿心，豐田小聲回答：「我還沒找到工作，現在是個又老又失業的男人。」他察覺自己的語氣含有施恩的意思，但也沒辦法。

「現在真的太不景氣了，我也找不到新工作，只能靠我太太的娘家照顧。雖然丟臉，我別無選擇。我目前在她娘家幫忙做生意。」

聽起來像在自嘲，不過井口顯得神清氣爽，有種心有覺悟、努力往前走的人獨有的豁達。

「咦？」豐田瞬間說不出話來，「說什麼『我也……』，你也辭職了嗎？」

「因為企業重組啊。」不知道井口是不是故意的，他慢了一拍，才吐出這個字眼。

「等一下，我也被開除了。」

「我知道。不光是你，同期、同年齡的員工都被拋棄了，我是其中之一。」

「不對，那時候聽說你不會被開除。」豐田沒辦法說出自己是井口的替死鬼。反正，那時候就算拿刀子威脅上司，也一定會被開除。

「那是一開始。傳出你被開除的風聲之後，上層立馬就找我談了。」

既然如此，那算什麼？豐田忍不住想當場坐下。老狗打量著他的神情。「我以爲你沒問題。」他好不容易擠出這句話。

「不，我也不行。」井口的話中沒有自虐的情緒。

「什麼時候找你談的？」

「你是指要我辭職的事嗎？」井口露出回憶的表情，說出一個大概的時間。那和豐田第一次被上司約談的時間相差不遠，連一個月都不到。

蹲坐的老狗看著豐田，彷彿在說：「你被騙啦！你爲了根本沒交情的同事離職，結果那只是一種話術。你或許陶醉在自我犧牲的氣氛裡，但那不過是獨善其身，都是幻想罷了。」

不用老狗說，豐田也很清楚。那個長得像眼鏡猴的上司擺了他一道。對方騙了他，甚至以耍弄他爲樂。

「豐田，你怎麼了？」

「我一直以爲你沒問題，那傢伙是這麼說的。」

接著，豐田報出前任上司的名字。

「啊，他是裁員的總指揮，聽說他已升官。總之，裁員這項工作很討人厭，他挺厲害啊。」

「我一直以爲你沒問題。」豐田不死心地重複一遍。

「這世上才沒有什麼沒問題的事。」井口依然一副平靜的模樣。

「不，我不是那個意思。」豐田只能如此回答。實際上，根本不是那麼回事。舟木的臉孔浮現在眼前，閉上雙眼還是揮之不去。舟木居然升官了，眞令人不敢置信。

豐田和井口告別，沒互相抱怨，也沒埋怨自身的境遇。井口遞給豐田一張他妻子娘家經營的定食店的廣告傳單。

豐田回答「我會去光顧的」。井口或許已察覺豐田絕對不會上門，但仍說了一句「歡迎你來」。

看著井口自信滿滿地推著兒子離去的背影，豐田不禁嘆了一口氣，搞不清這世界究竟是怎麼回事。

豐田走進電話亭。大型公共電話亭，就設置在通往地下鐵入口的樓梯旁。許久沒進來電話亭，他感到有些呼吸困難，老狗似乎也露出不舒服的表情。

大概是和狗一起擠在電話亭裡十分稀奇，行人的視線集中在豐田身上。「想笑就笑吧。」他挺起胸膛，心想「要指著我的鼻子笑也悉聽尊便」。他很清楚，和微髒的老狗擠在狹窄空間裡的失業男人，本來就是容易被嘲笑、厭惡的對象。

豐田插進電話卡，不確定自己是否記得號碼，有些不安。然而，一站到話機前，按下按鈕之際，他立刻想起來了。

不曉得會是誰來接電話，他將話筒放在耳邊。

通話鈴聲響沒幾下，話筒彼端傳來令人懷念的公司名稱，接電話的是不認識的女員工。豐田使用假名，請女員工將電話轉給後輩的設計師。

對方前來接聽。以男人來說，他的聲線有些高亢，三十幾歲還像個小孩。

和豐田同部門、一起工作四年的後輩，雖然給人稍嫌輕浮的印象，但工作能力相當強。在他剛進公司時，豐田擔任他的指導者，發現他的才華之後，將他調到自己的部門。周圍的人對於進公司才第二年的人，被調到規模龐大的設計團隊一事都不看好，然而豐田還是以「讓他學習」的理由，將他調了過來。結果他的表現超出預期，接二連三地提出嶄新的設計，其中一些作品更獲得顧客的好評。

豐田吞了一口口水，表明身分。

他很緊張。以前一起工作時，對方的確謙恭有禮，也很尊敬身爲前輩的豐田，但那也可能是基於職場上的輩分關係，只是表面工夫。遭到裁員的不幸中年男人，早就不是什麼前輩，不如說是應該引以爲鑑，敬而遠之的對象。

「豐田先生，有什麼事？最近還好嗎？」對方的聲音聽來活力十足。

「嗯……我還好，你呢？」

「你爲了這個打電話給我嗎？」對方笑著反問。豐田並未感受到疏離或鬱悶，頓時安心許多。

「其實我想打聽舟木先生的事。」豐田說出前任上司的名字。

「這樣啊。」對方可能看了四周一眼，聲調改變了。

一聽到豐田說出「舟木」二字，對方應該已猜到他的目的。「豐田先生最好還是別抱怨或怨恨舟木先生吧。」對於後輩會這樣勸告，豐田早有心理準備。

然而，對方在電話彼端說的話，完全出乎豐田意料之外。

「豐田先生，你根本不需要稱呼他爲『先生』啊。」

「什……什麼意思？」

「大家都知道是他逼你辭職的。據說，舟木開除對象的標準，就是他不喜歡、覺得麻煩的人。」

「等等，」豐田慌張地確認道：「你在辦公室講這種事沒關係嗎？」對方直接說出「舟木」二字，並未加敬稱。

「沒關係啦。」對方的語氣十分從容。四周沒人嗎？還是，他已建立起在辦公室說這些也無妨的地位？抑或是，在公司裡說舟木壞話是被默許的？豐田猜不出箇中原因。

「許多比豐田先生更應該辭職的人留了下來。」

豐田苦笑著聆聽。對方爲什麼要說這些？是要安慰他，讓他暫時安心嗎？

「那你想問什麼？」

「舟木眞的升官了嗎？」

「該說是給完成這項討厭工作的人的獎賞嗎？我雖然不能接受，不過他現在是常務董事了。」

豐田用力握住話筒。「畢竟他順利完成惹人厭的工作啊。」他說出通情達理的好話。那是他咬緊牙根，勉強擠出的台詞。

「舟木現下在哪裡？」

「他在這裡，不過最近似乎會回總公司。帶著仙台的離職員工名單回總公司。」

回總公司嗎？豐田咬牙切齒地想著，這個害他如此落魄的男人，居然輕輕鬆鬆爬上高位，升官去了。「喔，是嗎？」他壓抑著高昂的情緒，絕對不能讓對方看穿自身的打算。他緊握拳頭，避免聲音露出破綻。

不過，這是個好機會。舟木在仙台就有機會。

「豐田先生，你目前在哪裡上班？」對方並非刻意轉移話題，只是隨口問道。

豐田一陣心痛，胃也絞痛起來。「這個嘛……」

兩人的對話出現一小段空檔。對方向來反應快速，想必已從豐田方才的回答，察覺到他失業、不滿現狀的處境。

「豐田先生，下次我們一起去喝酒吧。」

「你說什麼？」

「我們很久沒見面啦。」對方並不是很好的酒伴，與時下的年輕人一樣，逼不得已才參加公司的聚會，平常不太喜歡和同事一起去居酒屋喝酒。

「你不用特別在意我。」豐田笑著回答。

「豐田先生教了我很多，我才能進入這個部門。」

「那是因爲你有能力。」

「我是從模仿豐田先生開始的。」聽到他半開玩笑地說，豐田嚥不下這口氣，無法立刻回應。

老狗一臉受不了地抬頭看他，似乎在說：「喂，眼淚快掉下來嘍。」豐田擦著左眼眶。

他就這麼放下話筒，反覆深呼吸，忘了該向對方說聲「謝謝」。

「我要殺了他。」豐田說著，走出電話亭。

這是復仇，豐田心想。就算被說是怨恨、不知好歹也無所謂。爲了不停跑職業介紹所、在疲倦與不安的情況下苟活的自己，爲了推輪椅而頹喪不已的井口，他非得復仇不可。豐田用力握拳，這是他的使命。

被說是挾帶私怨也無所謂，個人恩怨又如何？

比起因為和大眾相關的理由引發的戰爭或內亂，私怨不是健全多了嗎？螞蟻、蜜蜂會為自己的巢穴或組織戰鬥，但不會為自身的怨恨打倒對手。因此，為私人理由進行的復仇，豈不是最有人性的行動嗎？豐田心想。

人類眞的那麼偉大嗎？我最討厭「人性」這種字眼了——老狗似乎想對豐田這麼說。

5

「是嗎？你早就知道啦。」佐佐岡平靜地說著，露出如釋重負的表情。

「坐吧，你已不需要偽裝成這家的主人，沒必要繼續騙我。你和我一樣都是闖空門的，拜託你有點氣勢。」

佐佐岡困惑地瞥了背後的門一眼，和黑澤面對面坐在沙發上。「你怎麼知道？」

「你一進來，看你的表情我就知道了。」黑澤忍著笑意。

佐佐岡靜靜地嘆了一口氣。

「剛才提過，我是專業小偷，會仔細調查。雖然有點麻煩，不過這就是專業人士和業餘新手的差別。所以，我當然知道你不是這家的主人。」

「你很清楚這家主人的事嗎？」

「當然。」黑澤愉快地回答，「不光是這家主人的名字或長相，連他的前半生、對女人的品味、習慣、興趣，我都一清二楚。」

「我是外行人。」

「你畏畏縮縮地走進來，以爲能順利完成工作嗎？沉著一點。人只要冷靜下來，什麼事都辦得到。如果要闖空門，在抵達玄關之前，一定要壓抑內心的興奮和緊張。」黑澤豎起一根手指，「接著，進入下手對象的住處之後，要確認裡面有沒有人。不注意這一點的人，和在戰場上胡亂射擊、徒然暴露藏身處的士兵沒兩樣。一旦察覺屋裡有人，就要立刻收手。」

「老實說，我連自己是怎麼進來的都忘了。」

「要不要告訴我是怎麼回事？」黑澤靠在沙發上，攤開雙手問道。

佐佐岡不安地環顧室內，看了手表一眼確認時間。

「沒關係，這家的主人暫時不會回來。」

「你怎麼確定？」佐佐岡愣了一下，半開玩笑地問，不過還是掩飾不了內心的驚訝。

「我對這家主人的事瞭若指掌。」黑澤笑著回答，「雖然沒料到居然會有像你這樣的人登場。」

佐佐岡無力地笑了一下，似乎在思考如何起頭。

「這樣好了，不如我問你答吧。現在的你，應該也不知道該說什麼。」
「你問我答嗎？也好。」
「你很缺錢嗎？」
「錢嗎？」
「當小偷的人通常沒什麼了不起的理由，還不就爲了錢？雖然十分無聊，不過就是如此。」
「不是爲了錢。」到了這種時候，佐佐岡仍說不出個所以然。他嚴肅地緊盯著黑澤，臉上的皺紋非常醒目。
「我失敗了。」過了好一會，他才開口。
「失敗？什麼事？」
「我在一個姓戶田的男人開的畫廊工作。」
黑澤在腦海裡反芻這個名字，「戶田？戶田畫廊嗎？我聽過。」
「你知道也不奇怪，畢竟他很有名。他也是分布全國的戶田不動產的老闆，超級有錢人。」
「『超級有錢人』，聽起來眞像孩童的口吻。」
「因爲他眞的很有錢，只能這麼說了。」

「你在他那裡工作，然後呢？」

「我在那裡待了十年，學到很多，好的壞的都有。那家畫廊相當厲害，總是比別人早一步發現有前途的畫家，然後簽下契約。就像炒股票一樣，囤積買進的畫，等待價格上揚時，再賣給顧客，以賺取差價。」

「畫作的買賣不都是爲了投資？難道不是嗎？」

佐佐岡苦惱地回答：「我喜歡畫，也喜歡畫家，喜歡這些爲了自己而畫的人，一點都不想把他們當成股票。我喜歡就算有野心，也不會忘記初衷的畫家，或是像躲在洞穴裡的戈雅，畫著不想給任何人看的巨人畫。眞正的畫家，作品就像一種祈禱。」

「畫家也會祈禱嗎？」

「我想，畫畫就是在畫紙上灌注全力的祈禱。」佐佐岡應道，「雖然我賣了十年的畫，還說這種話很奇怪，但我實在無法忍受把畫作當成投資的材料。」

「是啊，這眞的不是有十年資歷的畫商該說的話。」黑澤挖苦道。

佐佐岡露出自嘲的笑容，充滿熱忱地繼續說：「有個畫商名叫康懷勒，在畢卡索年輕時就看中他的才能，並與他簽約，因此被稱爲『畢卡索的畫商』。我希望能與畫家互相信賴，建立起他們那種關係。我希望能夠照顧有潛力的畫家，感受到畫作眞正的力量。」

「照顧畫家不是需要錢嗎？」

「是啊。」佐佐岡喪氣地問：「黑澤，難道這世上什麼都得靠錢嗎？」

「很遺憾，正是如此，也可說令人慶幸。」

「你說的對，我太天眞了。」

「是啊。」黑澤點頭回應，「很好，你再多說一點，說出來會比較輕鬆。」

「你似乎成了我的諮商心理師。」

「我不知道諮商心理師以什麼方式進行療程，不過或許和偷東西差不多。找出藏在屋裡的現金，和挖出這裡的東西，其實挺相似。」黑澤以食指碰了碰腦袋。

「指腦袋不指胸口，這一點實在很像你的作風。」

「傷心、痛苦的事，都是裝在腦袋裡。」黑澤一臉理所當然，「回到正題。那麼，你離開畫廊獨立創業，卻失敗了吧？」

「你怎麼知道？」

「你剛說『我失敗了』。哪個事業有成的傢伙，會滿臉愁容地闖空門？」

原來如此，佐佐岡低下頭。「我問過我中意的那些畫家，願不願意在我獨立後一起努力。老實說，我只有他們，沒有太多資金。和那些畫家的連結，是我僅有的財產。我以爲他們都很尊敬我，一直相信最重要的是能和他們分享喜悅的小畫廊，而不是把畫作當成投資籌碼的有錢人開的畫廊。」

「你簡直是大錯特錯，而且是非常幼稚的錯誤。」黑澤立刻指出問題。

「你眞清楚。」

「不用想也知道。藝術家最需要的就是贊助者，這一點從以前到現在都沒改變過，因爲他們欠缺生活能力。除了才華和努力之外，畫家需要的不是理解他們的建議者，他們只需要錢。」

「或許眞是如此。」

「那你的畫廊怎麼了？」

「在一陣瞎忙之後，還沒開張就倒閉了。」

「太慘了。前菜還沒上，甜點已撤走。」

「那是在即將開幕之前的事。我問過許多房屋仲介，總算租到了店面。雖然不是面對大馬路的黃金地段，不過也不差。剛開始裝潢時，有個中年畫家來電表示『我不打算跟隨佐佐岡先生了』，我一句話都說不出來。明明是一個月前才和我一起喝遍居酒屋，握著我的手說『一起努力吧』的人，居然用一通電話就甩了我一巴掌。之後，所有畫家轉眼間都離開我，就像忽然退潮一樣，態度改變之大，只能用爽快來形容。」

「是那個姓戶田的在搞鬼嗎？」

「他一知道我要獨立創業，馬上就有小動作。不僅提高簽約金額，有時候還威脅畫家，不准他們與我往來。」

「眞沒有男人氣度。」

「他不准任何人反抗。離開他的畫廊另起爐灶，對他來說是不可原諒的。」

「你打算反抗他嗎？」

「怎麼可能。我剛才說過，戸田的畫廊擁有絕大的影響力。相比之下，我想開的店根本微不足道，就像一家咖啡廳。我一點都沒有正面挑戰戸田的意思。我們的規模完全不同，宛如職棒球團和少棒隊的差別。」

「即使如此，戸田還是生氣了？」

「我很驚訝，不懂他爲何這麼生氣。」佐佐岡說道。

「就算是『螳臂擋車』也不行嗎？」

「螳臂？」

「就是螳螂的前腳。螳螂舉起前腳，挑戰沒有任何勝算的敵人。」

「是啊。即使我要抵抗，也不過像是隻螳螂，用前腳挑戰大熊。儘管如此，他依然不能原諒我，非得踩扁我這隻螳螂不可。」

「該說他傲慢，還是徹底的完美主義？這男人眞有趣，我倒是不討厭他。」

「他不相信這世上沒有得不到的東西。」佐佐岡認眞地說，「他一定是得到了所有想要的東西，才不能原諒瞧不起自己的人。」

「那麼，你就是得罪這位戶田大人，遭到那些交心的畫家背叛嗎？」

「我的眼前一片黑暗。」佐佐岡做出雙手摸索的動作，似乎要重現當時的心情。「戶田有，而我沒有的，就是資金和地位。畫家接二連三地離開我，就是因爲我沒有這些東西吧。」

「原來如此。」

「最後，我就被金錢打倒了。」佐佐岡的聲音聽起來悲痛又莫可奈何，「難道這世上什麼都得靠錢嗎？」他重新問了一次。

黑澤若無其事地回答：「這世上沒有任何事物贏得了錢。」

「果然是這樣啊。」

「輸給金錢並不是什麼値得悲傷或可恥的事。」

「我實在搞不清楚，你說的話哪些是認眞的。」

「我是小偷，而且是以金錢爲目標的職業小偷。這世上沒有任何事物比金錢更有力量，人生過得好不好是以錢的多寡來決定。爲了矯正這種偏差，我才會潛入別人的房子，奪走他們的錢財。」

「對了，我想起來了。」佐佐岡說道：「去畫框店通知他們畫廊倒閉時，那個打工的年輕人告訴我『未來寫在神的食譜裡』。在他看來，我遭到背叛的事一開始就已決定。」

「你聽過渦蟲的實驗嗎？」

「渦蟲是什麼？」

「一種體長約兩公分的小生物，連大腦也沒有的原始動物。」

「怎樣的實驗？」

「渦蟲沒水就活不下去，所以科學家把牠裝入容器，再抽掉裡面的水，僅在角落保留一些水，然後用燈光照著。這樣一來，渦蟲會爲了水而移動。反覆進行幾次之後，渦蟲自然會移動到有燈光的地方，即使那裡沒有水也一樣。」

「這就是學習嗎？」

「是的，牠們記住有光的地方就有水。接著，同樣的實驗反覆進行很多次，你猜結果如何？」

「牠們從此過著快樂幸福的日子？」佐佐岡開玩笑地應道。

黑澤搖頭否定，「從某次實驗之後，牠們就不再動了。即使燈光一直照著，牠們也不動，然後因爲缺水就死掉了。」

「為什麼？」

「不知道。科學家猜測，可能是這些渦蟲感到『厭煩』了。牠們受不了不斷重複的情況。證據顯示，如果改變容器內的材質和狀況，渦蟲就會繼續學習。總之，即使是這麼原始的動物，如果不斷重複相同的狀況，牠們寧願選擇自殺。」

「這是眞的嗎？」

「就算是眞的也不奇怪吧！人類更是如此。幾十年過著同樣的生活，重複同樣的工作，連原始生物也會生厭。你知道人類怎麼說服自己持續接受的無趣生活嗎？大家告訴自己『人生就是這麼回事』，莫名其妙地接受。這實在太奇怪了，我無法理解大家怎麼能夠說了解人生、決定人生就是這樣。」

「你明明就坐在魚背上。」佐佐岡小聲地笑了。

「你離開戶田的畫廊是正確的。每天在不喜歡的地方工作，腦袋會變得怪怪的。你會變得和被迫進行相同實驗的渦蟲一樣。」

「也就是說……」

「也就是說，你沒錯。即使你獨立失敗、有一些負債、遭到背叛，也比不獨立、日復一日散漫過活來得正確。」

「聽你這樣一講，居然還眞有這種感覺，實在不可思議。」

「同感。我也認爲自己跟你隨便說的話都是眞的。」

「我太太是那種相信世間以金錢和地位來決定一切的人。」過了一會，佐佐岡繼續道。

「眞的嗎？」黑澤開心地反問。

「她會嫁給我，或許是看中我在大型畫廊工作。在一般人的眼中，畫廊有一種華麗的印象。說不定她以爲每年都能去巴黎。」

黑澤插嘴道：「巴黎之所以看起來時髦，一定是因爲法國國旗很酷。」

「她總是以每年出國旅遊的目的地、包包的品牌，來決定事物的優劣。」

「我也是。」黑澤附和，「實際上，我也喜歡錢、外表、社會地位這些簡單易懂的要件。或許事物的本質就存在於地位、外表當中。看不見的愛情、同伴意識之類形而上的價値，跟可疑的宗教一樣。」

「你在諷刺什麼嗎？」

「所謂的小偷，就是爲了錢才會潛入別人家裡，完全是物質取向。」

「我太太很氣我。」

「當然。她恐怕不能接受你辭掉大型畫廊的工作，自己跑出來獨立創業還失敗。」

「她想和我離婚。」佐佐岡的口吻實在太嚴肅，黑澤不禁失笑。
「那就離啊！」
「我不可能答應離婚。」佐佐岡彷彿初次聽到這個意見，提高了聲調。
「爲什麼？」
「她是我太太啊。我們擁有共同的人生，怎麼可能輕易分手？」
「離婚是很簡單的。」
「我不是在說手續簡不簡單。」看來，佐佐岡是打心底這麼想。他緊盯著放在膝上的雙手。「所謂的夫妻，不該如此輕易分開。人和人的連結，與線條之間的連結不一樣。」
病得眞重。黑澤看著佐佐岡，想起佐佐岡的父母在他小時候離婚了。所以，他才會對人際關係如此執著嗎？不過，這種推測太過直接，黑澤立刻放棄。
「你到底從『遭到背叛』這件事中學到什麼？不就是人和人的連結很容易瓦解嗎？金錢的連結才眞的有用。你從東京回來，你太太曾在仙台溫柔地迎接你嗎？」
佐佐岡無法反駁。
「我能明白你煩悶的心情。」
「如果沒有我，她會活不下去。」

黑澤實在快受不了。

佐佐岡的妻子應該比他更堅強，光聽他的形容就能想像。重視金錢、地位的現實女人，會比信任他人而遭到背叛的認真男人更能幹。相較於懷疑自己到底有沒有站在地面上的男人，在意穿什麼品牌鞋子的ＯＬ會更有韌性。什麼都不懂的人是佐佐岡。

黑澤沉默地思考該對朋友說什麼。不曉得該斥責他，還是諄諄教誨，勸他不要逃避現實？或者，稱讚他是理想的丈夫？

「我的人生眞是失敗。」佐佐岡重複說著，或許是回顧過往的一切之後，終於獲得這個結論。他靠在沙發上，全身散發出一種背負千斤重擔過日子的氣息。「遭人背叛、負債累累，我的人生眞是失敗。我不知道該怎麼辦才好。」

「你聽過〈Lush Life〉這首歌嗎？」黑澤問。

「沒有。」

「Lush是醉漢的意思，曲名是指自暴自棄的醉漢人生。或許你最需要的，正是這樣有所覺悟的生活方式。」

「我又不會喝酒，就算要自暴自棄也沒辦法。」

「你不需要想得這麼嚴肅。」黑澤苦笑，「過得輕鬆一點，把身體交給魚，放寬心。」

即使如此，佐佐岡還是一臉苦悶。

「剛才不是說過，我是職業小偷嗎？」

「是啊。」

「但說到人生，不管誰都是業餘新手啊。」

聽到這句話，佐佐岡驚訝得睜大雙眼。

「任何人都是第一次參加，人生這種事沒有什麼專業老手。就算偶爾有人自以爲是專業老手，其實大家都是業餘者、新手。」

爲了確認朋友有沒有把話聽進去，黑澤緊盯著對方說：「第一次參加比賽的新人，不要因失敗而灰心喪志。」

佐佐岡直視著黑澤。

「你在看什麼啊？怪噁心的。」

「只要跟你說話，圍繞在我身邊的恐懼感就會消失。」

「最近，我在電視上聽到一個棒球解說員說：『希望每位選手都能像新人一樣，比賽時不怕失敗。』」

「你爲什麼要當小偷？你沒被抓過嗎？」

黑澤以食指搵了搵太陽穴，「是啊，我很幸運還沒被逮過。剛進這一行時，我也曾失敗，不過總算撐到現在。你知道爲什麼嗎？」

「因爲你逃得快。」佐佐岡只有在這種時候才會露出學生時代的開朗表情。

「是啊。只要我高興，可以移動到任何地方。神出鬼沒、自由自在，突然出現又消失，就是這樣。」

佐佐岡笑了出來，黑澤認眞地說：「眞的！如果你現在閉上眼睛，我會從這裡消失，跑到另一家幹一票。」

他想起白天碰到的年輕人說的「瞬間移動」。

「你的意思是，現下明明在這裡，卻能移動到其他場所嗎？」

「只要我想就辦得到。我可以再回到舟木先生家，把留在他抽屜裡的現金全部拿回來。」

「舟木是誰？」

聽到佐佐岡這麼一問，黑澤才發現自己無意間把名字說了出來。「新的客戶。」

「你還是活得這麼開心。」

黑澤露出笑容，指著角落的音響：「你要不要放張ＣＤ？我剛剛翻了一下，發現有巴布．狄倫的專輯。晚上聽聽那一點也不浪漫的歌聲，不是挺有氣氛的嗎？」

接著，黑澤起身去廁所。

「小偷可以隨便使用別人家的廁所嗎？」

「廁所又偷不走，我只是借用一下。」黑澤繼續往下說：「可是，這也說不定。」

「說不定？」

「就像剛剛說的，或許我只是裝成去上廁所，然後就消失了。」

黑澤一邊說，一邊盤算再度造訪摩天大廈那個舟木先生的住處，似乎也挺不錯。

一陣不知從哪裡傳來的優雅鼓掌聲，將河原崎拉回現實。原本集中精神在素描簿上的他，抬起頭環顧四周。

原來，從音響流瀉出的爵士鋼琴旋律是現場演奏會的錄音，每首曲子結束，就能聽到觀眾的掌聲。一瞬間，河原崎還以爲那是對自己素描的喝采。

他瞄時鐘一眼，過了三十分鐘。

他完全沒發覺自己已畫三張。

第一張是高橋橫躺的全身圖。從朝著天花板的鼻子到腳趾甲，高橋整個人被畫在白紙的正中央。他的身材修長，看起來就像一個穠纖合度的男人優雅地沉睡著。第二張是男人閉起雙眼的臉部特寫，宛如人工製品的臉孔到脖頸，美麗卻面無表情的臉孔，與彷彿失去血色的白紙，達到一種奇妙的平衡。第三張則是脖頸以下的軀幹部分。

「如何？」塚本沒靠過來，在原地問道。

「稍一不注意就過了三十分鐘。」

「你的專注力眞好，看著屍體也不怕嗎？」

「我一點也不怕。」

「因爲看上去只是個物體嗎？」

「與其說是物體……」河原崎含糊不清地應道：「就算變成這樣，我還是覺得像某種人工製品。」

「人工製品？」塚本忍著笑意反問：「高橋先生是人工製品？說得好。」

「這一位眞的不是神嗎？」如果不是神，那樣端正的側臉又是什麼？河原崎不禁想這麼問。

「高橋先生不是神。如果是完全站在旁觀者的角度、不受任何時間及空間限制的神，不會這麼簡單就死去。身爲神，會死亡就是一種矛盾。」

兩人頓時沉默。換曲之際，琴聲停止。此時，隔壁傳來聲音。

「你有沒有聽到什麼聲音？」

「鄰居大概開著窗吧，是他們屋裡的音響。」

河原崎豎耳細聽，陌生的粗啞歌聲持續著。「是巴布・狄倫。」塚本一臉無趣地說：「民歌之神，那邊也有神。」

河原崎本來想回應一些有趣的話，無奈找不到合適的。

塚本站起來，踩著塑膠布，緩緩踱到河原崎的背後。

河原崎反射性地想藏起素描簿，又發現這舉動很失禮，於是停了下來。

「你畫得眞好。」塚本的聲音從頭頂上傳來，「眞沒想到你畫得這麼好，讓我看一下前面畫的。」

河原崎沒理由拒絕，於是翻開膝上的素描簿。

這是第一張，他讓塚本看了全身素描的那一頁。塚本高聲稱讚：「眞厲害。了不起，你畫得眞好。」

聽起來是發自內心的稱讚，河原崎很不好意思。他對塚本說，由於每天都在畫素描，被這樣稱讚實在有點不習慣。

「這樣一來，也算是達成他的願望了。」

「他……嗎？」河原崎對這個說法有點抗拒，可以如此隨便稱呼嗎？

河原崎繼續動筆，塚本回到原處。

「開始吧。」河原崎聽到塚本的聲音。不是以耳朵聽到的，而是在腦中的某處響起。每當他集中精神畫畫時，聲音聽起來總會像這樣。

塚本在他視野的角落移動。只見塚本拿著一把小鋸子，不知何時已穿上透明雨衣。

「你……你要怎麼做？」

「從手臂開始吧？」塚本認眞地說著。他既沒舔唇，也沒露出厭惡的表情，一臉泰然自若。河原崎什麼也答不上來。這世上有人被問到「從手臂開始切吧」，會立刻爽快回答「好啊，就這麼辦吧」嗎？

這時，河原崎終於理解眞的要進行解剖了。不是謊言也不誇張，並非某種語言的修飾或比喻，塚本是眞的要解剖那位天才。

「這麼僵硬實在很難處理。」塚本低喃。

「咦？」

「你聽過屍僵吧？」塚本抬起屍體的手臂問道。河原崎仍兀自低著頭。

「這具屍體硬得像根木棒。不是關節本身不能彎曲，而是關節附近的肌肉變得僵硬，導致關節難以彎曲。」

塚本加重語尾，河原崎狐疑地抬頭一看，才發現他幾乎壓在屍體的手臂上，用自身的體重施力。

這一瞬間，河原崎好不容易忍住尖叫的衝動，心想：你在對神做什麼？他幾乎快昏倒了。

「只要這麼用力，就扳得動。」

屍體手臂的角度比方才變大了一些，手肘稍稍彎曲。

「多用力幾次，讓屍體動一下，就能解除屍僵。不過，即使什麼都不做，等肌肉腐爛也能達到一樣的效果。」

接著，塚本以相同的方式折彎另一隻手臂，然後確認鋸子的刀刃。他抬起屍體的右臂，放在低矮的紙箱上。

見塚本將鋸子擱在屍體上，河原崎隨即低頭盯著素描簿。雖然看不清楚，不過刀刃似乎對準肩膀一帶。

「高橋先生說過：『神不會爲枝微末節煩惱，祂注意的是整體狀況。』」

「整體嗎？」河原崎心想，或許和素描差不多。

塚本不發一語，逕自拉動鋸子。

河原崎反射性地閉上眼睛，也想摀住耳朵。響起鋸木頭般的聲音，雖然不會令人不快，但很恐怖。河原崎以爲會像外國的低成本恐怖片般血肉橫飛，但並非如此。

他有所覺悟地稍稍睜開雙眼。

塚本露出在週日做木工般的認眞表情移動鋸子，身上的雨衣發出「唰唰唰」的磨擦聲。「解剖眞是重度勞動。」

河原崎繼續低頭看著素描簿，打算畫下這一幕。

「不准畫！」塚本尖聲喝斥。

河原崎正要畫下塚本拿鋸子的模樣，被塚本的聲音嚇了一大跳，鉛筆從手中滑落。滑落的鉛筆碰到膝蓋，滾到屍體的手臂底下。「不……不行嗎？」

塚本似乎爲自己的失態感到不好意思，辯解似地小聲說：「不是不行，只是解剖場面和我們本來的目的相違背，不適合畫下來。」

河原崎虛應一聲。他不懂塚本的意思。

「我們只要留下高橋這位天才的身體部位，肢解的過程是沒有用處的，不是嗎？」

「不需要嗎？」

「對，我不需要出現在神的畫作裡。」

河原崎混沌的腦袋裡，總覺得哪裡不太對勁。聽著塚本的話語，他一下覺得「高橋」是神，一下又覺得不是神。他不禁懷疑，連塚本自己也無法區別「高橋」究竟是不是神。

不過，他也不是不能諒解。

只要思考超出自身理解範圍的事，人總會試著揣想各種說服自己的假設，最後還是什麼都不懂。

河原崎依舊認爲「『高橋』不就是神嗎」。在神的面前，凡人只能混亂、困惑，他茫然地想著。

「怎麼了？」

「沒事，我要撿鉛筆。」河原崎含糊回應，一邊將手撐在鋪著塑膠布的地板上，身體往前傾，打算撿起滾到屍體下面的鉛筆。

此時，他的手碰到屍體，那冰冷的溫度不帶任何現實感，他慌張地縮回手。與其說是害怕觸摸屍體，不如說是恐懼觸摸到神。

「沒事吧？」塚本又問了一聲。

「我沒事。」河原崎再次翻開素描簿。

啊，河原崎差點發出聲音。說不定他眞的喊了出來，抵著紙面的筆尖忽然加重力道。

河原崎看見屍體的腳。可能是方才碰到屍體時，位置有點移動。剛剛沒看到的部位映入他的眼簾。

他只覺得一陣暈眩，眼前一片黑暗，然後，那個部位又進入視野。

屍體的左腳跟有傷痕，是五公分的手術痕跡。

那道僅僅五公分的傷痕，令河原崎頓時沉默，內心湧起一股看到不祥紋飾的厭惡感。回憶在他腦海盤旋，有個聲音問：「你記得那張傳單嗎？」

那是一張尋找失蹤男子的傳單。一對父母正在尋找失蹤的兒子，傳單底下附了一行文字「腳跟上有手術痕跡」。

此刻，眼前屍體的腳跟上，確實有看似手術留下的傷痕。

這代表什麼？河原崎腦中浮現「行蹤不明」四個字。看著眼前的屍體，腦袋將兩件事合而爲一，他感受到強烈的恐懼。

他拚命打消此一想法，天底下哪有這麼離譜的事？

注意力好不容易重新回到素描簿上，他捧著素描簿的手不禁用力。

似乎有人嚷嚷著：太奇怪了！

你要小心，這世上到處掛著奇怪的網子。要是不夠小心，很容易掉進陷阱。這一定是他給自己的忠告。

他覺得腦袋裡有蟲子發出聲音，就像蚊子的嗡嗡聲。

京子好不容易才爬起來，站在青山的身邊。

屍體上的衣服被脫了下來。本來應該穿在屍體上的衣服，此刻被塞在後車廂角落。

她無法一直盯著屍塊，怕自己會站不住。

京子無法原諒向來冷靜、什麼都不怕的自己居然害怕屍體。

「全部變成一塊一塊的，手腳都被切斷了。」

「到底是怎麼回事？」京子的怒氣無處發洩。

京子看到如此非現實的情況，與其說驚愕，不如說是生氣了。「搞什麼，剛剛還是一具普通屍體，爲何現在變成一塊一塊的？未免太離譜！對了，不會是你撞死的年輕人其實是塑膠模特兒吧？由於後車廂震動的關係，本來黏有接著劑的軀體就分開了。眞是傑作啊！」

「怎麼可能！」青山也陷入混亂，拚命否認。

「到底是誰幹的？」

「什麼誰不誰的？」青山不禁語塞。

「我們剛才不是下車去樹林裡上廁所嗎？八成是有人趁那短短幾分鐘，打開你的後車廂。等等，你一直帶著後車廂鑰匙吧？」

「嗯，啊。」青山還沒冷靜下來，「對，我一直帶著。去樹林找妳時也帶在身上。」

「就是這樣啊，你知道是怎麼回事嗎？」

京子忍著自暴自棄的衝動，豎起食指。「你知道是怎麼回事嗎？」這句話也算是對自己說的，京子想要一個說明，而青山表情扭曲。

「我們去樹林的短短幾分鐘內，有人打開你鎖好的後車廂蓋，把裡面那具屍體切成一塊一塊，再鎖上車廂蓋離開。就是這樣吧。」

「是……是嗎？」

「你覺得有可能嗎？」

「當然不可能。」

「但事情就是發生了。」

「不可能。」青山說：「除非發生奇蹟，否則不可能。」

「如果是奇蹟，那是爲了誰？」京子質疑。

「奇蹟不可能出現第二次。」青山茫然地說著。對他而言，除了那場三比○的逆轉賽，奇蹟從未發生。

京子發現自己正兜著小圈圈，於是告訴自己：「快冷靜下來。」

「還是趕緊埋一埋吧。實在太奇怪了，屍體不可能突然變成一塊一塊的。」

青山驚恐地交互看著後車廂和京子。

京子很想用力抓頭。

「總之，先關上後車廂蓋。」她緊握拳頭，忍著不發飆，指著青山說道。現在只能一步步進行所有作業。

青山站在後車廂前，手放在蓋子上。大概是看到屍塊，他的表情又扭曲了。

「快點關上啊。」京子焦躁地催促。

車廂蓋關上。

先上車吧，京子說道。非冷靜下來不可。只要冷靜下來，任何事都有辦法解決。

一上車，青山便開始拍打方向盤。「京子，到底是怎麼回事？屍體……屍體究竟是什麼時候變成一塊塊的？」或許進入狹窄的車內，加深了心中的恐懼，他不安地問。

「你先冷靜一下。」雖然殘留在下腹部的尿意令京子煩躁不已，但這並不是她一直抖腳的原因。

「太奇怪了，怎麼可能會有這種事？我們下車的時間，也不過是妳去上廁所的那幾分鐘。」

「好了，你冷靜一下。」京子搔抓著頭皮。青山這樣質問她，害她的肝火上升。她也不知道是怎麼回事。「反正都變成一塊一塊的，也沒辦法了。」

「可是，究竟是怎麼辦到的？」

京子輕輕閉眼，雙手放在頭上，拚命思索可能的答案。只要有條理地冷靜思考，一定找得出答案。她調整呼吸，緩緩吐出一口氣。

「我再去查看一次後車廂。」青山突然打開車門說道。看來，他連一直待在車上都辦不到。

京子沒理他。此刻隨便說些什麼，青山都會陷入恐慌。

「京子，妳聽到了嗎？」

聽到青山這麼說，京子盯著他問：「該不會是你幹的吧？」她當然沒有根據，只是受不了青山如此煩人。

青山的臉色一變，關上開到一半的車門。「妳是什麼意思？」

京子毫不畏懼地直視青山。

「聽好了。我不是去樹林裡上廁所嗎？當時，你過了一會才來，並未緊跟著我吧？」

「我只是打開後車廂蓋，確認屍體的狀況而已。」

「但沒有證據能證明眞的是那樣啊。你眞的只有打開後車廂蓋，確認屍體的狀況嗎？」

「妳想說什麼？」

「該不會順手分屍了吧？」京子毫不退讓地淡淡說道。

「怎麼可能！」青山立刻反駁，「我離開妳的時間那麼短，根本沒幾分鐘。」

「那時候屍體還在嗎？」

「的確在啊，很完整，沒被分屍。如果那時候已遭分屍，我一定會發現。」

也對，如果屍體突然全裸，還遭到分屍，就算周圍再怎麼暗，青山肯定會發現。

「換句話說，在你確認之後，到再次打開後車廂的這段時間內，屍體遭到分屍。」

「大概有五到十分鐘吧。」

「根本不到十分鐘。」

「搞不好更短。」

「十分鐘內辦得到嗎？」京子說著，又搔抓起頭皮。「不用問也知道不可能。」

青山開車撞到人，這一點恐怕是事實。那完全是一場意外，不可能是某人的陰謀，也沒有外力介入，京子暗暗思索。

提議將屍體放進後車廂的是京子。她打算殺死青山的妻子之後，一併收拾兩具屍體。這是京子打的如意算盤。

接著，青山將車子停在沿途都是樹林的路邊。這也是京子要求的，因爲她憋不住尿意。這屬於京子個人的狀況。

然而，這段期間，後車廂的屍體發生變化，變成一堆屍塊。如同現在威脅著仙台市民的連續分屍案，屍體輕易被切成一塊一塊。

可以確定的是，沒有切割屍體的時間。既然如此，京子有種找到答案的感覺。就像在黑暗中雖然伸手不見五指，卻覺得往前幾步便會撞到牆壁。

「我還是再去查看一次後車廂。」青山或許忍不住了吧，以難得焦躁的口吻說完之後隨即下車。

京子並未跟著下車，繼續思考。

青山鎖上後車廂，也帶著鑰匙。換句話說，下手分屍的人必定有另一副鑰匙，或者受過開鎖的特殊訓練？還是，後車廂蓋本來就闔不上，所以無法上鎖？

屍體會不會一開始就被分屍了？

京子這麼想著。如此一來，就沒有時間的問題。分屍的時間問題消失了。她靈光一閃，「屍體被掉包了。」

青山撞死的是個四肢健全的男人，如今那具屍體被切割成看不出人形的屍塊。究竟是誰將撞死的屍體和屍塊調包？想都不用想，除了青山之外，不會有別人。原本與這件事有關的，就只有青山、京子和那個被撞死的男人。用消去法思考，只剩下青山。

京子慌張地窺望後照鏡，但角度不對，看不到青山的身影。青山可能動到了後車廂內的屍體，發出咯噹聲。

京子猜想，莫非青山是仙台分屍案的凶手？想到這裡，她不禁興奮起來。光想像自己的戀人可能是驚動社會的殺人犯，不知爲何就覺得青山眞是令人愛憐。

當京子回過神時，青山已打開車門，坐進車內。她以一種與方才完全不同的眼神看著他。

「如何？」

「還是一樣，一塊一塊的。」

「到底是怎麼回事？」

「如果我知道就不用這麼辛苦了。」

青山發動引擎，像是有所覺悟，雙手放在方向盤上。

「你打算怎麼辦？」

「什麼怎麼辦……就照一開始說的，去我家。」

爲了探尋青山的眞意，京子盯著他看了好幾秒，「我也這麼認爲。萬惡的根源就是你老婆。趕快去吧，越快越好。」

「你是凶手嗎？」她拚命忍著沒問出口。

一切應該按照計畫進行。此時，京子突然想到，搞不好遭到分屍的是青山的妻子。遭到分屍的屍體正面朝下放置，無法確定性別。被撞死的男人身材修長，那些屍塊要說是女性的也不奇怪，而且京子並未確認屍塊的臉孔。

沒錯，不無可能。青山已殺害老婆，分屍後放進後車廂。雖然後來發生撞死人的意外，不過他或許將那具男屍和妻子的屍塊掉包了。

京子沉醉在自己的臆測中。看到屍塊引起貧血，一直坐在椅子上的自己實在太蠢，以後不會再發生這種事。

不要緊，剛剛只是一時混亂罷了。被切斷的身體叫什麼？京子努力保持冷靜。屍體自然地變成一塊一塊的？怎麼可能。她想起前來求診的病患，妄想著自己槍殺眾議員、會講話的稻草人對自己下令。少開玩笑了，別把我和他們混爲一談。

此時，青山開口：「搞不好……搞不好這就是我之前提過的事。白天我不是說過高中女生在傳的八卦嗎？」

「你在說什麼？」

「我今天在街上聽到的啊，妳不記得了嗎？我不是告訴妳，屍體會自然變成一塊一塊的？」

京子敷衍地應了一聲：「喔，你說那個啊。」青山的確提過。她想像身體變成一塊一塊，宛如蜥蜴尾巴動來動去的情景，不禁感到好笑。

「本來分開的身體黏在一起。」

「到處都有這種無聊的怪談，而且情節未免編得太差勁了。你覺得那些屍塊會黏在一起嗎？」

「想必是哪裡發生不好的事。」青山說道。

「你爲何說得這麼曖昧？」

「一定是有人在某處做出恐怖的事，觸怒了神，才會發生不可思議的怪事。」

「什麼是恐怖的事？」

「有人殺了神，還分屍。」

「你相信神嗎？」

「只要碰上麻煩，大家都會看到神。」

青山的話語中帶著些許從容，於是京子更相信自己的猜測。青山一定隱瞞著什麼，或許是想讓我高興。

車子在夜晚的馬路上疾駛，青山一直盯著前方。黑暗中，沿途的林木逐漸往後遠離。京子一邊享受急速的心跳，一邊想著前夫，好想對他說：「人生眞是你無法想像的浪漫啊。」

豐田一直抬頭望著自己待過的公司。公司位在仙台知名的辦公大樓內，占據十五樓到十八樓，豐田以前的部門在十五樓。舟木曾在同一層樓的會議室裡，裝糊塗地問「你在公司待了幾年」，他甚至連白板的位置都還記得。

他用力握緊手中的牽繩。

豐田不知道舟木住在哪裡。聽說舟木在仙台市內有房子，但不曉得在哪一區。他選擇再簡單不過的方法，就是在公司外面等舟木出來。

豐田打公共電話告訴舟木：「趕快回家吧，你家遭小偷了。」這種老套的內容連他自己都快笑出來。雖然舟木生氣地大聲反問，但他二話不說便掛斷電話。

這通電話應該有效。不論是誰，接到這種電話，一定會馬上衝出公司。

豐田打算等舟木一到家，便對他開槍，之後再想辦法僞裝成強盜殺人之類的狀況。想到這種時候自己還在考慮怎麼脫身，豐田不禁感到好笑。

大樓有兩個出入口，一過晚上六點，側門的鐵捲門就會拉下，所有人必須從正面的自動門進出。所以，豐田牽著狗，站在看得見正門玄關的地方。

某私立高中前恰恰有個公車站。不遠處有張長椅，似乎是舊公車站撤除之後留下的，不過還是可以坐。

三個高中女生在撤除的公車站正前方聊天。她們並未打擾到豐田，反倒提供了他隱身的屏障。

狗注視著那些高中女生，彷彿在觀察她們。

「對了，妳們聽說了嗎？」小個子女生高聲問道，「就是被分屍的屍體。」

「我聽過。」其餘兩人當中，有一人這麼回答。另一人不高興地反問：「什麼事啊？」

最先提起這個話題的女孩，似乎因爲其中一人已知道這件事，顯得不太開心。不過，她還是繼續說：「近來不是很多人都在聊分屍案嗎？」

「眞的好恐怖，似乎是有個年輕人被殺。」

「但聽說實際上並不是分屍案。」髮色漂白的女孩得意洋洋地說道。

「什麼意思？」

「據說是屍體擅自變成一塊一塊的。」另一個女孩搶先回答。

豐田受不了地看著她們，這麼無聊的談話內容有什麼樂趣可言？

「妳是說屍體被切開了嗎？」

「對、對，本來應該埋好的屍體突然變成一塊一塊，不久又黏在一起，在街上走動。接著，再度變成一塊一塊。」

「為什麼再度變成一塊一塊？」

聽得入神的女孩一臉認眞地反問，豐田差點笑了出來。

是啊，為什麼再度變成一塊一塊？屍體變成一塊一塊，又黏在一起，究竟有什麼意義？不論什麼時代都可能出現都市傳說，但這群高中女生的對話實在太荒謬。

此時，豐田發現舟木從大樓走出來。他反射性地起身，隨即警覺不可太招搖，於是坐回長椅上。

幸好舟木是一個人。他抱著誇張的大公事包，匆匆下樓。

豐田看了老狗一眼，轉頭確認舟木已先離開，才邁開腳步。

帶著狗有利於豐田。拚命移動短腿的老狗看起來很可愛，也不顯得奇怪。

舟木一邊走一邊東張西望，不過並未回頭。

跟蹤十分順利。然而，當他開始擔心舟木會徒步回家時，舟木忽然有所行動。

舟木走近馬路，舉手招計程車。

豐田在心中咒罵自己的失誤，爲什麼沒想到這一招？舟木當然會搭乘交通工具回家啊。不論是地下鐵、公車、私家車，都不是帶著狗的豐田跟得上的。他爲自己的愚蠢感到可笑。

豐田快速思考著，爲了立即下判斷拚命動腦筋。

要不要搭計程車追上去？要追的話，狗怎麼辦？狗能上車嗎？會不會造成麻煩？

他聽到有人說：把狗放在這裡吧。然而，附近並沒有人跟他搭話，所以一定是自己的聲音。豐田不禁猶豫，看了狗一眼，狗只是回望著他，一副「隨你高興」的表情。

此時，他才反應過來，自己本來就沒義務要帶著這隻狗。他不是非得帶著這隻狗四處走不可，也沒必要養牠。

幸好舟木一直招不到計程車，只見他高舉著手不耐煩地跺腳。

豐田交替看著狗和舟木，心想還是應該以復仇爲優先。說不定狗也很困擾，不想陪豐田報仇。不對，他立刻打消這個念頭。他想起老狗眺望夕陽時的側臉，是誰被那張勇敢而悠閒的側臉激勵了呢？「你要放棄好不容易找到的伙伴嗎？還有誰會把你當成同伴？」

終於有輛計程車駛近舟木。

豐田慌張地走向馬路，招計程車。幸好他一舉手就有車子靠過來。

舟木搭的車一發動，豐田招的那輛車也同時打開車門。因此，豐田在搭車之前，先高聲問：「狗可以上車吧。」

司機是個體格結實的平頭男子，臉頰上似乎有傷疤。他以充滿魄力的低沉嗓音回答：「當然不行。」

「這是導盲犬！」豐田使盡吃奶的力氣大吼：「導盲犬總行吧。」

他硬是上車，將老狗抱在膝上。

「你說什麼？」司機的臉色瞬間暗了下來。

「拜託你追前面那輛車！」豐田不容分說地快速丟出一串話：「如果不讓導盲犬搭車會有問題的！是社會問題，對你的公司也會造成困擾。」

「你不是看得見嗎？」司機一邊回頭一邊反問，不過臉上已沒有生氣的表情，反而是一臉愉快。「追前面那輛計程車是吧。」這次他面朝前方，用力踩下油門。

豐田的身體猛然陷進座椅，方才的氣勢消失無蹤，發出膽怯的聲音回應。老狗仍乖乖被他抱著。

舟木搭的計程車在兩個大十字路口轉了兩次彎，走的路線沒太複雜。

「這是在抓姦嗎？」司機從容不迫地問。

「不、不是。」

「你這聲音聽起來還眞老實，剛剛的氣勢跑到哪裡去了？我第一次載到像你這樣的客人。」

「是嗎？」豐田看著放在副駕駛座前的司機照片，不禁挺直背脊。司機以前似乎是光頭，沒有笑容的表情看起來更是魄力十足。

「我也是第一次看到長得像柴犬的導盲犬。」司機豪爽地笑了起來。

車子經過仙台車站，往北走了五分鐘後，進入住宅區。「你知道這叫『雙子星大廈』嗎？」聽到司機這麼說，豐田透過擋風玻璃看著前方。

收音機傳來新聞播報聲。「有搶案……」聽到這句話，豐田嚇得差點從座椅上彈起。

「聽說搶匪占領了銀行。」豐田頓時安心下來。這跟他犯下的郵局搶案是兩碼子事。司機說的似乎是仙台車站前的銀行，遭歹徒挾持人質的案件。豐田越來越覺得，這世上眞的會同時發生各種事。新聞重複報導人質已獲釋，他們都被迫戴上廟會慶典的面具，還眞是無奇不有啊。

前方計程車亮起方向燈的同時，豐田搭的計程車也慢下來，逐漸靠近大廈。不難理解爲什麼眼前的建築物被稱爲「雙子星大廈」，只見兩棟細長的大廈並排在住宅區內。屋頂上有著球形物體，不知道是無用的標誌、蓄水槽，還是居民專用的天文台，建築物整體看起來宛如巨人。

舟木就在大廈前下車。

「抱歉，我在這裡下車。」豐田對司機說完，打開那既無厚度也無重量的皮夾。裡面只有幾張提款卡和電話卡，再窮酸不過了。

幸好，現金夠付計費表顯示的金額。手邊的現金剩下三千圓，雖然可提領銀行存款，但不安排山倒海而來。他深切體認到自己失業的現實。

「請小心腳邊。」收下車資的司機打開車門。

「我還看得見腳邊。」豐田回應。

「你果然看得見嘛。」

「對、對不起。」

「沒關係，下車吧。」平頭司機露出討喜的笑臉。

豐田目送計程車靜靜掉頭離去後，牽著老狗走近大廈。在住宅區牽狗散步，不太會引起注意。

相較於大廈高級的外觀，裡面的情況跟豐田想像中相反，門口沒有自動鎖的保全裝置。雖然出乎意料，卻幫了大忙。他沒想過該怎麼闖過自動鎖的保全裝置。

豐田站在入口處的玻璃門旁。進去之前，他摸了一下藏在身後的手槍。他確認過彈匣，心想得先放子彈進去。裡面只有一發，是之前開槍射年輕人時剩下的。

這一瞬間，栩栩如生的回憶在豐田的腦海浮現，他想起打算忘記的事。開槍傷人的場面，又在腦中復甦。

年輕人倒在槍口下的身影，扣下扳機時的心跳聲，彷彿在遠處響起的槍聲。是啊，我開槍射中人了。那個年輕人是不是抱著傷腳進醫院了？治得好嗎？那一槍會造成一輩子都治不好的傷嗎？鉛彈打進身體的瞬間，究竟有多痛？不安和罪惡感如洪水般侵襲著豐田。

自己有資格開槍射那個年輕人嗎？到底哪一邊才有罪？哪一邊非逃走不可？

搶劫郵局的也是我，雖然以未遂收場，但我的確在郵局裡開槍了。

滿溢的不安和罪惡感逼得豐田一屁股坐在地上，好不容易才忍了下來。

因失業而失去未來的你，懷抱著不安和手槍引起的騷動，根本不足以稱爲騷動。所以，你只要做好心理準備再行動即可。豐田如此說服自己，用力挺直顫抖的雙腿，將手槍放回背後，握緊拳頭。

看了狗一眼，他將手伸到背後。「不用害怕，然後，不要離開我。」

在口中念了幾次咒語般的台詞，他只覺得不說話的狗，正默默鼓舞自己。

他用力吸一口氣，然後閉氣，確定自己的心跳聲之後，再吐出一大口氣。

豐田將狗綁在距離入口樓梯數公尺處、一張長椅旁的消防栓上。帶著老狗進建築物沒什麼好處，太引人注意，萬一發生打鬥，也照顧不了牠。

老狗看著豐田，似乎在說：「拜託你回去時不要忘了我。」

一走進大廈就看到整排信箱，他稍微掃視一下，立刻發現寫著「舟木」的信箱，五〇五號。

豐田告訴自己：「這絕對是該做的事。」然後，他按了電梯上行的按鈕。就算是挾帶私怨也無所謂，他暗暗想著。電梯傳來有品味的鈴聲，門也同時開了，豐田走進去。不知為何，後輩說的那一句「豐田先生，下次我們一起去喝酒吧」在耳邊響起。

不能回頭了，他氣勢十足地關上電梯門。

一層樓不到十戶，五〇五號不難找。

門口掛著寫有「舟木」二字的豪華名牌。憤怒像泉水般源源不斷湧出，豐田好不容易才壓抑下來。

他再次確認身後的手槍。

在他伸手之前，五〇五號的門打開了。

豐田不知道發生什麼事。眼前的門被用力打開，有人衝出來。

就是現在，快開槍！豐田這才想起自己該做的事。他拔出手槍，擺出一個不怎麼可靠的姿勢，對著衝出來的男人大喊：「站住！」他連對方的長相也沒確認，就將槍口朝向對方。「就這樣轉過來！還記得我是誰嗎？」

豐田打算將累積在心底的話通通說出來，朝對方吼出所有的怨恨。此時，過往的種種在腦海浮現，有些是他記得的場面，有些是他莫名有印象的事。「你在公司待了幾年？」他想起舟木說出這句話的表情。離職那天，沒人送行，他只能看著電梯下行的樓層顯示。參加二次就業的面試時，連他的履歷表都沒看就說「很遺憾」的面試官的神情，還有一臉欣喜地表示「這次應該沒問題吧」的職業介紹所負責人的臉孔，以及坐在長椅上，低喃著「我想工作」的自己。對了，耳機在哪裡？現在應該聽〈HERE COMES THE SUN〉才對。他想起離家時，兒子彷彿望著一個一無是處的人。不聽披頭四不行。他想起在六張榻榻米大的屋內，鎮日等待錄取通知電話的自己。他想起那個故意說「現在幾乎沒有管理職缺喔」的男人，當自己回答要找的是專業職缺時，對方立刻表示「可是，設計相關的工作若不是年輕人……」披頭四在哪裡？他想起井口推著坐輪椅的兒子的模樣。「這世上哪有什麼沒問題的事？」妻子的聲音又在耳邊響起，她若無其事地說：「你什麼都不會啊！」

我要射死一切的罪魁禍首「舟木」，豐田暗想。

手指已扣在扳機上，隨時準備開槍。

不料，對方冷靜地說：「你好激動。」

此時，豐田才看清楚對方的長相。

眼前的男人並非舟木，是個陌生人。雖然從舟木家衝出來，不過的確不是他。弄錯人了。豐田臉色鐵青，對方卻無所謂地站在槍口前，毫無現實感。男人應該超過三十五歲，臉上的鬍碴很適合他。

對方看起來不像公司職員，也不像找不到工作的豐田那般落魄不堪。相反地，他全身散發著從容不迫的氣質。

那從容不迫的程度令人羨慕。雖然不清楚他是什麼來頭，豐田就是豔羨不已。

「舟木呢？」豐田勉強自己從一團混亂中冷靜下來，「舟木在哪裡？」

「舟木？啊，你是指這家的主人嗎？」男人緩緩地說：「他倒在屋裡。我什麼都沒做，他自己大吵大鬧撞到頭。你又是誰？」

「我、我……」豐田總不能說自己是爲了射殺舟木而來。

「我也被擺了一道。」男人似乎毫不在意豐田是誰，「沒想到，他居然在這種時候回來。今天他不是要開會嗎？」

豐田十分困惑，這傢伙在說什麼？

「我本來在想，如果晚上過來，應該能順利辦完事，不料還是不行。看來，這棟大廈跟我不對盤。」

「你是誰？」

「我姓黑澤，是來舟木先生家闖空門的小偷。我原本打算突然出現，再突然消失。」

「什麼？」

「你第一次看到小偷嗎？」

豐田無法理解對方爲何要自曝身分。男人像是看透一切，說道：「拿著槍準備扣板機的男人，大致上都算是小偷，跟我同一國，所以我才向你自我介紹。」

此時，對方背後傳來嚷嚷著「小偷」的聲音，是舟木。

豐田立刻放下手槍，塞回身後。許久沒聽到上司的聲音，他激動到清醒過來，差點忘記自己是爲了將槍口朝向那個病態的男人才來到這裡。

「我要消失了。」豐田聽到那個姓黑澤的男人說道。

「咦？」豐田驚訝地反問。

舟木從玄關衝出來，喘著氣叫喊著「有小偷」。看到豐田時，他詫異地「咦」了一聲，連鞋子都沒穿。

「啊，晚安。」豐田打了個愚蠢的招呼，「好久不見。」

「你、你是……」舟木將歪掉的眼鏡推回鼻梁上。看來，他連豐田姓什麼都不記得了。

「遭小偷了嗎？」

「小偷，對！不是你，是另一個。」

豐田轉頭看了看後面。

那男人消失了。

他該不會像一陣輕煙般消失了吧？究竟是衝向安全門，還是算好時機走進電梯？或者都不是，而是使用某種直接從這個空間消失的魔法？「小偷不在這裡，」豐田說：「消失了。」

「你說什麼？」舟木激動地抓著頭。

「你被偷了什麼？」

「我不知道，有人打電話跟我說家裡遭小偷。」

舟木毫不關心站在一旁的豐田。

豐田並不憤怒，只覺得滑稽。舟木連被偷了什麼都不曉得，僅僅是被闖空門就驚慌失措。這樣的舟木看起來眞渺小，反倒是那個小偷顯得更堂堂正正。

豐田把手伸到身後。

現在是開槍的好時機，對方激動得整張臉皺成一團。他捫心自問：此人値得我開槍嗎？

「錢！錢搞不好被偷了。」舟木說著，打算走回屋內。

居然被這種男人開除，豐田覺得十分悲慘。因舟木的一句話而丟掉工作、喪失自信、失去心靈的平靜，光想就感到悲哀。然而，舟木似乎根本沒將他放在眼裡。豐田鬆開手槍，垂下肩膀。「舟木先生。」他出聲喊道。

對方的雙眼紅得像猴子，激動得不得了，大概是急著報警。「幹什麼？」

豐田將手指彎成手槍形狀，指向舟木的眉間。

對方皺起眉頭，毫不在意地轉身進屋，留下豐田。

不要管他了。豐田嘆了一口氣，感覺卻比方才輕鬆許多。爲什麼呢？

大廈外面傳來狗叫聲。與其說是看門狗的叫聲，更像是呼喚豐田的聲音。

6

「我回來了。」

黑澤開門一看，佐佐岡仍維持他出門前的姿態。

「這趟廁所你去得還眞久。」佐佐岡說道。

「搞不好我眞的從這裡消失，跑去幹了一票。」黑澤故意深深吸了一大口氣。

「這一票的成果呢？」

黑澤刻意掏了一下口袋，故作苦悶地回答：「什麼都沒有。」然後，他走回沙發，對佐佐岡說：「接下來，露一手給你瞧瞧。」

「露一手？」

「剛才我不是說了嗎？今天要告訴你，小偷到底都在做什麼？」

「不用啦。」佐佐岡猶疑的表情，和學生時代一模一樣。

「別客氣。我已完全掌握你目前的狀況，渦蟲危機、辭職和獨立失敗。最重要的是，爲愛妻的問題困擾不已。」

「困擾不已？或許眞的是這樣。」

「對了，你爲什麼進來這個家？」

黑澤停下動作。直到方才爲止，他都不曾注意這個最重要的問題，爲什麼沒一開始就問呢？

「咦？」

「你知道我爲什麼會在這棟大廈的這個家裡出現嗎？」

「因爲你是職業小偷？」

「正是如此。」黑澤開心地笑了。

「這戶人家値得你偷。」

「不要再談我的事了。」只要被問到自己的事，黑澤就很不好意思，「我問的是你的事。」

「從一開始你就不斷在問我問題。」

「你怎麼決定要偷這一戶？」

「我遇上一件怪事。」佐佐岡愼重地選擇字彙，開口解釋：「我最近只覺得前途茫茫，像個亡靈般活著。」

「容我多嘴，亡靈是不可能活著的。」

佐佐岡抓了抓頭，「我早上就出門，離開那個有我太太在的家，跑去職業介紹所。有時會接受面試，很晚才回家。跟我太太相處實在非常痛苦，所以我總是晚歸。」

黑澤很想說：既然如此，不如早早離婚算了。不過他猶豫著，最好還是不要多嘴。

「我不知道該怎麼辦，現在也走投無路了。對我來說，很久沒回來的仙台市區簡直就是陌生國度，我整天茫然地在商店街走著，盼望太陽下山。我在路上四處遊蕩，什麼都不做，只是等待時間經過。可是，今天碰到一個奇怪的年輕人。」

「奇怪？」

「他讓我覺得很不舒服，我不想和他扯上關係。正當我打算低著頭經過他的身邊時，他突然抓住我的肩膀，說了一個地方，並要我立即過去。」

黑澤疑惑地歪著頭。

「是真的。對方突然這麼說，我也不是記得很清楚，但的確是這棟大廈。那男人一直念著這裡的住址，要我趕快過來。」

黑澤無法理解佐佐岡說的話。到底有誰知道這棟大廈呢？可能是一些同行。不過，如果有幾個人知道，等於大家都知道，這是圈內的常識。

接著，黑澤突然想到，該不會是白天碰到的那個邀他一起幹一票的男人吧。如果是他，當然知道這棟大廈，因爲是黑澤主動告知。

果眞如此，佐佐岡碰上的年輕人，或許就是白天追著黑澤跑的青年。雖然落後牛頓一大截，仍從蘋果掉落一事發現萬有引力的那個年輕人，難道是因爲黑澤拒絕加入他們的計畫，心生不滿嗎？他打算四處散播黑澤在這棟大廈的消息，擾亂黑澤的工作嗎？

不可能有這種事，黑澤立刻打消此一推測。

那男人雖然有愚蠢、膚淺之處，但不會找黑澤這種麻煩。他也不是那麼陰險的人。

「所以，你受到那個年輕人唆使，跑來這裡？」

如果那麼容易把人找來，這屋子不用幾個小時就客滿了。

「那個年輕人十分不可思議。剛開始我覺得很不舒服，滿腦子只想趕快逃離現場。然而，過了一會，我發現一件事。」

「什麼事？」

「我發現『我根本沒有能夠逃避的地方』。這眞是太滑稽了，連可以安心躲藏的地方也沒有。此時，我想起他說的話，想起這棟大廈的地址。我明明不打算仔細聽，卻記得一清二楚，簡直不可思議。我壓根不想記得對方隨口說的話，卻還是留下印象。一回過神，我已搭上公車抵達附近，朝著那個地址走去。不知不覺就走到這裡。」

「接著，你就在這裡碰到我。」

「我記得大廈的名稱和樓層，但不太記得是哪一戶，大概是那個年輕人講不清楚。只是，當我茫然地走來走去時，發現有一戶的大門很容易就打開了。」

「啊！」

黑澤爲自己的失態苦笑不已。上工時，他習慣在潛入屋內前鎖上大門，這是例行程序。然而，只有這屋子疏忽了。他原本打算立刻離開，所以沒注意到其他細節，不過這不能當成藉口。

「於是，我呆呆的、像被吸進來似地踏入門內，然後發現了你。」

「還好你是遇到我，如果碰上其他小偷，搞不好已吵起來。最近，那些外國集團下手的範圍越來越大，就算被屋主發現也不怕，聽說還用刀殺死房裡的寵物狗或貓。像你這樣一臉毫無生氣地走進來，或許會被當成一隻老實的寵物。」

「不過，你居然半開著門偷東西，眞是大膽。職業小偷都是如此嗎？」

佐佐岡似乎沒有諷刺的意思，但黑澤被戳到痛處，不高興地皺起眉頭。「這是因爲……」說到一半，他就打消解釋的念頭。

「不說這些了。總之，爲你示範我的工作方式，免學費。」

「不用啦。」佐佐岡毫不起勁，黑澤啪啪啪地拍手。「好了，快站起來，接下來要找保險庫。找到錢的話，我們一人一半。」

從未與人合作的黑澤，發現這是自己第一次說「一人一半」，感覺並不差。佐佐岡站了起來。

「首先，你對這屋子有什麼了解？先試著想像屋主是怎樣的人，接著推測屋主的性格。如果是男人，他會以什麼方式將財產藏在哪裡？」

佐佐岡困擾地環顧四周，「收拾得很整齊，只是沒什麼高級家具，說起來是個毫無情趣的住家。」

「你眞敏銳。」黑澤苦笑，「屋主很注意整頓周遭的環境，是個一板一眼的人。工作認眞，以自己的職業爲榮。之所以什麼都沒有，是因爲他鮮少在家。」

「單身嗎？」

「單身的帥哥。」

「潛入民宅之前，你做了多少準備？」

「屋主大致的狀況，我都能掌握。」

「連空間配置都先調查清楚了嗎？」

佐佐岡大概是聯想到打開建築物平面圖、商討對策的銀行搶匪。

「怎麼可能！那樣樂趣就少了一大半。如果找到值得下手的目標，我會花一段時間調查對方的生活節奏。如此一來，可以想像對方前半生過著怎樣的生活。這是對自己的觀察力和想像力的測試，畢竟是貨眞價實的勝負之爭。只要奮力通過這一關，對方的房屋布置之類，根本不需要實地探查也能夠一清二楚。所以，潛入屋內，得知自己的想像有多正確的那一瞬間，是我最大的樂趣。」

「那麼，這屋子符合你的想像嗎？」

「完全符合，我簡直就是神準的算命師。」黑澤以右手指著走廊說：「我們去書房吧。」

那是個八張榻榻米大、十分寬敞的西式房間，鋪著灰色地毯，門口左邊擺著兩座書櫃，正面有張黑色書桌，四面是漂亮的駝色牆壁。整個空間雖然呈狹長的長方形，卻一點也沒有壅塞感。「多麼奢侈的書房啊。」

「這和你想像的書房一樣嗎？」佐佐岡充滿興趣地跟在後面問道。但他似乎不敢大膽地環顧整個房間，顯得有點客氣。

「跟我想像的一模一樣啊。」黑澤毫不客氣地走進書房，「住在如此整潔乾淨的房間裡，這男人的想法必定也很單純。他會貫徹『簡單就是最美』的生活信念，認為錢就應該放在保險箱內，而保險箱一定得放在書房。如果東西不放在固定的地方，他會渾身不對勁。橘子就該擺在鏡餅上，鴿子就該住在時鐘裡。」

黑澤喃喃說著，一邊在書桌周圍尋找什麼。他不拉開抽屜，而是彎下腰看著椅子下方的空間。佐佐岡雖然還是有些不好意思，也擔心會突然傳來腳步聲，但仍拿起桌上的筆把玩，一邊對著蹲在地上的黑澤說：「不用檢查抽屜嗎？」

「直覺告訴我，那個抽屜裡根本不值一看。你打開瞧瞧，裡面大概只有手電筒吧。」

「搞不好錢就藏在這種地方。」佐佐岡慎重地拉開抽屜，「啊」了一聲。「有手電筒。」他取出一支細長的手電筒。

「我就說吧。」黑澤從旁搶過手電筒，放回抽屜後關上。

「你好像在變魔術。」佐佐岡驚訝地說道。

「因爲我是專家啊。」黑澤搞笑地說完，指著角落：「喏，保險箱就在那裡。」

佐佐岡慌張地轉身，順著黑澤指的方向望去。「在那裡嗎？」

「沒錯。」

「那裡只有壁櫥啊。」

黑澤所指的方向有座咖啡色壁櫥，左邊是玻璃門，裡面擺著一排紅酒，右邊則是木製門。

「你打開就知道，保險箱在裡面。」

「你爲什麼會知道？對了，你事先調查過。」

「怎麼可能？我根本沒調查。聽好，從這家主人的性格來看，他的所有財產肯定就在這個房間的壁櫥裡。『根本不需要什麼標識。小偷一定會把寶物埋在鬼屋的地板下、無人島上，或是有一根樹枝特別顯眼的枯樹底下等地方。』」

「你在說什麼？」

「這是湯姆．索耶的台詞。他打算憑著這些毫無根據的說法找到寶物，我跟他比起來還算好吧。」

黑澤走近壁櫥，佐佐岡跟在後面。

「聽你這麼一說，我想起來了。上大學剛認識你時，你說過『我最討厭夏洛克．福爾摩斯和湯姆．索耶』。」

「眞的嗎？」黑澤不記得自己這麼說過，回頭反問佐佐岡。

「你說『因爲他們都抽菸』。」

「我還眞是一天到晚隨便亂說。」

黑澤像在批評不認識的人，接著在壁櫥前面跪了下來。

「裡面眞的有保險箱嗎？」

「沒錯。」

「這座壁櫥的品味頗差。」佐佐岡似乎不小心脫口說出內心的感想。黑澤受不了地抬頭看著他，問：「要不要來打賭，看看裡面有沒有保險箱？」

「我沒有什麼可以拿來賭的。」

「如果有保險箱，你就得依我的建議行事。」

「建議？」

「這些年來，我一直持續偷竊這份孤獨的工作，對於沒人聽我說話這件事情感到十分驚愕。只要是人，都希望聽到他人的忠告，同時也希望給他人建議，就是這樣。」

「就是這樣嗎？」

「因爲任何人都是人生的新手。大家不負責任地給別人建議，是想擺擺前輩的架子。」

「你也是嗎？」

黑澤並未回答。他像是在表演魔術給佐佐岡看，伸手將壁櫥的門快速向右拉開。上過漆的門無聲無息地打開，裡面有一個單調的冷色系保險箱。

他對著身後的佐佐岡說：「你看。」

「你什麼都知道哪。」佐佐岡再次感嘆。

黑澤將頭髮向上撥攏，吐出一口氣，重新振作。「打開吧。」

他聽見佐佐岡吞了一口口水。

「爲什麼是你在緊張啊？」黑澤伸手觸碰轉盤，這麼問道。

「呃……」佐佐岡含糊不清地回答：「呃……因爲我這輩子到現在都是腳踏實地走過來。」

「我知道。」

「我從沒碰過這類犯罪行爲，所以很心虛。」

「偷錢是我的工作，你只不過是在旁邊看而已。」

「可是，我就站在你後面，看你打開金庫。」

「你又沒犯罪，沒必要愧疚。」黑澤緊盯著轉盤上的數字，將全副精神集中在指尖，緩緩地轉動轉盤。

「怎麼了？不舒服嗎？」塚本問道。

那聲音從後腦杓傳來，河原崎發現自己握筆的手停了下來。「我在發呆。」

「注意力太集中的人，似乎只要一放鬆就會開始發呆啊。」

「不、不是這樣的。」

那到底是什麼？河原崎的腦中響起警報。

他無意識地動著鉛筆，在素描簿上描繪黑線，畫出和他原本想畫的內容不同的素描。他在屍體的左腳上，拚命畫著腳跟的手術痕跡，完全停不下來。

河原崎想起，這和老爸的做法一模一樣。

「聽好了。喂，你在聽我說話嗎？」他想起父親高聲說話的樣子。

那是在打擊訓練場。父親頭戴帽簷折彎的紅帽，拿著球棒擺出準備姿勢，朝鐵絲網另一邊的河原崎說：「聽好了，人都會有討厭的、煩惱的、在意的事，不要去想。這種事只要一思考，就會變得更嚴重。如果只是放在心上，就不會那麼沉重。用腦袋去想就完了。」

說著，父親用手裡的球棒迎向飛來的球。揮棒落空。

「記住，在思考之前就先揮動球棒。這樣一來，心裡的鬱悶及不愉快就會通通逃出去。要在那些東西進入腦袋之前，先將它們從身體裡趕出去。」

或許父親拒絕思考關於負債、補習班的經營狀況，甚至是家庭的事情。恐怕就連親生兒子，都會隨著某一次的擦棒球被拋到九霄雲外。

這和自己藉由畫畫逃避是一樣的。

「思考沒有任何好處，尤其是我和你。不論做什麼都會失敗的人，更是如此。」他記得拿著球棒的父親確實這麼說過，「比如，碰到T字路口時，不是得選一條路嗎？如果是我和你，通常都會選到錯的那一條。我們只會在事後後悔，早知道這麼選就好，早知道選那條路就好。不要思考才是正確的。你要注意，越是拚命思考，越容易搞砸事情。記住，在思考之前就先揮棒。」

河原崎搖搖頭驅走關於父親的回憶，翻動素描簿。

換個角度再次畫起左腳。他心無旁騖地畫著，只有鉛筆磨擦紙面的聲音在耳邊響起。他一點都不覺得正在動的右手是身體的一部分。

「你沒事吧？」塚本拍了拍河原崎的肩膀。

河原崎反射性地闔上素描簿，大夢初醒般環顧整個房間。塚本站在一旁，右手拿著鋸子，尖端沾附猶如乾涸顏料的紅色血跡。那一點都不像血跡，毫無現實感。透明雨衣上也濺到了血跡。

河原崎瞄了屍體一眼。被切下手臂的醜陋屍體顯得很奇怪，不協調的程度令人感到噁心。不知不覺間，兩隻手臂都已從肩膀切下，可看到鮮血淋漓的骨頭。一股血液的腥臭味衝進河原崎的鼻腔。

要吐了。看到屍體的瞬間，河原崎已有所覺悟，但實際上他並沒有想吐的感覺。

塚本拿著鋸子，也不擦擦滿頭的汗水。

「你切斷手臂了嗎？」河原崎毫無現實感地淡淡吐出這句話。

「接下來是腳。」

塚本這麼說著：「你沒事吧？畫得還順利嗎？」

「應該吧。」河原崎回答。

咚地一聲，眼前放著手臂。起初河原崎沒發現那是手臂，只覺得有一股臭味飄來，於是慌張地閉氣。塚本粗魯地將切下來的兩隻手臂，並排在河原崎的面前。「從切下來的部分開始畫吧。首先是手臂，你就這樣把神的零件一個一個畫下來。」

神的零件，河原崎記住這個字眼。

「你隨便摸一下吧。」因爲塚本這麼說，河原崎畏怯地以食指碰了碰那兩隻手臂，卻沒有任何感覺。

河原崎心中充塞著無法壓抑的疑問。他害怕那些疑問會以言語的形態出現在腦袋裡。

他焦急地想著，要趕快將它們趕出身體外。如同父親不停揮棒，自己也得用鉛筆在紙上一直畫。若不這麼做，就得面對那些疑問。於是，他再度打開素描簿。

「眞是無話可說，你是最好的紀錄者。」塚本從背後窺看，又說：「我沒選錯人。」

「比起這些，我更想盡快翻到下一頁，繼續畫下去。」河原崎本來想如此回應，但他說不出口，嘴巴只是一張一合。

「等一下，爲什麼這幾頁畫的都是腳？」塚本突然問道。

河原崎不知該怎麼回答，「那是無意識畫下來的。」

塚本的臉色暗了下來，「無意識？」

「我當時在思考關於神的事。」河原崎脫口說出沒打算說的話。不論怎麼努力也無法隱藏的心情，就這麼說了出來。

不能說出來。這些鬱悶、難以紓解的情感，應該在成爲話語之前，就在素描簿上宣洩完畢。他翻開新的一頁，繼續動筆。

然而，塚本阻止了他。「你說的神，是指高橋先生嗎？讓我再看一次剛剛那幾頁。他的腳你爲什麼畫了那麼多頁？」

「你剛剛說過了。」河原崎覺得再不快點畫，自己又會吐出不得了的話。「你剛剛說『完全站在旁觀者的角度、不受任何時間及空間限制的神，不會這麼簡單就死去』。

所以，這一位應該不是神吧。」

「我是這麼說過。」塚本的口氣有種「那又怎樣」的情緒。

「我認爲那一位一定是神。爲了拯救我們而現身的那一位，只可能是神，不可能是人類。」

「要這麼想是你的自由，但和你畫腳有什麼關係？」

「不，我想說的是……」河原崎頓時閉上嘴，多說無益。他再次看著素描簿，不繼續畫不行。

可是，塚本將手放在素描簿上。

「你想說什麼？」

「我……我想說的是……」河原崎結巴起來，他想大叫「我什麼都不想說，只想繼續畫」。

「你到底想說什麼？」塚本下唇突出，一臉凶惡。「算了，現在就做你該做的事，好好畫吧。我要繼續解剖屍體了。」

「是啊。」河原崎告訴自己只要做好該做的事。這下總算能繼續動筆了。

河原崎並未感受到時間的流逝。聽著凱斯．傑瑞特彈奏的鋼琴曲，他畫著手臂。畫下骨頭的橫切面，也畫下彎曲的指尖。

他仔細而翔實地畫下手臂，並認爲由此還會衍生出某種事物。像這樣將超越現實的眞實畫在紙上，會發生什麼特別的事也不奇怪。

河原崎只是一心一意地任憑鉛筆在畫紙上飛舞。

另一方面，塚本淡淡地持續解剖工作。他帶著手套穩穩地握住鋸子，鋸斷屍體的雙腿。河原崎一停下握筆的手，鋸子聲就會傳入耳中。塚本發出鋸木般的聲音，不停切斷屍體。

又是咚地一聲，河原崎抬頭一看，和方才一樣，被切斷的一條腿放在眼前。這條腿從鼠蹊部以下大約十公分的地方被切斷，膝關節稍微彎曲。或許是死後僵硬的關係，擺在眼前的腿顯得頗爲滑稽，像是巨大的雞翅膀。塚本接著放下另一條腿。

塚本似乎對河原崎說了什麼，但他沒聽進去，逕自翻開新的一頁，繼續畫腿。他默默動筆，什麼都不想，一直畫著眼前的題材。

鋸子聲持續好一陣子，悅耳的鋼琴曲不斷流淌，巴布·狄倫在隔壁屋子歌唱。河原崎的動筆聲和這些聲音混在一起，有種大家一起演奏的錯覺。

不知究竟過了多久。

河原崎已畫超過二十頁，沒有一頁失敗。他換了五支鉛筆。一回神，他發現血液和生肉的腥臭味已沉澱在空氣中。

「簽名。」突然有個聲音響起。

抬頭一看，塚本拿著鋸子，指著他說：「在作品上簽名。一般都是這樣吧？在畫好的作品上，留下這是你畫的證據。」塚本的表情看起來很恐怖。

「啊，嗯。」河原崎至今從未認爲留下簽名是多重要的事。他總是一心一意地畫下又擦掉線條，不曾想過在畫完之後寫下自己的名字。對畫家而言，簽名有什麼意義？表示自己完成一幅畫？還是，表達自己不會再修改的意志？

他翻回第一頁，重新檢視自己的作品。

畫得還不錯。看著剛開始那幾頁，河原崎暗想。他往一些比較在意的地方添加線條，不過並沒有需要再加強的部分。

他在左下角簽下「河」一字。想到自己在河邊看到「高橋」，就覺得「河」這個字眞是再合適不過了。既是自己的名字，又是遇見高橋的「河」。

簽完名，他又畫起眼前的腿。

塚本則露出「終於到達最後階段」的表情，拿著鋸子靠近屍體的脖子。他在屍體的後腦杓墊了一個抱枕，將刀刃抵上被提起的脖頸。

河原崎和他四目相對，塚本露出微笑，彷彿在說「我要下手了」。

河原崎將素描簿放在腳邊，站了起來。

他想再次確認腳跟的手術痕跡。

他從牛仔褲的口袋裡，掏出白天在街上拿到、現已揉成一團的傳單。攤平傳單，上頭寫著一行字「尋找下落不明的兒子」。尋找兒子的父母那種拚命的心情，透過拙劣卻充滿誠意的手寫字體，傳達到河原崎的心裡。

「後腳跟有手術痕跡。」傳單上所寫的特徵並未指明是左腳還是右腳。河原崎再次觀察眼前的屍體，手術痕跡在左腳上。他交替看著傳單上的文字和眼前的腳。

這只是單純的偶然嗎？

塚本移動鋸子，終於要切下頭部。河原崎有種自己的腦袋快被鋸斷的錯覺。

此時，他發現室內飛進不合季節的蚊子。

吸食樹液的長腳蚊子從他面前飛過。

那隻蚊子輕輕飛舞，彷彿隨時會掉到地上般柔弱。與其說在飛，不如說牠只是在室內飄動。

「我看見了神，神就像蚊子一樣。」父親的話聲在腦中響起，是幻聽嗎？

塚本發現蚊子朝自己的臉飛來，便放下鋸子，粗魯地打死那隻蚊子。

河原崎腦中傳來「啪」一聲。聽起來像是蚊子被打死的回音，又像是腦袋裡的齒輪鬆脫的聲音。

塚本面無表情地捏起拍爛的蚊子，扔到一旁。

河原崎握緊動筆的手。他意外地發現，目睹蚊子被打死的瞬間，首先湧現的竟是父親遭到褻瀆的失落感。

不知不覺間，河原崎開始塗黑素描簿。

鉛筆不停在紙面磨擦，線條黑成一片。那不再是線條，而是一片陰影。黑影覆蓋白紙，整張紙一團漆黑。

塚本前後拉動鋸子，切割著頭部。

鋸子和河原崎的鉛筆磨擦紙面的聲音，以相同的節奏充塞在室內，攪動著沉澱的空氣。河原崎什麼都沒想，腦中混合著各種記憶和臆測。他完全搞不清楚現在的狀況，只能靠著塗黑畫紙勉強維持清醒。

他不知道這種情況持續了多久。

塚本一度停下動作，確認鋸齒的狀況後，換了一把新的，再繼續切割頭部。河原崎想起塚本說的「解剖」，爲了調查神的成分，所以要進行解剖。

河原崎的腦中冒出「我現在做的事眞的有價值嗎」的疑問，像是雪地裡突然有嫩芽探出頭。

叩！球狀物的滾動聲傳來。

起初，河原崎不知道發生什麼事。

那個球狀物滾了一圈半之後停下，發出保齡球般沉重的悶響。被切斷的頭顱悲慘地滾到他的面前。地板上有一顆頭顱，像走錯舞台般不協調。整個狀況毫無現實感。

塚本累得喘吁吁，以袖子擦拭額頭的汗水。

河原崎看著地上的頭顱。一開始，他戰戰兢兢地不敢細看，後來才鼓起勇氣直視頭顱的正面。那的確是「高橋」的臉孔。神就算被切下腦袋，也會復活嗎？河原崎搖頭否定自己的想法，在身體被切成六塊的情況下，是不可能復活的。如果真有這種事，絕非奇蹟，不過是一場滑稽的演出罷了。

這麼說來，「高橋」果然不是神嗎？他自問自答。

「不對。」河原崎在內心否定這個答案。

「高橋」一定得是神，而且神絕對不是眼前散落一地的屍塊。換句話說，眼前的事不可能在此刻發生。

既然不可能發生，必定是哪裡出了問題，河原崎茫然地想著。

塚本坐了下來，靠在河原崎對面的牆上，大大地吐出一口氣。他脫下雨衣，揉成一團，放在腳邊的塑膠布上。他的臉上一點都沒有終於切斷神之首級的充實感，只有一種完成肉體勞動的疲倦。

河原崎又看了球狀物一眼。

他仔細看著，腦中出現自己方才說過的「人工製品」一詞。

同時，他「啊」了一聲，腦中一片空白，眼前一片漆黑。

「人工製品。」

河原崎突然想到，滾到眼前的那張臉該不會是假貨吧？如果那張毫無表情的臉是人工製品，一切就再清楚不過了。

那不就是某人戴上了「高橋」的面具嗎？

河原崎迅速採取下一步，像一個不停煩惱的怪人靈光一閃，出現衝動的行爲。

他把素描簿放在右邊，挺起身子靠近那具沒有四肢的胴體。

「你在幹什麼？」他對塚本的怒吼置若罔聞。

河原崎第一次理解父親從安全梯跳下的心情。此刻，他只覺得自己和明明沒有翅膀、卻張開雙手從十七樓跳下的父親一樣。這種直線思考的衝動行爲，果然是家族遺傳。

河原崎迅速地將手插入那具胴體下方，大叫一聲。或許是害怕觸摸神的身體，爲了驅離恐懼感，他「哇」地大喊。

那具胴體翻了過去，發出「啪」一聲，一些血液飛散開來。胴體的背面朝上，塑膠布上形成的血水窪，微微晃動了一下。

他看著屍體的背部，發出「啊」的嘆息聲。

背部非常乾淨，只有白皙的肌膚。

他雙手按著幾乎要跪下的膝蓋，拚命忍耐。

屍體的脊椎骨周圍有少許凹陷，脊椎骨的線條持續到臀部的位置。因爲雙腿已被切除，臀部的柔軟雙丘顯得非常詭異。

由於缺了手腳，屍體的背部看起來形同奴隸。背部沒有燒傷的痕跡，對河原崎來說是決定性的一擊。「那個晚上、那個晚上……」河原崎茫然若失，喃喃自語。他想起「那個晚上」的情景。此刻，河原崎宛如站在「那個晚上」的傾盆大雨中。他憶起在河邊看到「高橋」的姿態，那是他人生中最寶貴的記憶。

在不知是慈悲還是殘酷的傾盆大雨中，裸露上半身在泥濘的河邊抱著貓的美男子，背上有著燒傷的痕跡。

河原崎絕對不是看走眼，那也絕非數天之後就會消失的傷痕。

然而，此時橫躺在眼前的屍體卻沒有那道傷痕。

這到底是怎麼回事？河原崎反覆思考著，疑問接二連三地湧出。無法整理的困惑和疑問，在腦中團團轉。他突然聽到有人說「你不是早就知道原因了嗎」，可能是父親的聲音，又或許是自己的聲音。

他窺探塚本的神色。

塚本被河原崎突如其來的舉動嚇了一跳，沉默地望著他。

某人在他腦中大叫，不要移開視線！

他又看了看地板上的四肢，不過就是肉塊而已。

「塚本先生。」河原崎一放鬆，嘴巴就停不下來。「塚本先生，這個人是……這個人究竟是……」他咬牙切齒地問道。

「怎麼了？」塚本說著，瞥了手邊的鋸子一眼，似乎打算拿鋸子對付河原崎。

「這個人究竟是誰？」

「你說什麼？」

「這個人並不是那一位。」河原崎終於說出口，全身氣力彷彿頓時被抽光。雖然震驚，但這也表示神還活著。他心情複雜地問：「這個人到底是誰？」

「高橋先生。」

「胡說！」

「你這個白痴。」塚本再次佯裝不懂，「如果這個人不是高橋先生，又會是誰？」

河原崎心裡很清楚。看見腳跟的手術痕跡時，他就知道了。

「他是那個下落不明的男人。」他無力地呢喃。

為什麼會發生這種事？河原崎站起來，無奈地垂下頭。

一定是蚊子的關係。因為蚊子被「啪」一聲地打死了，他小聲說道。

抵達青山家門口時，京子正在打盹。

「妳還真能睡。」青山的口氣與其說是欽佩，更像是輕蔑。

「當然能睡，不論什麼時候我都能睡。」京子並非逞強。

京子厭煩地想著，居然花了那麼多時間來到這裡。要殺那個女人，怎會碰上這麼多麻煩事？她越想越火大。

她再次向青山確認：「你知道自己該做什麼吧？」

「嗯。」青山握著方向盤回答。他慢吞吞地熄掉車燈，解開安全帶。京子也解開安全帶，轉了轉脖子。

兩人下車，一陣風迫不及待地吹上京子的脖頸。路燈等距並排著，燈光照著京子他們待的這一帶，但周圍並不特別明亮。

京子和青山隔著車子面對面。她不禁暗想：撞到人之後，車子還能平安無事地開到這裡，眞是幸運。如果撞了人之後，保險桿歪掉卡進車輪裡，導致車子無法發動，也莫可奈何。這麼說來，我還算是走運。

「你老婆現下在做什麼？」

京子壓下揚起的嘴角，注視著青山，暗忖：你是不是已先替我殺掉那個討厭的女人，還分屍了呢？然後，你把屍塊放進後車廂裡吧？是你將屍體掉包的吧？你爲我達成了約定啊。這麼說來，我突然想起，你告訴車站前那個外國人的日文，就是「約定」。京子的內心雀躍不已。

各種情緒在京子的腦海中穿梭來去，她拚命壓抑著快要浮現的微笑。

「八成睡了。她說傍晚就會回來。」青山有些不安地回答，指著自家的二樓。

「你不用再忍耐了。」

「什麼？」

「你在撒謊，對吧？」

青山臉色一暗，或者該說是發青。「什……什麼？」

京子看著青山，試探他的眞心。「算了，總之先去你家，再決定接下來該怎麼做。」

青山家算不上豪華，頗爲樸素，是這個住宅區到處都有的獨棟住宅。在職業足球選手中，只要能踢球就覺得幸福的人很多，青山就是這種典型。就算待遇再差，只要能站在球場上，哪一隊都待得下去。

「終於要下手了。」京子站在玄關門前說道。青山拿著鑰匙從後面走過來。

京子心跳劇烈，說不定青山已殺了妻子。若非如此，那女人正在家裡睡覺，恰恰如她所願。終於能夠解決那女人了，這股期待讓京子興奮不已。

快點！快開門啊！看著青山不熟練地確認鑰匙方向，她的內心十分焦躁。

「京子，妳爲什麼想跟我結婚？」青山突然開口問。

「你幹麼突然問這個？」現在可不是討論這種麻煩事的時候。

「妳不是一天到晚對我發脾氣嗎？現在妳也很不高興啊。」

「那是……那是因爲你很單純。只要能踢球，你就覺得幸福。看到這樣的你，我就覺得安心，原來也有這種生活方式。」她小聲而迅速地說出眞正的想法，同時也想起一年到頭追著別人跑、忙碌不已的丈夫。「不要再談這些了，你趕快開門啊。還是，你要告訴我實話？」

「實話？」

「就是後車廂裡的屍體啊。」

京子回頭指著車子後半部。她想問青山：「裡面是你老婆吧？」

然而，此時卻發生出乎意料之外的事。

砰地一聲，後車廂突然打開。彷彿有個透明人，穿著以夜色爲名的服裝，將鑰匙插入後車廂。

怎麼回事？京子站在青山的身邊，皺起眉頭。不祥的預感化成汗水，流過她的背部。

接下來的情景，讓京子倒抽一口冷氣。

從打開的後車廂中出現一道影子，京子只覺得一陣暈眩。

那黑影伸出雙腿，爬出後車廂。

雖然看不清楚面貌，但那的確是個人影。

「黏在一起了……」京子目睹那些屍塊黏在一起，活了過來。不僅爬出後車廂，還站在地面上。

包圍著自己的現實世界突然消失，那股不安壓過了恐懼，令京子陷入混亂。

青山應該也看到那道人影。

站在黑暗馬路上的人影，緩緩走向對面。

人影雙手垂了下來，低著頭，確認腳邊的狀況，一步步走遠。京子看不見人影的臉孔，搞不好根本沒有腦袋。

腳步聲迴盪在深夜的街道上。那腳步聲彷彿要強調自身的存在，相當惹人厭。

京子蹲在地上，站不起來。

人影走遠了。像是走回剛才經過的黑暗窄路，漸漸走遠。那種走路的方式，好似故意要讓京子看見。

這算什麼？

京子想大叫卻發不出聲音。這到底是怎麼回事？

「到底是誰害我碰上這種事啊！」

此時，京子突然想起本來應該到手的槍，現下究竟在哪裡？

豐田坐在樓梯上撫摸著手槍，手槍發出黑色光澤。

他牽著老狗坐在仙台車站客運乘車處附近的樓梯上，路過的行人一臉厭惡地看著他們，也有幾個年輕人真的對他說「真是擋路」。

豐田告訴老狗：「我開過槍了。剛剛我也拿槍指著陌生男人，但最後還是什麼都沒做。」

豐田不太記得是怎麼從摩天大廈回到這裡的。他看著失去平常心的舟木慌張的模樣，只覺得一切愚蠢至極。舟木根本不值得他開槍、拋棄自己的人生。

舟木並非十惡不赦的大壞人，只是器量狹小的小人物，無趣的上班族。

豐田將手槍收進公事包。雖然已沒有帶著的意義，但他不敢隨便丟棄。

豐田和老狗四目相接。他問老狗：「我接下來究竟會變成怎樣？」當然沒得到回答。

他想起在大廈裡碰到的那個像小偷的男人。

比起那個男人，舟木眞的是毫無氣度的小人物，只知道大聲嚷嚷「遭小偷啦」。那慌亂的姿態實在令人同情。

手機突然響起。雖然放在公事包裡，但切換成震動模式，豐田馬上就注意到了。他拉開拉鍊，掏出手機，螢幕上沒顯示來電號碼。

電話彼端的男人說完「不好意思，這麼晚還打電話」，便報上公司名稱。

豐田反射性地看了手表一眼。

對方是早上曾打電話來的某公司人事部負責人。

「請問有什麼事？」豐田問道。早上才通知他不錄取的公司，不知道現在找他做什麼。

啊，該不會是……？豐田腦中閃過一個念頭。難道是錄取者臨時棄權，所以自己遞補上去了？他的心跳加速。

「我想確認一件事。」年輕的負責人這麼說。

「是。」豐田吞了一口口水。

「本公司預定今天會通知您是否錄取。」

「是。」豐田語帶催促，期待對方說出：「其實是這樣的……很抱歉，公司這邊出了一些問題。」

豐田握緊手機。原來如此，對方要通知他已錄取，卻不小心弄錯了嗎？

然而，對方說的話完全出乎意料之外。「本來應該確定已通知所有應徵者，但出了一點差錯，現在狀況有些混亂。老實說，我們無法確定通知過哪些應徵者。萬一有些應徵者沒接到通知，會造成對方的困擾，所以我才會再度跟您聯絡。」

「什麼？」

「豐田先生已接到本公司的不錄取通知了嗎？」

「是的，今天早上接到了。」豐田沉聲回答。

此時，他才發現對方的語氣十分公式化。

「我知道了。萬一沒聯絡到，爲各位往後的就職活動造成困擾就不好了。既然您已接到通知，就沒問題了。很遺憾，本公司這次和您沒有緣分。」

男人的遣詞用字十足愼重有禮，但他說不定是蹺著腳，一邊喝咖啡一邊講電話。

豐田掛斷電話，並未受到特別嚴重的打擊，對於期待落空也不感到疲倦。這是某人的惡作劇吧？他忍俊不禁，看了老狗一眼。老狗似乎露出「期待落空啊」的挖苦表情。

豐田不由得想辯解，如果有人接到這種電話卻不抱任何希望，他眞想見見對方。

用力吸一口氣，再吐出來。

告訴自己這不是嘆氣，而是深呼吸。

他站起來，拍掉衣服上的沙礫。

雖然不知道該去哪裡，但總比一直坐在這裡好。

他一拉牽繩，狗就站了起來，和他一起下樓梯。他沿著車站前的百貨公司往前走，一發現有小巷子就轉了進去。比起車水馬龍的大馬路，他比較適合黑暗陰濕的小巷。此時，後面傳來叫聲。

「啊，是那傢伙！」是年輕人的聲音。

豐田回頭一看，立刻挺直身子。

腳步聲氣勢十足地響起，有兩個人衝到豐田的身邊。

一看就知道是公園裡碰到的那兩個年輕人，一個滿臉青春痘，另一個金髮。

幾個小時前揍過他們的拳頭又痛了起來。

那兩人瞬間衝到豐田的眼前，巷子裡幾乎沒有行人。

「喂，老頭子，你過來！」

青春痘男抓著豐田的肩膀，將他拉到巷子的深處。豐田很驚訝自己居然不怎麼害怕，爲何能這麼冷靜呢？

他茫然地想著，一定是因爲今天發生太多事了。

兩個年輕人把豐田壓在已歇業的中華料理店的牆壁上，面對著他。

「老頭子，你今天很了不起嘛，居然開槍打傷健治！」青春痘男表情扭曲，粗暴地大聲叫罵。

「他現下可是在醫院裡動手術喔！手術！你要怎麼賠償？」金髮男在旁邊說道。

豐田直盯著兩人，一點也不害怕。他想起自己開槍射擊那個叫健治的年輕人。那是無可奈何的，他必須保護自己。

「喂，你在聽我說話嗎？」

「我在聽。」

「把你的手槍交出來，快點！」青春痘男大聲威脅。

仔細一看，對方長得挺可愛的，豐田心想。他們和他屬於不同的世代，想法和生活方式都不同，他不認爲自己年輕時和他們一樣，惡質程度也毫不相同。他們不懂倫理道德，沉溺在無聊的生活中，對於擋路的人，不論是老師、老人，甚至是嬰兒，都會毫不考慮地踹開。

不可能理解對方，他們和他是不可能互相理解的。想到這裡，豐田忽然覺得輕鬆起來。

或許勉強互相理解是一種痛苦，因爲雙方完全不一樣。以這一點爲前提，一切就輕鬆了。

「你在聽嗎？你這個被裁員的老頭子！」青春痘男焦躁地跺腳，打算抓起豐田的衣領。豐田用力揮開他的手。

「你幹什麼？」

「不要碰我！」豐田生平第一次大吼。他並非血氣上升沖昏了頭，也不是因憤怒而失去冷靜。

由於無法理解，對豐田而言，對方與熊或獅子沒兩樣。被攻擊時不能毫不抵抗，必須正面迎擊。反正都會輸，應該正正當當地對決、堂堂正正地敗北。

豐田和這兩個年輕人都沒什麼了不起，就算人生有先來後到的差異，也沒有哪一邊比較優秀的道理。正因沒有哪一邊特別了不起，不就更應該毫不客氣地對決嗎？

「在發什麼呆啊？老頭，覺悟吧！」

「你們才應該想想，你們真的對人生有所覺悟嗎？」

「我們跟你不一樣。我們才不要過窮酸的日子，我們要玩樂一輩子。」

「別蠢了！」豐田大吼。

他不打算拿出公事包裡的手槍，決定一切順其自然。他已做好心理準備，或許年輕人會拿出匕首或金屬球棒突然攻擊自己。

「我好久沒像今天這麼愉快了。」豐田低頭看著老狗的背部。今天雖然是忙碌又混亂的一天，但也讓豐田嘗到久違的充實感受。

（不要害怕。）

「要動手就動手吧！」豐田高聲說道。他是認真的，接著更大吼：放馬過來！

「老頭，你的腦袋有問題嗎？」青春痘男皺起眉頭，露出凶惡的表情。「放馬過來？小心我殺了你！」

「我不是說要動手就動手嗎？」豐田緩緩閉上雙眼，再次睜眼說道。老狗彷彿呼應他，吠了一聲。

兩個年輕人互望一眼，似乎是沉默地進行商量，該不該跟腦袋有問題的中年人有所牽扯。

豐田不禁想大叫：你們難道沒有自覺，人生正一分一秒地流逝嗎？

他聽見機車從附近馬路馳騁而過。對了，豐田心想，自己活到現在就像那輛機車一樣，以絕望的速度通過人生這條路。不要看別的地方！他已分不清這是對那兩個年輕人說的，還是對自己說的。

「可惡，我不會放過你！」金髮男抓住他。

7

推敲轉盤鎖的數字是很單調的作業。黑澤一邊轉動一邊想著，年紀越大，這工作會越來越辛苦。

「爲什麼這樣就能打開保險箱呢？」佐佐岡站在他的身後，感動地說：「你好像一開始就知道密碼。」

「我可是專家啊。」黑澤向佐佐岡解釋：「由於聲音會有變化，這樣轉動就能聽到轉盤的聲音，比如『轉過頭了』、『方向錯了』。」黑澤心想，我還眞會胡說八道，忍著不笑出來。

「高手能與保險箱對話嗎？」

「高手只要站在保險箱前面，保險箱就會懇求他『快點打開我吧』。」

黑澤一邊開玩笑，一邊目不轉睛地盯著轉盤。只要一個不小心，一切就得重新來過。

「對了，這家的主人快回來了吧？」佐佐岡坐立不安。

「打開了。」黑澤起身，站在佐佐岡的面前，攤開雙手。「我可沒耍什麼小手段。」

「眞的開了嗎？」

「你自己確認吧。」

佐佐岡半信半疑地蹲下，拉開保險箱的門。門就這麼無聲無息地打開，佐佐岡露出欣喜的表情，像看到馬戲團表演而興奮不已的孩子。他看著黑澤說：「眞的，一下就打開了。」

「很高興你這麼開心。這是我的例行工作，沒什麼好稱讚的。」

佐佐岡戰戰兢兢地看著保險箱裡面，發現有存摺和幾疊現金。「這也符合你預期的收穫嗎？」

黑澤再次彎腰，蹲在佐佐岡的身邊。他抓著保險箱的門，確認裡面的狀況，有五疊一百萬圓的現金。「嗯，跟我想的差不多。」

佐佐岡拿起一疊鈔票，確認厚度。

「要嗎？」

「不。」佐佐岡側著頭微笑，「我只是覺得很開心，就像小時候看著撈到的金魚一樣。」

「跟金魚不一樣的是，它們不需要魚餌，你拿幾疊吧。」

「咦？」佐佐岡嚇了一跳，連忙說：「不用了。」

「難得有這個機會，如果缺錢就拿一些吧。」

此時，手機突然震動起來，黑澤立刻接起，等待對方開口。

「黑澤嗎？」對方果然是那個同業，白天找他合夥搶劫的男人。

「你打來得正好，有事想問你。」

「你終於肯加入了嗎？」

「我不打算加入。我要問的是，你是不是四處散播我的情報？」

「你在說什麼？」對方聽起來不像在裝傻。

「有個男人在路上到處洩漏我的去處和所在地。聽說是個在路上閒晃的年輕人，不是你叫手下這麼做的嗎？」

「阿正嗎？怎麼可能，我們不可能找你麻煩。」

黑澤不再懷疑對方，「那你找我做什麼？」

「眞冷淡。你不是叫我決定之後跟你聯絡嗎？」

「我的確說過。」

「決定了喔。」看來不論是年紀多大的小偷，只要一講到工作，聲音就像興奮的孩子。「後天。後天早上，我們要去搶郵局。」

「郵局？」

「如今這麼不景氣，郵局是個好目標。聽說，郵政儲金有好幾兆圓。阿正那傢伙弄來郵局制服，我們要穿著制服去搶銀行。怎麼樣，有沒有興趣？現在還能再找一件給你。如果你後來才加入，只有你沒制服，看起來會很蠢。」

黑澤露出苦笑，「沒制服也沒關係，反正我不打算跟你們一起搶劫。」

「是嗎？反正還有機會，如果你改變心意，再打電話給我。不然，我也可以把我的制服給你。總之，我們要去搶郵局。」

「你們要劫持員工當人質嗎？」

「我們會用槍威脅，把他們關到裡面的房間，再來搜刮錢。反正只要拿到錢就趕快離開，對人質也不會造成困擾。」

「也可偽裝成郵局員工，但你們必須把人質藏起來，萬一有客戶上門就麻煩了。只要把人質藏好，剩下的就是偽裝了。」

「原來如此。」男人老實地回答。

「對了，還有……」黑澤看了身邊的佐佐岡一眼，「你永遠不知道這世上到底會發生什麼事。」比如，在同一棟大廈中，碰到一樣來闖空門的同班同學。

「那種事我也知道。這世上一片漆黑，伸手不見五指，以爲前面是牆壁，其實是斷崖，對吧？」

「你最好把我的忠告聽進去。萬一你們搶了錢正在數鈔票時，又有別的強盜闖進來怎麼辦？」

「你是說我們犯案的時候，還會有人闖進來？」

「我是指事有萬一。聽好，如果眞的發生那種事，你們一定要馬上逃走。發生意外狀況就立刻撤退，才能活得長長久久，你說是吧！」

男人豪爽地大笑，「我們可是穿著制服啊。在別人眼裡，這是郵局員工放棄工作落荒而逃的狀況，實在太有趣了。知道了，就聽你一次。一旦發生意外，我們馬上逃走。」

對方說完，便掛斷電話。

「是你的同伴打來的嗎？」

「同伴？不是。是同業，不過並不是競爭對手，我們只是職業相同而已。」

「對方找你合作？」

「我拒絕了，那不是我感興趣的工作。」

「小偷也會按照興趣挑工作？」

「如果不挑，小偷和資源回收者就沒有差別了。不過，我最近的狀況不太好，白天也挑了一家下手，但沒有收入。花了十幾二十天準備，卻毫無收穫。」

「是嗎？」

「既然現在的工作這麼麻煩，不如回去種蘋果算了。」

「就像現在，還碰上我這樣的人。」

「我完全沒想到你會出現。託你的福，今天的工作毫無進展。」

「即使我眞的打擾到你工作，但你現在已打開保險箱。如果拿走那些錢，你不就有收入了？」

「那不會變成我的收入。」黑澤笑了。

「你不把這些錢放在眼裡嗎？」

「不是。」

「那是怎樣？」

「那些錢你拿去吧。只要手裡有一疊鈔票，什麼鬱悶都會飛到九霄雲外。」

佐佐岡皺眉，「這世上有太多金錢沒辦法拯救的事。」

黑澤不懂佐佐岡的話。就算不是全部，但這世上大部分的事都能靠金錢解決，他從來不懷疑這一點。

「我是個普通的小偷，腦袋裡只想著跟錢有關的事。」

「我不需要錢。」

黑澤從保險箱中拿出一疊鈔票，大概有兩、三公分厚。他毫不客氣地把錢塞進佐佐岡手裡，「拿去吧。」

「我又不是小偷。」佐佐岡突然說道。

黑澤點點頭表示同意，「我知道。但這是我的禮物，你就拿去吧。」

「這又不是你的錢，是別人的。」

「如果是我的錢，你就會收下嗎？」

「不是這個問題。」

面對友人的反應，黑澤樂在其中。他很享受彼此不停禮讓的狀況。「這是我以自己的技巧打開金庫拿到的錢，所以是我的。」

「我不喜歡這種詭辯。」

「我也是。」黑澤一手拿著鈔票，一手快速把玩著。「那就這樣吧。」黑澤說著，將鈔票放回敞開的保險箱裡，然後關上門，迅速轉動轉盤，發出流暢的回轉聲。

「咦，沒關係嗎？」佐佐岡驚訝地問：「你什麼都不拿也沒關係嗎？」

「我不需要偷。」

「什麼意思？」

黑澤站起來，關上壁櫥的門。佐佐岡跟著站起來，和他面對面。

友人認眞而不知變通的個性，和學生時代一模一樣。

黑澤攤開雙手，面露微笑：「因爲這是我家。」

「什麼？」佐佐岡疑惑地反問。

「就是字面上的意思。這是我住的大廈，所以那個保險箱、那些錢都是我的。」

「也就是說……」

「你大大方方闖入的地方，正是我家。」

「等一下。」佐佐岡說道：「等一下，你不是小偷嗎？」

「完全正確，我是貨眞價實的專業小偷。」

「可是，這裡卻是你家？」

「就算是小偷也有家吧！我今天本來打算再幹一票，因爲白天的工作毫無收穫，準備再找一家下手。」黑澤說著，「應該再跑一趟白天那位舟木先生的家，反正我還留下部分現金。」

「不過，我進來的時候，房間和走廊都是暗的。」

「我已習慣黑暗。不，其實我要外出，只是在等電梯時想起某個東西忘了拿。所以，一時粗心忘記鎖門，也懶得開燈，摸黑在衣櫃裡找東西。」

「實在不知道你說的哪些是眞的，哪些是假的？」

「我不是說過了嗎？這家主人的事我瞭如指掌，那可不是誇飾。」

「這不是在騙我嗎？」

「別說得那麼難聽。」黑澤抓著頭，「我也嚇了一跳。稍不注意，居然有男人跑進家裡。仔細一看，對方居然是同學。那麼，跟他聊一聊，之後再告訴他『這是我家』，不是很有趣嗎？」

「對不起。」佐佐岡低下頭。

「抬起頭來。」黑澤說道，「老友相見不是很愉快嗎？」

「不過，這眞的是你家嗎？」佐佐岡似乎仍不敢置信，又問了一次。

黑澤露齒一笑，「而且，當你說『這座壁櫥的品味頗差』時，我覺得深深被你打敗了。」

河原崎感到十分混亂。各種事一口氣浮現腦海，他完全無法理解。

他注意到素描簿掉落在腳邊，這才發現自己不知何時站了起來，也脫下紅色棒球帽，放在地板上。

塚本一臉害怕地坐在原處，大概是不知道該拿河原崎怎麼辦。

「河原崎，你冷靜一下。」塚本舉起右手制止河原崎。

「塚本先生，請你好好說明。」河原崎隔著屍體，和塚本對望。

「說……說明什麼？」

「這到底是誰？」河原崎大聲問：「這個被切成一塊一塊的屍體，到底是誰？」

「當然是高橋先生啊。」

「不對！」河原崎乾脆地否定塚本的回答。那絕對不是「高橋」。看到屍體背部時，河原崎就已知曉。「高橋先生的背部，從脖子開始就有傷痕，可是這個人卻沒有。他的背部很完整。」

「本來就沒有傷。」塚本無法後退，只好一直靠在牆上。他用力地將身子靠在牆上說：「應該是神的高橋先生，背上有傷不是很奇怪嗎？」
「對你來說，高橋先生究竟是不是神？」
「高橋先生是……」塚本立刻回答，但只說幾個字就停了下來。
塚本不安地看著那具遭到切割的屍體。河原崎也看著屍體，看著那六塊物體。
「請你告訴我。」
塚本始終沒回答。
河原崎的腦中接二連三地出現小小的破裂聲，啪啪啪地破壞支撐自己的東西。他雙手抱頭。如果腦袋裡有保險絲，此時應該燒壞了，不然腦袋會出問題。想到這裡，河原崎恐懼不已。
他抓起地板上的鋸子，緩緩避開血液積成的水窪，走到塚本身邊。
「塚本先生，請告訴我眞相。」他拿著小鋸子面向塚本，接著彎曲手肘，將鋸子舉到耳朵的高度。
「河原崎，你冷靜一下。」塚本像要推開河原崎似地伸出手。
塚本的態度起了一百八十度的大轉變。渾身發抖的他失去了方才的威嚴和從容。
「請告訴我。」河原崎的精神狀態已逼近臨界點，再不告訴他眞相，他就要崩潰了。

「你……你想知道什麼?」

「地上眞的是那一位嗎?」河原崎大吼,「他身上既沒有我知道的傷痕,腳跟還有和那個失蹤男子一樣的手術痕跡。整張臉看起來也很假,要說沒整型,誰會相信?」

河原崎越講越快。一講到「整型」,他頓時想通。「那一位不會這麼輕易死掉,對吧?突然變成一塊一塊的,實在太奇怪了。我爲什麼在這裡?塚本先生爲什麼叫我過來?我翻開素描簿到底在做什麼?這些我通通搞不清楚,簡直愚蠢透頂。」

塚本被河原崎的氣勢壓倒,動也不動。

「請告訴我!」河原崎哭喊著。此刻他的臉頰十分冰冷。

「等一下,你等一下,我知道你想說什麼。」塚本好不容易才擠出聲音,雙手向前伸出。「你認爲那具屍體不是高橋先生,對吧?不,那是本人,千眞萬確。」

「你說謊,高橋先生的背上有傷痕。」

「你不認爲傷早就治好了嗎?」

「那種傷是治不好的。啊,就是這樣。」河原崎激動不已,像腦中的回路被切斷似地叫嚷著:「塚本先生,你騙我!」

塚本再次沉默。

「你帶我去泉岳說了一大堆,就是爲了騙我。搞不好連那狐狸都是你的小手段!你今天跟我說的話、做的所有事，全是謊言，對吧！」河原崎搔抓著頭皮。說不定至今看到的一切都是謊言。

「沒那回事，你冷靜一下。」

「我以前見過的那一位，爲了救貓，還跳進河裡。」河原崎目光低垂，喃喃說道：「難道一切都是夢？」

「高橋先生的背上，其實並無傷痕。」塚本雙手朝下，安撫河原崎：「聽我說，你現在很緊張，這是因爲你第一次看到屍體被切割，心情混亂而已。」

河原崎調整呼吸，想讓自己冷靜下來。我只是太神經質嗎？我只是心情混亂嗎？

意外的是，或許救人者是和你父親一樣，張開雙手從大廈跳下去的男人——塚本這麼說過。

那也是謊言！只要開始懷疑，一切都很可疑。

河原崎試著回憶父親的事。不對吧，這不是會讓自己更混亂嗎？這不是會讓自己無法做出正確的判斷嗎？

「一切都是幌子吧？」他瞪著塚本，忍著不眨眼，像要看穿眞相。

「幌子是指什麼？」

「躺在這裡的屍體、我畫的畫，甚至連你剛才說的彩券，一切都是謊言吧。你打算把我扯進什麼麻煩？」

「我不打算把你扯進任何麻煩。」塚本困惑地回答：「這眞的是高橋先生。」

「你撒謊。」

「要怎麼做，你才會相信我？而且，那張彩券是眞的，如假包換。高橋先生是神啊，沒有什麼不可能的。」

「剛剛……」河原崎提出質疑：「你剛剛說那一位是神。你到底是怎麼想的？究竟是不是神？塚本先生，你今天一直這樣，一下說那一位是神，一下又說不是。」

塚本沉默不語。

鋼琴聲繼續流瀉，曲子結束，傳來聽眾的掌聲。

河原崎很想大叫：「不要再拍手了！」

河原崎無法忍受此刻的沉默。一直沉默下去，他的不安、不信任、憤怒和妄想，通通會從腦袋裡溢出來。

我想知道眞相，我想知道這具屍體到底是誰。「高橋」眞的是神嗎？我信仰的究竟是什麼？父親爲什麼要從大樓跳下來？爲什麼要從十七樓跳下來？我爲什麼要畫畫？眼前的男人爲什麼表情扭曲，一句話也不說？「請告訴我。」

「你先冷靜下來吧。」塚本說道。靜悄悄的氣氛似乎讓他很不自在。

他拿起腳邊的遙控器，按下開關。

電視機先是發出雜音，接著畫面逐漸清晰了起來。「看看電視，冷靜一下。」

「塚本先生，請回答我。」河原崎煩躁地大聲說道。

塚本的樣子突然變得十分怪異。他不理會河原崎，或者該說，他根本沒聽見河原崎在說話，只是睜大雙眼盯著電視畫面。

河原崎不懂塚本爲什麼能在屍塊滿地、塑膠布上血水橫流、有個年輕人拿著鋸子的情況下，還能盯著電視，他的神經眞的這麼粗嗎？

接著，河原崎不禁在意起節目的內容，轉頭看著電視。

他驚訝得差點叫了出來，立刻明白塚本盯著電視的理由。

「高橋」在出現畫面中，就坐在椅子上，前面擺著麥克風。從「高橋」背後的書架，可得知那是「高橋」住處的書房。河原崎看過「高橋」書房的照片，書架上塞滿一點也不有趣的百科全書和名畫目錄。

「這到底……」塚本像是看到奇怪的東西，歪頭問道：「這到底是什麼節目？」

那似乎是深夜的新聞節目，著名的男播報員一臉緊張地坐在「高橋」前面。

電視畫面的右上角有小小的跑馬燈。看著「現代名偵探　實況演出」這句充滿煽動性的標語，河原崎十分厭煩，隨即又覺得心痛。那句「實況演出」，究竟是什麼意思？

接著，他發現自己的預感是正確的。

「這不是那一位，對不對？」河原崎指著屍體，「如果你還要狡辯，請告訴我現在電視上的畫面究竟是怎麼回事？」

最近的「高橋」幾乎不上電視。他應該很討厭上電視，爲什麼突然決定接受採訪？而且，塚本怎會這麼巧就打開電視？河原崎覺得太不可思議，不禁懷疑這是設計巧妙的惡作劇。

「爲什麼會發生這種事？」河原崎茫然地說道。

由於電視音量很小，聽不太清楚，但「高橋」似乎在回答採訪者的問題。上這種全國性的電視節目，究竟有什麼好處？

河原崎發現一旁的播報員，神情恍惚地看著「高橋」。這是當然的，他點點頭。這是當然的，因爲那一位不像其他宗教家充滿混濁的自尊心。「高橋」只是謙虛地擁有宛如一朵花般的美麗。那個播報員想必是在如此靠近「高橋」、聽他說話的瞬間，成爲他的俘虜。

訪問到了最後，播報員請「高橋」進行總結。「高橋」看著正面的攝影機，河原崎覺得「高橋」耀眼不已，沒辦法正視「高橋」，雖然是在畫面的另一端，但對方還是太過美麗。

「高橋」靜靜開口。

「睜開你的雙眼，我現在正活著。」

「高橋」慢慢說著，咬字非常清晰。

河原崎起初無法理解他在說什麼，但接下來心臟激烈地鼓動了起來。

這是對我說的，河原崎如此認爲。「我現在正活著。」他不是這麼告訴我了嗎？就在我太想知道眞相，幾乎快發狂的瞬間，那一位以前所未有的方式出現在我的面前。

塚本似乎受到很大的打擊，動也不動地低喃著「高橋先生」。

「你聽到了嗎？那一位特地來拯救我。你們都在撒謊，居然騙我這個人就是那一位！但我發現了。你聽到了吧，那一位確實說出『我現在正活著』。」

「他爲什麼辦得到？」塚本像是非常感動，恍惚地直盯著電視畫面。「他知道了。高橋先生看穿我們想做的事，連我此刻會打開電視都知道。」塚本不停說著，「他究竟是什麼人？簡直形同在其他次元看著一切啊。」

河原崎將鋸子放在塑膠布上，走近坐在地板上的塚本，抓住他的肩膀用力搖晃。

河原崎拉起神情恍惚的塚本，讓他站起來。

即使如此，塚本還是盯著電視。雖然站起來，全身仍晃個不停，他不停喃喃自語：

「多麼偉大的人……多麼美啊。」

「這個人到底是誰？」河原崎指著屍體，憤怒地問。

「那是……」

「這具屍體是那個失蹤的男人吧？我在路上拿到那張尋人傳單。你們爲了騙我，還替他整型，讓他看起來像是那一位。這具屍體不是那一位，對吧！」

「高橋先生爲什麼會知道？我們明明瞞著他，不想給他添麻煩。這件事本來可以順利解決的。」

「塚本先生，這到底是怎麼回事？」

「我們只是想讓高橋先生輕鬆一點。商務旅館的命案不是過了好一陣子嗎？爲了讓一般人閉嘴，總要做點什麼啊。你說是不是？沒錯吧！」

河原崎無法抑制盈眶的熱淚，眼前的塚本顯得極爲渺小，連肩膀也像女人般纖細。

「你們究竟做了什麼？」

「當然是分屍啊！」塚本瞇起雙眼，流露冷酷的目光。他不打算繼續隱瞞事實，決定將無知青年的靈魂推入谷底。他的雙眼發出殘酷的光芒。「我們要讓高橋先生解決那件案子，華麗地、誇張地宣揚高橋先生的力量。」

「那一位知道這件事嗎？」河原崎無法抑止雙唇發抖，牙齒不停打顫。

「這次我們什麼都沒說，因爲他一定會反對。」

「你們爲何要這麼做？」

「不解決案件的名偵探，沒有存在的意義啊。」

塚本的表情充分顯示他相信這番話是眞理。

「那、那一位不想解決案件嗎？」

「所以，我們想替他解決，不論用什麼方法都行。畢竟高橋先生的偉大毋庸置疑。你剛剛也看到了吧？他居然上電視了。他完全看穿我們的把戲。他是全能的，一定要更上一層樓才行。」

河原崎沒發覺自己正顫抖不已。恐怖、驚愕、絕望與無力感形成巨大的混合物，沉甸甸地壓在他的身上。

「莫非你們要設計我成爲凶手？」河原崎咬牙切齒地問。

「對，你就是凶手。」塚本毫不留情地說著，「你就是分屍案的凶手，應該被高橋先生指認的人。」

「怎麼可能？」

「怎麼不可能？你幫忙分屍，人也在現場，沒辦法狡辯，到處都有你的指紋。最關鍵的是這些畫，上面還有你的簽名。我們也會設計你和那些案件有關。」

「為……為什麼會挑上我？」

「你具備所有條件。你崇拜高橋先生，又會畫畫，眞是再適合不過了。更重要的是……」

塚本瞇起雙眼，露出惡意的笑容。「更重要的是，你非常容易受騙。」

河原崎覺得內心的支柱瞬間瓦解了。

「不論你怎麼說，總之你同意解剖高橋先生，這是如假包換的事實。只是，這具屍體剛好不是高橋先生。不過，你在心理上已同意解剖他，對吧？」

「因為你說那一位不是神。」河原崎用力閉上雙眼，他的腦袋沒辦法如常運轉。

「更何況，下手的是你。」

「很多人可以證明我不在這裡。」塚本得意洋洋地說：「這一切都是你做的。」

「我不是活著讓你們利用的！」河原崎好不容易擠出叫聲，「對了，那張彩券是怎麼回事？你偷了高橋先生猜中的彩券，對吧？搞不好是你們幹部合力偷出來的。這和你說的完全相反。你們才是想把那筆錢用在自己身上的人，是那一位阻止你們這麼做。」

「所謂的天才與神，有時會很頑固。」

「那一位才不是這種人，那一位拯救了我。」

河原崎不停落淚，顯得相當激動。他感覺腦袋充血，不知道該怎麼辦，一心只想要得救，就像溺水者攀草求援。

此時，塚本說出意外的話。「你不可能得救。」

「什麼意思？」

「反正你只不過是那個連補習班都經營不好、以自殺收場的男人的兒子罷了。」

聽到塚本這麼說，河原崎一臉不敢置信。

「你父親以爲自殺就能解決一切吧。」

一開始，河原崎愣住了，不曉得該如何反應。他一字一句地咀嚼對方話中的意義，終於明白塚本到底說了什麼。

不准笑！河原崎大吼。不准嘲笑我爸！

他掐住塚本的脖子。塚本雖然想逃，但他以全身力量阻止塚本，壓在塚本身上，雙手使勁。

腦中有個聲音警告他，這樣下去一切都將無法挽回，但他充耳不聞。必須阻止這樣的現實，只要抹煞眼前這個男人的存在，他的人生就能重新來過。

河原崎隱約看見從大廈十七樓望出去的風景。此刻，他感覺不到自己正掐著別人的脖子，就像還沒爬上二十層大廈屋頂便跳下去一樣。

「跳下去吧。」有人在背後用力推了他一把。

京子茫然地站在漆黑的馬路上。她覺得只要往前一步就會昏倒，再走一步就會跌坐在地上。

她離開青山家，迷惘地在路上走著。

京子的雙腳抖個不停，尿意襲來，腰也很痛。她突然想起，如果膀胱炎繼續惡化，腎臟會出問題。

京子沒看到青山。

此時，她才發現自己站在住宅區的角落，雖然要自己冷靜下來，但現在連聲音都不停發抖。

那到底是怎麼回事？

本來一塊一塊的東西又黏起來，青山提過的傳聞，居然在眼前發生，難道她瘋了嗎？這裡到底是哪裡？

眼前盡是一些京子無法理解的事，她覺得備受屈辱。究竟發生什麼事？她似乎是受到打擊，逃到這裡。

京子轉身走向來時路。她已決定去向，回去青山那裡吧。

青山到底在幹什麼？

她加快腳步，現在不是浪費時間的時候，得趕緊回青山家，確認所有事情。那具屍體究竟去了哪裡？青山的妻子究竟發生什麼事？回去之後，冷靜下來，說不定會發現一切沒什麼大不了。對，一定是這樣，京子如此說服自己。

一走近青山家，京子便發現只有那一帶特別陰暗。爲數不多的路燈，有一盞壞了。不亮的路燈刺激著她緊繃的神經。

京子停下腳步。

她目擊出乎意料的場面，於是迅速躲到牆邊。

青山家門口停著她剛剛搭的車子，青山站在一旁。

他的對面站著一個女人，就算四周一片黑暗，京子也立刻知道那是誰。對方看起來心情惡劣，個子高大就算了，還故意穿著強調豐滿胸部的衣服。那是青山的妻子。

京子的驚訝壓過了憤怒。她悄悄靠近他們。兩人都背對著京子，應該看不見她。京子躲在附近的電線桿旁。

距離他們不到十公尺。

那個女人究竟在這裡做什麼？京子覺得自己被侮辱了。青山嚴肅地看著妻子。

「那老太婆到底跑去哪裡？」女人開口問。

京子馬上知道對方說的是自己。

「妳做得太過火了。」青山說話了。京子訝異地發現青山的聲音居然十分正常，絕對不像打算殺害妻子的丈夫。

「有什麼關係？她肯定嚇壞了吧？我故意從後車廂爬出來，像僵屍一樣，那眞是傑作。」

「這麼多偶然疊加在一起，當然會嚇壞。不過，我第一次看到她臉色發青，神情茫然的樣子。」

京子忍著尖叫的衝動，身體不知不覺搖晃起來，心臟狂跳，呼吸也十分紊亂。從後車廂爬出來的是那個女人？如果她從後車廂爬出來，表示她事先躲在後車廂？

「你啊，實在有夠白痴！」女人大聲說著。尖銳的話聲在夜空中迴盪。

「你撞到那個男人，對吧？嚇死我了，連躲在後車廂都感受得到那股衝擊，你居然還把屍體放進來？拜託，你明知我躲在裡面，居然還放進來！」

「沒辦法啊，京子這麼說的。」

「她叫你幹麼，你就幹麼嗎？」

「如果我反對，她一定會起疑。要是她發現妳躲在裡面，不就失去意義了？」

京子覺得腦袋裡的螺絲釘接二連三地掉了出來，「躲在裡面」是什麼意思？

青山和那個女人面對面站著，京子剛好能看到側臉。

「不過，你應該知道吧？你撞到的是一具屍體。」

聽到女人這麼說，京子不禁懷疑起自己的耳朵。青山也一臉困惑地說：「是啊，我撞死的屍體。」

「不是啦。」女人煩躁地解釋：「那一開始就是屍體，你撞到的是一具屍體。你把他丟到後車廂之後，我一碰就發現他冷冰冰的。你也知道吧？那不是剛死的人。雖然被你撞到骨頭斷裂，但他已死了好幾天。」

「等……」青山抓住對方，問道：「等一下，妳說那是屍體嗎？」

「你沒發現嗎？眞是蠢到家了。」

「人如果死掉，身體不是都會變冷？」

「不會馬上變冷。那個老太婆沒發現嗎？她不是還開了診所？算了，反正她也不過是個唬人的精神科醫生，靠不住啦。」

京子試著回想當時的狀況。因爲她覺得不舒服又怕麻煩，並未碰觸屍體。雖然屍體的臉色很差，姿勢不自然，但她完全沒想到那個人早就死了。

「我實在受不了和屍體擠在一起，只想踢出去。所以，我打開後車廂，直接丟出去了。」

「妳還丟了兩次。」青山一副「被妳打敗了」的表情。

「我受不了啊。」

「可是，居然把屍體丟出去，我眞不知道該怎麼說。」

「你不明白那種感覺有多差。」

青山的妻子鼓起臉頰。

「對了，那到底是怎麼回事？後車廂的屍體爲什麼會變成一塊一塊的？」青山大聲說著，「我實在搞不懂，那屍體究竟是怎麼回事？車子停在樹林邊時，我還檢查過後車廂。我想妳一定在裡面氣得半死，所以我讓京子先去樹林。」

「我一輩子都不會忘記，你竟一臉悠哉地問我『沒事吧』。我可是和屍體睡在一起，有夠噁心的，當然不可能沒事啊。你知道在黑漆漆的後車廂裡，和屍體睡在一起有多難受嗎？沒有比這更讓人難以忍受的了。」

「總之，妳叫我把屍體埋在樹林裡，所以我關上後車廂，打算去樹林裡跟京子提這件事。但回來之後，再次檢查後車廂，屍體居然變成了屍塊，到底是怎麼回事？」

「那是……」

「我只能想到是妳幹的，可是妳應該沒有時間啊。」

「哼、哼。」女人故作姿態地悶哼兩聲，得意洋洋地說：「我是知道答案啦。」

聽到這裡，京子覺得自己快崩潰了。一種不再是自己的感覺逐漸侵蝕著她。一想起屍體的切斷面，又讓她一陣噁心。她努力忍著反胃感。

「難道那眞的是妳幹的嗎？」

「怎麼可能！聽好了，我剛剛不是說，你撞到的是屍體？屍體會走路嗎？」

「什麼意思？」

「屍體不可能自行站著，肯定還有另一個人，就是揹著屍體的人。不知道他是怎麼回事，可能是跌倒吧，總之他把屍體甩了出來，不巧被你撞到。然後，你們隨便把屍體塞進後車廂，開車走了。」

「所以，另一個人就……」

「他大概開車在後面追。」

「爲什麼？」

「應該是想把屍體討回去吧。」女人無所謂地說著。那語氣聽來就像是：我怎麼知道開車想討回屍體的男人，是不是有什麼祕密？「說不定本來就是那男人下的手。」

「因爲被我們發現了，想來要回去嗎？」

「這個嘛……」女人思考一會，「那男人實在有點奇怪，怎麼看都讓人覺得頭腦有問題，我一點也不想跟他有所牽扯。」

「妳看到他了？」

「你關上後車廂，走到樹林那邊，我從裡面打開車廂蓋看了一下。」

京子注意到這句話。她已無法做出理性的判斷。對於「從裡面打開」這句話，她產生了疑問。

京子不認爲可以從裡面打開後車廂，該不會是青山或那個女人在後車廂動了手腳吧？他們爲什麼要將後車廂改造成可以從裡面打開？

「我想呼吸外面的空氣，也想處理一下屍體，所以你離開後，我就打開後車廂。不料，隔著一段距離的地方停著一輛車，我嚇了一跳。因爲對方也沒開車燈。我瞇眼細看，發現有一個年輕人下車，朝我們這邊跑來。」

「年輕人？」

「戴著紅帽的年輕人。他拚命衝過來，看起來好恐怖，我馬上躲到後車廂的最裡面。對了、對了，他還拖著一個像是行李箱的袋子。」

「行李箱？」

「就是裝有輪子的袋子。可以拉著揹帶，拖著四處走的那種。」

「他拖著那個幹什麼？」

「感覺實在很噁心。」

「他打開後車廂嗎？」

「我從裡面沒辦法關緊，他十分輕鬆就打開了。然後，他用力抱起後車廂的屍體。接著發生滿好笑的事，他不停向屍體道歉，一直說『對不起、對不起』。」

「他爲何說對不起？」

「不知道。不過那男人眞的好奇怪，他叫著屍體的名字，還跟屍體說話。萬一你和那個老太婆回來，該怎麼辦？我氣得在心裡叫他快滾。沒想到，他一直跟屍體說『塚本先生，對不起。讓你待在這種地方，眞是對不起』。我只希望他快滾，接著他就對屍體說『我們走吧』。對屍體說話耶，眞是愚蠢。」

「後來那男人怎麼了？」

「他把行李箱放在一邊，抱起屍體放進車子，然後就開走了。」

「那行李箱呢？」

「就放在那裡。不知道是忘記，還是打算等一下再回頭拿。我發現你們快回來了，慌慌張張地爬出後車廂，把行李箱放進去。如果被發現就麻煩了，那行李箱實在重得要命。」

「莫非是妳打開那個袋子？」

「對。雖然後車廂很暗，我仍打開袋子確認裡面裝有什麼。打開之後，我嚇了一大跳，裡面居然是被分解的屍塊。有頭部、雙手、雙腳，你知道更糟的是什麼嗎？是臭味，我簡直快吐了。後來才想到，那男人該不會就是分屍案的凶手吧？」

「所以，妳把袋子裡的屍塊丟在後車廂內？」

「我想嚇嚇那個老太婆。不過，我把那顆顱頭放在袋子裡沒拿出來。如果她看到我，大概會以爲是剛才那具屍體。」

「我也嚇了一跳啊，差點嚇死。」

「都死了還能把人嚇死，也算是死人最大的願望吧。」

女人說著莫名其妙的話。京子頭痛不已，尿意越來越強，但她沒力氣找廁所，要尿就尿出來吧。

「我根本沒辦法考慮那顆頭顱，光看到那些屍塊就快嚇死了。」

「我眞想瞧瞧老太婆的表情。聽到她歇斯底里的叫聲，我就知道她嚇得半死。眞好笑，我躲在裡面咬著毛巾，忍著不笑出來，累壞我了。」

「接著，妳就裝成屍體嚇唬京子嗎？」

「我暗忖她如果看到屍塊又黏在一起，該不會嚇到尿出來吧？我在後車廂裡，一直在思考，既然我穿得一身黑，頭髮也全部塞進衣服裡，很適合裝神弄鬼。再加上我們家附近那麼暗，應當能騙過她。這麼一想，我就興奮得不得了。結果比我的預期更棒，老太婆不發一語，不知走到哪裡去了。」

聽著他們的對話，京子完全無法理解其中的意義。

「我也嚇到了。後車廂突然打開，有個人從裡面冒出來。」

「誰教你那麼膽小。那老太婆看起來很強悍，實際上沒什麼了不起嘛。」女人誇耀著自己的勝利。

青山困擾地抓著頭。

「對了，你打算怎麼辦？」女人看著青山問道。

「什麼怎麼辦？啊，妳說怎麼處理屍體嗎？我撞到的那具屍體，被那個年輕人搬走了。問題是，後車廂的屍塊。」

「我是說那個老太婆。」

「咦？」

「那個慾求不滿、名叫京子的女人啊，你不是要跟我一起殺了她嗎？」

聽到女人的抱怨，京子不禁懷疑自己聽錯，彷彿有塊大石從天而降，砸在她的腦袋上。

「那女人不是打算和你聯手殺了我？你是當眞的嗎？」

「怎麼可能？」青山戰戰兢兢地回答：「因爲京子非常生氣，我根本不能拒絕啊。我把一切都老實告訴妳，不就是最好的證明嗎？」

「也對，你跟我約好要殺了她嘛！這實在是個好主意，我躲在後車廂，趁那女人不注意的時候殺了她。眞想看看她會是什麼表情。」

「我受夠了。」青山嘆了一口氣。

兩人露出一切告一段落的表情。京子晃了晃昏沉沉的腦袋，看著青山他們，心想：我居然輸給那個年輕女人？怎麼可能？各種思緒在腦子裡亂竄。我被擺了一道？那女人居然打算比我先下手？不可能有這種事。京子一步一步蹣跚地往後退。離開這裡吧！她對自己說，這裡不能久留。

京子離開電線桿，隨即在街角轉彎，試圖隱藏自己的行蹤。不能再待在這裡了。

雖然不知道還要走幾公里，總之先走到大馬路上，再攔計程車吧。

京子踉蹌地走了好幾條街道，這段期間，腦中的記憶逐漸混亂。

她腳步虛浮地朝遠處國道的路燈走去，默默對自己說：我不會輸的。

金髮男衝上來的瞬間，豐田反射性地閉上眼睛，感覺下巴左邊受到一股衝擊。他並沒有立刻感到疼痛，只是用力站穩右腳，身體卻失去重心往右邊倒去。

他就這樣倒在空啤酒瓶堆中。

年輕人發出詭異的叫聲，從上方踹踢想要起身的豐田，於是豐田又倒了下去。他抱著公事包蜷縮成一團。

豐田以雙手護著身體，一邊茫然地想著，該不會就這麼死了吧？雖然想抵抗，卻無法隨心所欲地移動身體，只是徒然地讓空酒瓶發出聲響。

此時，他並未感到疼痛，不過等一下會很痛吧。從這個角度來看，和裁員沒什麼兩樣，疼痛和恐懼總是很晚才會來報到。

豐田張開雙眼，尋找老狗，發現牠好端端地躲在後面，坐在年輕人看不見的角落。他安心了，雖然想叫老狗逃遠一點，但不知道該怎麼告訴牠。

那兩人一起踢踹，豐田聽到身上西裝破裂的聲音。

他決定不求饒。即使在地上難看地縮成一團，發出慘叫，他也絕不說「救救我」、

「放過我吧」、「拜託你們饒我一命」。他絕不討饒。

被裁員的中年男子和聯手欺負弱者的年輕人，並沒有什麼不同。

直到青春痘男突然對狗出手，才改變這個狀況。

豐田毫無反應，他們大概厭煩了，所以停止攻擊。

他們或許早已不在意住院的同伴或是豐田公事包裡的手槍，滿腦子只想藉由他人的痛苦來尋樂。

兩個年輕人抓起老狗。

互望一眼，他們臉上浮現令人恐懼的殘酷神色。即使豐田仍倒在地上，也看得一清二楚。

豐田以連自己都感到吃驚的力量迅速站起來，大步衝向年輕人，從他們手上搶走狗，然後逃走。

他像抱著一個橄欖球般，抱著狗衝出巷子。

「站住！」身後傳來年輕人稚嫩的叫喊聲，他們立刻追了上來。

豐田衝過窄小的巷道，跑到大馬路上。行人訝異地看著從巷子裡衝出來的豐田，隨即視若無睹地繼續前進。

「老頭子，給我站住！」「我一定要殺了你！」年輕人嘴裡吐出醜惡又低級的話語。豐田一邊跑一邊這麼想。

他快跑不動了，想著乾脆把狗放在這裡，說不定牠還能自己逃走，或者乾脆塞給路過的行人？

「叔叔，這裡。」

此時，豐田聽到有人在叫他，一個陌生青年站在人行道旁。對方戴著一頂帽簷壓得很低的紅色棒球帽，臉色蒼白。豐田一開始以爲對方是幽靈，那頂帽子的帽簷折成高聳的山峰狀。對方的確是看著他，對他招手。「這裡、這裡。」青年打開停在路邊的一輛銀色汽車的車門。

豐田知道那些年輕人已從後面追上來。他來回觀察前後狀況，並確認右手抱著老狗。

他就這樣衝進車內。那是一輛雙人座的小跑車。一坐進去，車門同時關上。

「開車嘍。」青年坐上駕駛座，發動引擎，踩下油門。豐田的身體因後座力而倒向座椅。路口的號誌燈像是某種信號，轉爲綠燈，車子氣勢十足地向前衝。

「請問你是……」車子行經廣瀨通，之後往西走。在大學醫院的路口等待紅綠燈時，豐田問道。醫院的招牌彷彿在黑暗中散發光芒。

此時，他好不容易才繫上安全帶。

「我姓河原崎。」青年靜靜回答。

「我們之前見過嗎？」

「不，我只是剛好在那裡休息，看到那隻狗。」青年以下巴示意豐田懷裡的狗。

「那是叔叔的狗嗎？」

豐田不知該怎麼回答，青年露出笑容。「那隻狗最近這幾天都在車站附近遊蕩，大概是流浪狗吧。其實，那副項圈是我幫他戴上去的。」

豐田嚇一跳，摸了一下老狗的脖子。

「剛才我看到那隻狗，覺得十分眼熟。瞥見項圈，馬上就想起來了。然後，我發現叔叔似乎被什麼人追趕，才開口叫你。」青年在車上仍戴著紅帽。他的臉色鐵青，黑眼圈明顯，看起來像個病人。

「是我多管閒事嗎？你被他們盯上了嗎？」

「他們痛恨我。」豐田邊說邊確認發腫的臉頰。

「痛恨？」

「白天我打傷了他們的朋友。」

「打傷？」

「用手槍。」聽到豐田這麼說，青年笑了出來。「手槍？好厲害。」

「我是說眞的，你要看嗎？」豐田半開玩笑地問。他並沒有生氣，只是不喜歡遭受懷疑。

「不用了。從這個角度來看，我也很厲害喔。我殺了人，屍體就放在後車廂。」

「咦？」

號誌燈轉綠，車子開始前進，青年輕快地換檔。

「殺人？」

「對，我殺了人。屍體放在後車廂，要看嗎？」青年輕鬆地問。

豐田一直看著青年的側臉。對方的黑眼圈很明顯，臉頰上有一道濡濕的痕跡，說不定是淚痕。

他看起來毫無生氣，兩頰瘦削。

聽起來不像是隨便說說，豐田眨了眨眼，凝視著青年。

「你殺了誰？」

「我相信的人，我所憧憬的人。只要能和他說話，就讓我備感光榮的人。」

「但你開槍殺了他？」

「我沒開槍，開槍的是叔叔。」青年笑了出來，「請不要搞混了。當我回過神時，我已掐死對方。」一瞬間，豐田聽出他的話聲顫抖。

「爲什麼？」

「他騙了我。」

青年的話聲像水滴般，一滴滴落到地面。

「今天嗎？」

「不是，那是什麼時候的事呢？」自稱河原崎的青年，扳著手指開始確認。那模樣怎麼看都像是脫離了現實。「昨天、前天、再前一天，三天前。三天前，塚本先生找我一起過去。」

「參加派對之類的活動嗎？」豐田一頭霧水，小心翼翼地探問。

「我們做了很恐怖的事，解剖了一個人。」

豐田不懂「解剖」的意思。

「那天晚上，我殺了塚本先生。等我回過神，他就死了。沒有比這更恐怖的情況了。比起動手殺人，記不得殺人的那一瞬間更令人恐懼。」

「那你到今天爲止都在做什麼？」難道他從警方那裡逃出來嗎？豐田估算著自己該與青年保持多遠的距離。

「前天，我一整天都在發呆，不知道自己究竟做了什麼。到了早上，塚本先生還是死了，無法重新來過，我就在屍體前面一直發呆。然後，我抱著塚本先生的屍體，開車到街上去。接著，發生好多事。我停下車，拖著行李箱走在街上。對了，如果沒拖著行李箱就好了，我總會搞砸事情，跟我爸一樣。我們努力思考，但總會選到錯誤的路。」青年看似豁達地接受了一切，卻無法維持平常心。豐田只覺得他在嘆息。

「我想先處理掉行李箱。我一直拖著行李箱尋找合適的地方，滿腦子想著一定要丟掉。」

「什麼地方？」

「可以丟行李箱的地方。不，或許是可以跳下去的地方。當時，我只想逃出來，學我爸從大樓跳下去，不料居然被一對老夫婦拿槍指著。」

從這裡開始，豐田認為青年講的話不能信。為什麼會有老夫婦拿槍威脅他？不過，豐田並未深入追問。

「那對老夫婦拿著槍，要我把錢交出來，你相信嗎？我慌慌張張地逃走了。明明想跳樓，卻被人拿槍一威脅就慌了手腳。最後什麼事都做不成，還弄翻行李箱，所以我急忙回到車上。」

「那是什麼時候的事？」

「那是前天發生的事，昨天更累人。」青年笑了一下，彷彿悲劇到了極點就會變成喜劇。「塚本先生被車撞了。」

「被撞？」豐田忍著笑，因爲青年說得實在太離譜。「被你殺害還不夠，竟然又被車撞？」

「因爲我揹著屍體發呆。」

「你爲什麼要揹著屍體？」

「我沒辦法順利處理掉行李箱，打算先埋葬塚本先生的屍體。我爸的墳墓附近有樹林，只要走到那裡，到處都能埋屍體，但我又搞砸了。只要我打算做什麼，最後一定會往壞的方向發展。」青年露出寂寞的笑容。「連停車想過馬路都不順利，我摔了一跤，於是屍體飛到馬路上，被經過的車子撞上。我嚇一大跳，因爲那輛車的司機居然把屍體塞進後車廂。」

「肇事逃逸。」豐田已不知道什麼才是眞的，困惑地聽著青年述說。

「撞到屍體的肇事逃逸，你相信嗎？但眞的發生了，我只好開車追上去。」

眞是辛苦你了，豐田附和著。既然青年都這麼說了，就相信他吧。「那麼，你把屍體追回來了嗎？」

「昨天晚上我一直追著那輛車，總算把塚本先生要回來了。可是，這次又把行李箱忘在那裡。」

豐田再次覺得青年的內心支離破碎，或許他瘋了。

「當時，不知爲何，總覺得把行李箱放在自己的車上會被發現。現在想想，根本不可能。但我眞的很不安，便拖著行李箱走到塚本先生那裡，走到那輛車的後車廂前面。豈料，我反而把行李箱忘在那裡了。」青年嘆了一口氣，自嘲地說：「我沒有一件事做得好，總是不停做出錯誤的決定。」

豐田無法判斷眼前的青年究竟正不正常，至少他不像壞人。與其說該敬而遠之，不如說該同情他。所以，豐田對青年說：「不過，很感謝你剛剛救了我。你做出了正確的選擇。」

青年驚訝地看著豐田，「雖然說不上來爲什麼，但我今天比較冷靜了。」青年默默地往右轉動方向盤，「一定是因爲碰到了叔叔，還有那隻狗。」

車子再次在紅燈前停下。「叔叔，接下來怎麼辦？你要去哪裡？你想在哪裡下車？」

豐田想了一下，說道：「我要去車站。總之，我想先回車站。」他看著懷裡的老狗，老狗若無其事地閉上眼。

「剛才那些人可能還在。」

「沒關係，我要回車站。我想在那裡重新開始。」雖然不知道要怎麼重新開始，豐田還是這麼說。

銀色跑車順暢地在街上行進。豐田聽到啜泣聲，轉頭一看，發現青年在流淚，不過表情並不猙獰，反倒十分清爽。他雖然在哭，但一點也不顯得痛苦。「我的人生結束了。」青年哭道。

「怎麼可能……」豐田反射性地回答。

「我想去北方。」

「北方？」

「我想沿著國道一直往北走，去看看岩手山。」青年不像是隨口說說。他直視著前方，或許聳立的岩手山已在眼前。

「岩手山那裡有什麼？」

「我想看看那個巨大的、人生無法匹敵的東西。」

豐田想起上班族時代的同事。每當他們對工作感到疲憊時，會休假去旅行，只要一提到旅途中的大自然風景，就會一臉佩服地說：「這下我才知道人類有多渺小，不值一提。」然而，隔天他們還是會再次甘於過著微不足道的人生，上居酒屋一邊買醉，一邊抱怨。

豐田試著想像身旁青年的狀況。當他與高山相遇時，他會感受到什麼？

「我要讓塚本先生坐在副駕駛座，一起去看岩手山。」青年擦掉臉上的淚水，「然後，我要去見我爸。」

青年爽快地說著。

豐田向青年表示，自己在車站附近下車就可以了。最後，他在公車站下車，身上的破西裝實在不利行動。

豐田抱著沉睡的老狗，目送車子遠去。銀色敞篷車快速向前奔馳。青年往右轉，俐落地穿越車道，加速往北方駛去。

青年將擁擠人群的人生拋在腦後，將忙碌的人生拋在腦後，往北方疾馳而去。

豐田站在原地，直到看不見青年的車子爲止。出現在青年面前的岩手山必定氣宇軒昂，他打從心底如此盼望。

8

志奈子關掉ＣＤ隨身聽，收好耳機。自從東北新幹線列車經過宇都宮之後，戶田就睡著了，期間不停打呼。志奈子心想眞是太好了，聽起自己帶來的西洋歌曲。車掌開始播放即將抵達仙台的廣播，似乎再過五分鐘就到了。可能是聽到廣播，戶田醒了過來。當他一醒來，志奈子就覺得心情沉重，呼吸困難。

戶田的光滑皮膚令志奈子覺得很不舒服，如果他是滿身肥肉倒還好。強烈到閃耀著光芒的野心和自尊心，和孩童般光滑的肌膚一點都不相稱。

「喂，妳打算怎麼辦？」

志奈子從行李架上拿下行李，剛要將隨身聽收進去，突然聽到戶田叫她，嚇了一跳。

「什麼事？」

「今晚要不要跟我一起住？」戶田自信滿滿地問。

話中充滿志奈子無法拒絕的強大魄力。「您在說什麼啊？」志奈子露出笑容。

「妳想住哪裡呢？」戶田面不改色地繼續說著。志奈子無法判斷那是真的問她要住哪裡，還是有更猥褻的意思。過了一會，戶田突然冒出一句：「要不要打個賭？」

從車窗望出去的景色開始產生變化，大樓逐漸增加，這是即將抵達仙台市內的證明。志奈子看了手表一眼，已過十點。

「要不要和我打賭？如果我贏了，妳就得聽我的。」

「請不要這麼做。」志奈子盡量委婉拒絕。如果這是戶田以外的人說的，大可當成開玩笑輕鬆打發，或是氣得不再理對方。「戶田先生，快到了喔。」她試著轉移話題。

戶田似乎不打算起身。他不滿地看著志奈子，露出冷漠的眼神不知在想什麼。

「妳以爲自己是什麼人？」戶田板著臉說：「背叛別人到我這裡來，妳以爲能跟我平起平坐嗎？不要搞錯了。」

志奈子不禁感到恐懼，戶田平淡的口吻中帶著強烈的壓迫感。

不知不覺間，她的雙腳開始發抖。

「妳不相信我什麼都能取得，不相信我什麼都辦得到吧？」

「沒這回事。」

「妳一點都不相信。」戶田斬釘截鐵地斷定，「不然這樣吧。」

志奈子只能沉默以對。

「等我們抵達仙台，我會奪走看到的第一個人身上的東西。」

「奪、奪走什麼？」

「那個人最重要的東西。不過，我不會要對方的生命這麼無聊的東西。我會用錢買下對方最重要的東西。倘若有一大筆錢擺在眼前，妳覺得人能不能守住最重要的東西？」

「這……我不知道。」

「妳給我老實說！」戶田粗聲粗氣地說道。志奈子覺得快被他壓垮了。

「如果我用錢買不到，就算妳贏了。如果是我贏，妳就得聽我的。」

志奈子快哭了。她難過地說：「我現下不也在聽您的話嗎？」

「我不是要妳聽這些，我要妳全都聽我的。」

志奈子再次坐回座位。雖然座椅上放著行李，她還是坐了下去。她根本站不住，雙腳不停發抖。新幹線列車開始減速，轟隆隆的車聲也逐漸消失。

黑澤一夜沒睡地迎接了早晨，佐佐岡則在沙發上睡著了。

萬萬沒想到，學生時代的老友居然會突然闖進自己家裡。

黑澤坐在沙發上，喝著自己泡的咖啡，一邊聆聽巴布·狄倫的歌曲。

佐佐岡一直到早上才醒過來。他羞赧地摸著凌亂的頭髮。即使已有白髮，看起來還是和學生時代一樣。

「這些巴布·狄倫的ＣＤ，本來就是你的嗎？」

「這陣子，我每天晚上都會聽。」黑澤回答。

「結果我睡著了。」

「你在別人家睡不著嗎？」

「沒這回事。」佐佐岡揉著眼睛，重新在沙發上坐好。「你知道電腦可以重新啓動嗎？」

「重新啓動？重新開機嗎？」

「對，就是重新開機。電腦如果一直使用，記憶體會累積各種程式情報，導致效能降低。只要重新開機，那些累積的情報會被清除，電腦就會恢復原有的效能。」

「原來如此。」

「我今天待在這裡，就有一種重新啓動的感覺。我的人生重新開機了。」

「這個比喻眞無聊。」黑澤說著便站起來，「要喝咖啡嗎？」

他倒了一杯咖啡走過來，佐佐岡接下杯子，很享受地聞著咖啡香。

「就算不好喝，你還是要喝完。」

「我決定了。」佐佐岡摸著眼鏡說道。

「喝光咖啡嗎？」

「不是，我決定跟我太太分手。」佐佐岡乾脆地回答。

「還眞是乾脆。」黑澤笑著說，「昨晚的氣勢到哪裡去了？你不是一直堅持絕不輕易跟你太太分手嗎？怎麼過了一個晚上，心情就變了？」

「因爲和你談過之後，我突然輕鬆許多。」

「發現根本沒必要想得太深入嗎？」

「不，該怎麼說呢？對了，你一定很適合當諮商心理師。」

「你挺會開玩笑。」

「我是認眞的，不是開玩笑。實際上，你眞的讓走投無路的我輕鬆許多啊。」

「那只是你自以爲走投無路。人都是這個樣子，就像在沙漠裡用一條白線圍出一塊區域，大家都害怕白線之外的沙漠，遲遲不敢跨出去。明明能來去自如，卻以爲只要踏出白線就會死掉。」

「你對諮商心理師的工作沒興趣嗎？」

「什麼意思？」

「我太太在仙台經營一家心理治療診所，就是諮商心理師那一類的。」

「那麼重視金錢、名譽和地位的女人，能夠治癒人心嗎？」

「我也很懷疑。」佐佐岡輕笑一聲，「只是，如果你有興趣，要不要打電話問問看？」

「打給你太太嗎？」

「就說你想當諮商心理師，打電話問問看吧。你一定有這方面的才能。」

接著，佐佐岡熟練地從西裝內袋掏出記事本，撕下一張白紙，用原子筆寫下數字。

黑澤收下那張紙條後摺好，「你太太會聽我說話嗎？」

「我想應該不可能。」

兩人同時笑了起來。

「所謂的一生……」佐佐岡一臉清爽地說：「其實就是每天的累積吧。」

「我想是吧。」

「你這麼想過嗎？如果人生是一場接力賽，該有多好啊！」

「接力賽？」

「我十分喜歡一幅畫，畫名叫《連結》。看了那幅畫之後，我便一直這麼想。一生中有一天是自己當主角，隔天換成別人，這樣不是很棒嗎？」

「那麼，你當主角的那一天是什麼時候？」

佐佐岡沒多想，隨即回答：「就是昨天。隔了這麼久再見到你，我真的好高興。昨天，我們都是主角。」

「這種想法眞是孩子氣。」

「昨天是我們當主角，今天換成我太太，接下來是其他人。我們就像這樣一直有聯繫，你不覺得挺有趣嗎？如果能像接力賽般持續下去，不知該有多好。人生雖然只是轉瞬之間，卻能永遠繼續下去。」

「人的一天都差不多。我們的昨天、你太太的今天、別人的明天，只要累積在一起，不論哪一天看起來都一樣。」

「沒那回事。」佐佐岡笑著否定。

我送你到車站吧！黑澤吐出這句不像自己會說的話，便和佐佐岡一起走出公寓。佐佐岡說著，我討厭一大早從男人的住處離開，好像同性戀。黑澤點頭表示同意，一邊鎖上大門，按下電梯按鈕。

「對了，」黑澤開口：「你知道這個嗎？」

他從褲子後面的口袋拿出皮夾，抽出一張紙片，拿給佐佐岡看。

「這是什麼？」

「不知道，應該不是國內的東西，上面都是看不懂的外文。昨天早上，剛好是跟現在差不多的時間，我碰到隔壁鄰居。那個男的揹著他的朋友，我幫他按電梯，這就是從他身上掉下來的。」

「看起來是某種紙籤。」佐佐岡說道。

「我猜是某種護身符。」黑澤看著紙片心想，到底是哪一國的東西？

「不對，這是一種彩券。」佐佐岡愉快地如此斷定，「搞不好是中獎的彩券。」

「大概只中三百圓吧。」黑澤說著，將紙片遞給佐佐岡。「你要嗎？」

「不用給我，那三百圓是你的。」

到了仙台車站以後，佐佐岡拿出手機，便說「我要打了」。黑澤一開始不知道他在說什麼，但看到他側臉微妙的表情，立刻懂了。黑澤在天空步道的長椅上坐下，觀察行人。有錢人、窮人、過好日子的人、過苦日子的人、找尋未來的人、等待未來的人、放棄未來的人，各式各樣的人生走過黑澤的面前，不論誰都一臉嚴肅。黑澤不禁想對他們說，放輕鬆吧。

「我們分手吧，我不會再回去了。」他聽見佐佐岡叫著某個女人的名字，應該是佐佐岡太太吧。

黑澤不禁感到佩服，其實這種話題不太適合用手機在吵雜的車站裡討論。然而，比起學生時代不做任何計畫就無法行動的佐佐岡，現在的他也算是向前邁出一大步吧。

諮商心理師嗎？聽起來倒是不壞。我對小偷這一行也厭倦了，黑澤有些喪氣地想著。一邊當小偷，一邊當諮商心理師？實際上是一邊進行心理諮詢，一邊找下手對象？詢問前來就診的患者，存摺放在哪裡、存款有多少等等，會不會很不自然？如果這樣，不如把偵探當成副業算了。

不，在那之前應該再找個下手目標。經過一番思考，黑澤這麼決定。沒有收入的狀態讓他十分難受，雖然目前不缺錢，但沒有成就感，對精神健康不太好。他想起摩天大廈裡，那個姓舟木的男人的住家。在那裡花了那麼多時間，卻毫無收穫，他很生氣。儘管偷竊本身並沒有所謂的失敗，不過只要一想起來就後悔，也覺得可惜。

這幾天再去一趟吧。這次能不能順利拿到剩下的現金呢？黑澤聽到自己發出的警告「同一個地方去兩次會倒楣」，但他決定不理會。如果在意好兆頭之類的，下次就不要選白天，等晚上再過去。「夜晚」本來就是與小偷合得來的時段，應該不會再發生上次那樣的事。只要瞄準舟木晚上有會議的日子就好。黑澤難得有一種像是即興演奏的心情，享受著新計畫。或許是和懷念的友人共度奇妙的夜晚，讓黑澤的情緒慢慢亢奮了起來。

身旁的佐佐岡反覆表示希望能離婚。電話另一頭的佐佐岡太太，究竟是什麼表情？佐佐岡不停地說「我再打電話給妳」。

佐佐岡太太想必也有她自己的人生。

由於佐佐岡一直在講電話，黑澤起身在附近晃來晃去。

他看到一隻流浪狗，昨天也看到一隻毛色微髒的狗。他越看越覺得是同類，便走近那隻狗。狗一點也不害怕，從容地舔著自己的腹部。

「這個給你。」

黑澤從口袋裡拿出彩券，對折好幾次，將細長的紙條塞進狗項圈內側的金屬零件裡。

「就算我偷偷潛進別人家，你也不要亂叫喔。」

黑澤輕輕地摸了摸狗的頭，轉身回到佐佐岡等候的長椅旁。講完電話的友人，一臉清爽地伸著懶腰。

「要不要去觀景台？」他問佐佐岡。

對方一臉不可思議地反問，你怎麼突然想去？

黑澤笑著走向觀景台。觀景台垂掛著一塊布條，上面寫有「給某個特別的日子」等字。黑澤看著布條心想，沒料到這種日子，也會變成特別的日子。

「那是艾雪的畫。」佐佐岡指著那幅大型海報說道。

「我經常看到那幅城堡的畫，裡面的人不管怎麼爬樓梯，最後都會回到原處。那是叫錯視畫（註）嗎？」

「我剛才不是說過，人生或許是一場接力賽嗎？就像那幅畫一樣，士兵走著走著，爬上樓梯抵達終點後，發現那裡不過是另一個士兵的出發點。大家互相聯繫在一起，所謂的活著就是這樣。」

「不論是畫或其他東西，我都不喜歡被騙。」黑澤笑了起來，接著問：「對了，你太太叫什麼名字？」

「京子。」

「是嗎？」

黑澤一邊等電梯，一邊想像那個素未謀面、名叫京子的女人，此刻正在做什麼。

河原崎希望睜眼後一切都恢復原狀，但一睜眼，他就發現這個小小期待毫不留情地

遭到背叛。

河原崎並未拉上窗簾，不知何時睡著了。他伸手遮擋陽光，屋裡的情況毫無改變。殘留在塑膠布上的血跡宛如顏料，紅色水滴無聲地晃動。

塚本的屍體就躺在河原崎的對面，姿勢良好地仰望著天花板，與一開始放在屋裡的那具屍體一模一樣。

河原崎雙手掩面，什麼話都說不出來。他忍著想要大叫的衝動，往手心呼出不成聲調的氣息。

一切都結束了。河原崎激動地掐住塚本的脖子。對方露出恐怖的表情，他擔心一旦放手就會被殺掉，於是更用力掐住對方的脖子。他到底和對方格鬥了多久？

然而，等他回過神，塚本已全身癱軟，靈魂似乎蒸發了。河原崎尋找著消失的靈魂，確認風的動向。

害怕自己所做的事，那股恐懼沉甸甸地壓著他的腹部。我殺了人，就算對方欺騙我，我也不該殺人。

他渾身發抖，花了好幾個鐘頭才壓抑下來。

註：原文爲「騙し絵」，直譯爲騙人的畫，所以下文黑澤才會說不喜歡被騙。

河原崎抱著雙膝，交替望著塚本緊閉雙眼的臉孔，和那具被切成一塊塊的屍體。他的呼吸聽起來就像從洞裡漏出的空氣，反覆發出咻咻聲。

他想著說不定睡一覺醒來，一切就會恢復原樣，於是不知不覺睡著了。

河原崎重新環顧四周。

「怎麼辦？」他喃喃自語：「一切都完了。」

總之，得先收拾這些屍塊。

他從塚本帶來的工具中拿出消毒用酒精，以海綿擦拭飛濺到屍體上的血水。屍體沾到血的面積並不大。

裸露的屍體看起來十分怪異。河原崎覺得屍體下半身的性器官很礙眼，於是找出放在屋裡的衣服替它穿上。

替缺少雙臂的軀體穿上有領襯衫，感覺就像拿著包袱巾裹著一口大箱子。他也幫屍體的下半身穿上內褲，並將長褲的褲管剪下，套在兩條腿上。

酒精氣味太過嗆鼻，害他咳了好幾次。

河原崎將屍體塞進原本就放在屋內的帆布行李箱。先放進軀幹，再將四肢疊在上面，最後把頭顱擺進去，拉上拉鍊。

因爲是一個人的身體，頗有重量。不過，這是附有滑輪的行李箱，搬運還算方便。

接著，他走近塚本的屍體，摸索著衣服上的口袋，找出車鑰匙，塞進自己的後褲袋。

最後，他拖著行李箱走向玄關，打算用車子載運屍體。

河原崎將行李箱放進後車廂，再回到屋裡，將塑膠布揉成一團，避免血水滴落。然而，血水卻沿著塑膠布的皺褶流到木地板上。

他將塑膠布丟在角落的垃圾袋裡。

接著，他到洗手間拚命用肥皂洗手，並做好接下來必須搬運塚本屍體的心理準備。

河原崎很訝異，原來觸摸自己殺死的人是這麼恐怖。其實，這具屍體已是個物體，雖然不會說話，卻是莫大的威脅。屍體彷彿會指著他說「我不會忘記你」。

塚本全身僵硬。不過才十個鐘頭前，塚本還在說什麼死後僵硬，沒想到他自己的肌肉現在也變得十分僵硬，河原崎覺得眞是太諷刺了。

「加油。」河原崎從腹部用力擠出聲音，緊抓著塚本的右手，就像塚本生前做過的，以全身力氣彎曲關節。雖然非常恐怖，但只要下定決心使力，手肘就逐漸彎曲了。他按照兩肘、雙膝的順序重複這些動作，接著折彎塚本的雙腿。這眞是重度勞動，對照滿頭大汗的自己，渾身冰冷的塚本令他害怕不已。屍僵狀態已消失，應該勉強揹得動了。

我們出去吧，他對塚本說著。塚本已不能對他下達任何指示，也不能開口反對了。他先打開玄關大門，打算讓門就這麼敞開，因爲揹著屍體開門實在太麻煩。

正當他走到外面時，不禁「啊」了一聲，隔壁住戶恰恰走出來。和對方四目相交的那一瞬間，他的心跳加速。

「你好，我是住隔壁的黑澤。」對方輕輕向他點頭，打了聲招呼。

他只好跟著打了聲招呼。

接著，他突然想到，與其笨拙地佯裝沒事，不如請對方幫忙還比較自然。「不好意思，能不能請你幫我撐一下這扇門？」

對方約莫三十多歲，散發著一股從容不迫的氣質。因爲對方看起來有點困擾，他趕緊隨口編了一個要揹酒醉友人下樓的理由，並請對方幫忙撐住門。

河原崎慌張地回到屋裡，將紅帽塞在牛仔褲後面的口袋，揹起塚本走到門外。

好不容易走進電梯，門關起來之後，他才想起自己尚未向對方道謝。

他揹著屍體，下樓走向停車場，找到塚本的車子之後，將屍體放在副駕駛座上，關好車門。

他坐上駕駛座，發動引擎。雖然握著方向盤，卻不知道該去哪裡，他不禁想著：我到底會變成什麼樣子？此時，他才發覺自己胃痛。

塚本看起來就像個喝醉的乘客。

在開車的過程中，河原崎才眞正體會到事情有多嚴重。

殺害塚本這件事，會讓自己的人生一敗塗地，他滿腦子都是這個念頭。接著，他忽然想到，「高橋」爲什麼要拯救自己？自己是得救了，但……他一邊踩油門，一邊思索著，眼淚掉個不停。「我眞的得救了嗎？」他打心底感到悲哀，不知如何是好，在街上漫無目的地亂逛。

途中，他因肚子餓而停車。由於不能揹著塚本在路上走，他獨自穿過商店街。路上與他擦身而過的人們，看起來都遠比他幸福。

他走進速食店，點了一份漢堡。一陣突如其來的反胃，讓他衝進廁所。之後他立刻走出店外，店員疑惑地看著他。

他雙腳發抖，沒辦法筆直往前走。是因爲剛才揹過屍體，還是心臟震顫不止？

看著一如往常的街景，河原崎陷入混亂，自己明明殺了塚本，這個世界還是毫無改變，眞有這種事嗎？他不禁沮喪起來。

他無法確定自己是否眞的殺了人，希望有人能夠告訴他眞相。這個想法令他坐立難安。

回過神時，他已跑向前方某個男人。他靠近對方，連續說了好幾次剛才那棟大廈的地址。請你去那棟大廈的那一戶，看看我做了什麼，請你去那一戶——他拚命請求對方。

河原崎很焦躁，為什麼自己沒辦法說明清楚？他在心裡吶喊：請你去那個搞砸我一生的屋子看看，請你去確認那裡是否真的發生恐怖的事。我的確收拾過那個屋子，但如果真的發生過什麼事，一定會留下痕跡。

對方沒有花太多時間就認定河原崎精神異常，快速離開。河原崎嘆了一口氣，試著讓自己冷靜下來。他告訴自己：我殺了人，但我不能轉移焦點，不能逃避。

沒辦法重新來過嗎？在街上閒晃的河原崎，問著早已不存在的父親。

「我到底做了什麼？」河原崎一邊流淚，一邊想著。他不知道自己為什麼會想起父親那個人生的輸家。「你要當個畫家啊。」父親欣喜的臉孔在他的眼前浮現。說不定那是父親最大的願望，父親是在替他加油。

「我沒救了嗎？」

河原崎這才驚覺，到頭來能夠依賴的對象，不是「高橋」，不是宗教，不是神，而是那個沒用的父親。

是啊，看到父親得意揚揚的笑臉，河原崎多少覺得輕鬆了一點。雖然還是不知道該怎麼辦，但他從口袋裡拉出帽子，將帽簷折成高聳的山峰狀，學父親深深地戴上。

走到車站一看，他發現那隻流浪狗仍在徘徊，像是迷失方向。

或許純粹是心血來潮，連自己也不清楚確切原因，他走進商店街內一家剛開始營業的寵物店，買了一副項圈。

回到狗待著的地方，他將項圈繫在狗的脖子上。流浪狗非常安靜，一點都沒有排斥的反應，彷彿換好服裝的女演員，十分習慣地坐著。

「很適合你喔。」河原崎拍了拍狗的背，便離開那裡。

之後，他一眼就看到觀景台，上面垂掛著寫有「給某個特別的日子」的布條。

或許今天就是個特別的日子。河原崎抬頭看著像高塔般的觀景台，對著早已不存在的父親問：「今天是特別的日子嗎？」「是啊。」他隱約聽到父親這麼回答。

他茫然地看著艾雪畫展的海報，有許多士兵在城堡上行走。不過，聽說那不是城堡和士兵，而是教會和修士，但他怎麼看都覺得是城堡和士兵。看了一會，發現城堡入口有個抱膝而坐的士兵，像是被留下，所以在鬧脾氣。河原崎有種心酸的感覺，那個士兵看起來也像在等某人。

那是我。

河原崎越看越這麼覺得：我一定是在那個入口等待父親，希望和他一起回到人生的循環中。

河原崎等著電梯，一邊想像早上碰到的那個姓黑澤的鄰居，此刻正在做什麼？

京子穿越國道四十八號車輛專用的隧道，走向仙台市區。她整個晚上都在隧道裡走著。在機車禁行的隧道內，每輛車子都以高速經過她的身邊。途中，她被按了好多次喇叭。

京子像個幽靈似地摸索著隧道牆壁前進，拚命走向不知何時才能抵達的目的地。
屍體變成一塊一塊，人的身體變成一塊一塊又黏起來，手腳變成一截一截。
她念著像是咒語的詞句，一邊走著。進入隧道之前，她確認手機的收訊狀況，打電話報警。她報上青山家所在的町名，說「那對夫妻很奇怪，他們在後車廂裡藏了屍體」，隨即掛斷電話。

接下來會如何發展，就看警察了。京子拚命把青山的事趕出腦海。

京子不願相信青山和他妻子聯手設下陷阱，打算殺死她。對她而言，青山的妻子被殺，必須成爲不可動搖的事實。她現在腦袋裡只剩下屍體在後車廂被切割，不知何時又黏在一起，開始走路的景象。她認爲一切都是惡夢，但處境又太過眞實。

走出隧道的時候，東方的天空已泛魚肚白。京子毫無睡意，雖然腦袋昏沉，她卻一點都不想睡。

途中，京子在便利商店買了一瓶水和一把剪刀。她衝動地買下那把以文具而言尺寸過大，充滿暴戾之氣的剪刀。

「我要把你切成一塊一塊。」京子拿著剪刀低喃。

到底是哪裡出錯？京子不禁怒氣上升。屍塊爲什麼會黏起來？明明是被切斷的東西，爲什麼又會接在一起？到底是誰想騙我？到底是誰搶先一步？到底是誰自以爲比我聰明？

別開玩笑了！京子想著，下腹部的疼痛已消失，也沒有尿意。膀胱炎不知何時已不再發作，不過她一點也不高興。

她在街上轉來轉去，也不管腳底磨出水泡又破掉。

時間緩緩流逝，街上的行人越來越多。

京子突然想到，得去拿那把手槍，於是轉身走向車站。

前往車站大廳入口的路上，她看到一隻流浪狗。既骯髒又不可愛的流浪狗，年紀似乎不小了。

京子怒火中燒，五臟六腑一陣翻騰。那隻老狗悠哉度日的模樣，教人難以忍受。我煩惱到這種地步，憑什麼牠居然一臉悠哉？

我要把你切成一塊一塊——京子翻出剪刀，右手弄出喀嚓喀嚓聲。她不停耍弄剪刀，一聽到剪刀發出的聲音，憂鬱的心情就飛到九霄雲外。

剪斷項圈之後，再把你的腦袋剪斷！京子筆直地朝老狗走去。

此時，有個中年男人靠過來。

對方是個毫不起眼的中年男人，京子認爲他一定是被裁員的失業男。

「妳想幹什麼？」男人出聲關切道。京子煩躁得不得了，這男人還莫名其妙地一直說「這是我的狗」，越聽越火大。

最後，兩人爭執不下，中年男人帶著那隻髒狗離開，就這麼走遠了。對方竟不把她放在眼裡，氣得她肝火上升，高聲叫罵。然而，行人只是驚訝地看著她。周遭充滿無視、冷笑與敬而遠之的氣氛。

她又往前走一段路，看到畫展的海報。

那是一張愚蠢士兵們埋頭走來走去的畫。裡面的人物什麼都不想，傻傻活著的模樣，讓京子極爲不快。如果能走進畫裡，她一定要拿剪刀把這些士兵的頭通通剪下來。

她想破壞一切，毀滅所有事物。

京子站在觀景台前。觀景台高高聳立著，令她心情惡劣。

上頭垂掛著「給某個特別的日子」的布條。

什麼特別的日子啊？京子不由得想破口大罵。她的腦袋裡一片混亂，幾乎要停止運轉。早上，丈夫突然跟她提離婚，接著她去殺人，途中撞到陌生人，那具屍體在後車廂被切成一塊塊，居然又黏在一起，在深夜四處走動。這樣的一天，可以稱爲特別的日子嗎？

我要跳下去——京子突然浮現這個念頭。

我要去觀景台。從那麼高的地方跳下去，便能從這愚蠢的一天解脫。我怎麼可能輸？我的人生是由自己掌控的，京子不禁握緊右拳。

等著電梯，京子一邊想像剛才碰到的那個帶狗的中年男人，此刻正在做什麼？

豐田坐在拉下鐵門的咖啡廳門口，老狗蜷縮在他的身旁。牠吐了一口氣，像在嘆息，然後把頭擱在前腿上睡著了。

雖然破西裝很難看，但豐田並不在意，這身打扮最適合現在失業的自己。遭妻兒拋棄、被公司趕出來、無處可去的男人，與其穿著簇新的西裝，不如穿著袖子被撕裂的破爛西裝。臉頰、背部和腹部兩側都是傷，好像沒有骨折，不過瘀血嚴重，暫時不能洗澡。再過一陣子，說不定傷處會變得更腫。

豐田從口袋裡掏出咖啡店的對折優惠券，早上原本打算使用，卻遭店家拒絕。仔細一看，原來期限已過。

開幕三天內的限定服務，今天是第四天。今天早上，由於被害妄想，他以爲對方瞧不起失業的自己，等到弄清楚之後，才發現根本沒什麼大不了。

車站大廳內沒什麼人，綠色窗口前有幾個年輕人躺在背包上睡著了，禮品店和零售店也都已打烊。

豐田打算在車站裡睡一晚。

此時，他看見從新幹線自動剪票口走出一對男女。那個組合非常不搭調。

男人看起來年逾五十，或許更老一些，不過抬頭挺胸的姿勢，讓他顯得年輕。身上的花稍毛衣很誇張，但不能說不合宜。

豐田一開始以爲對方是政治家，因爲他臉上散發著強烈的自信和威嚴，異常大的耳朵和鼻子相當顯目。

豐田愣愣看著對方，心想：那就是人生的贏家啊，和失業又渾身是傷的自己分屬完全不同的次元。光看就知道，那個大方的男人和自己的水準根本不一樣。

他想起以前兒子著迷的電玩遊戲。在遊戲開始前，有「進階」、「初級」的難度選項。那個從剪票口出來的男人，一定很順利地以「進階」身分度過人生這個關卡，自己則是在「初級」階段就已結束遊戲。

走在男人身邊、提著行李的是一名高䠷美女，擁有一頭烏黑的長髮，外型非常亮麗。是男人的祕書嗎？看起來不像情人。雖然兩人的年齡差距接近父女，但散發出的氛圍更露骨，是情婦嗎？說是情婦，那女人一點也沒有被疼愛的模樣，不如說她是提行李的跟班。女人毫不隱藏惡劣的心情，通通表現在臉上。

他們似乎在找人，看著手扶梯那一帶。

男人和豐田四目相接，豐田慌忙轉移視線，人生贏家不可能有事找他。

此時，豐田發現那對男女一邊交談，一邊指著他。豐田驚訝地環顧四周，但附近沒有其他人。自己做了什麼不該做的事嗎？心跳開始加速。

豐田腦中浮現小小的期待，莫非那個很有威嚴、看似富有的男人要給他工作機會？他偷偷期盼著。

「打擾一下。」眼前的男人以沉穩的語氣對豐田說道。豐田緊張不已，對方太有魄力，他只覺得自己快被壓垮了。近看對方的年紀更大，卻有一張極爲不協調、精力充沛的臉孔，也沒多少皺紋。

「什……什麼事？」豐田啞聲回應。

「你的工作是什麼？」

豐田嚇一大跳，吞了吞口水，老實招認：「我現在失業。」

有一股看不見的力量，逼著他老實回答。

女人面無表情地站在一旁。豐田注意到她的眼角隱隱抽動，不知道是緊張還是不高興。

「是嗎？你沒有工作啊！」男人高興地說著。豐田聽到他又小聲說了一句「太好了」。對方從高級西裝口袋裡掏出名片，「我姓戶田。」

豐田收下名片。上面列著密密麻麻的頭銜，果然是勝利者啊。舟木和眼前的男人相比，不過是井底之蛙罷了。

「你知道自己現在最想要什麼嗎？」

男人問得十分迂迴。

「呃，這個嘛……」豐田愣愣地應了一聲。

「你最需要的是工作。」

豐田不禁懷疑起自己的耳朵。他說不出話，渾身動彈不得。

他很想立刻回答「沒錯，您說的對」，但就是說不出口。

因爲他有點在意那女人悲哀的眼神。

「那麼，你現在最重要的東西是什麼？」

男人再次提出意外的問題。豐田環顧四周，最重要的東西？若眞要說的話，其實什麼都沒有。西裝破破爛爛，一整疊履歷表也幫不了自己，家人都離開他了。「若眞要說的話……」豐田半開玩笑地回答：「就是這隻狗了。」他摸了摸老狗的頭。

女人似乎快掉下眼淚，豐田不禁感到疑惑。她絕望地移開視線，似乎冷靜不下來。

「是嗎？」男人滿意地點點頭，「其實，我希望你把狗讓給我。我正想養隻狗。」

「你說什麼？」

「我要那隻狗。當然，我不會白要的，我會給你報酬。」

豐田吞了吞口水。

「如果你願意，我會介紹你到我的公司上班。失業中？那正好。我絕對不是空口說白話，現在就能跟你簽約。」

「是……」豐田不知道發生什麼事，只好傻傻地應一聲。

「如何？我有很多家公司，可以立刻介紹給你。」

「眞、眞的嗎？」

「當然是眞的。只要你現在答應我，絕對沒問題。」

男人自信滿滿，看起來不像騙子。

得救了。豐田用力閉上雙眼，再次睜眼看著老狗。我今天早上才碰到牠，其實牠根本不是我養的狗。

豐田不覺得男人會騙他。對方要求的是一文不值的老狗，這一點讓他相信了對方。就算出現騙錢的詐欺師，也不會有人故意演一齣戲來騙走一隻狗吧？這個好消息來得太妙了，他又看了老狗一眼。

「怎麼樣？我想這條件挺划算的。」男人伸出手。

的確很划算。眞要說的話，簡直跟奇蹟沒兩樣。

豐田再次摸了摸老狗的頭，說著「知道了」，便抱起老狗。

爲了下定決心，他再次閉上雙眼。

要放棄唾手可得的工作機會嗎？當然不行。

「反正不過是隻狗嘛。」腦海中傳來這樣的低語。毫無疑問，那是自己的聲音。這一瞬間，豐田想起白天的某個場面。

他突然想起，老狗勇敢面對攻擊他的年輕人的身影。

當豐田無助地摔倒時，嬌小的老狗撲咬對方。雖然有勇無謀，卻令他感動不已。老狗一臉超然地望著夕陽，彷彿在說：「別害怕，然後，不要離開我。」

「怎麼樣？」男人再次問道。

豐田並未伸手去握男人的手，而是站了起來。

「我不怕。」他小聲說著，下定決心似地向對方深深一鞠躬。

「很感謝您的提議，不過恕我拒絕。」

說完之後，連豐田自己都嚇一跳，他很驚訝自己居然說出這種話。雙方表情僵硬，動也不動。對方「咦」了一聲，便陷入沉默。豐田也跟著「咦」了一聲。

「為什麼？」過了一會，女人第一次開口：「你為什麼拒絕？」

「不、不行嗎？」

「不是，你不滿意這個條件嗎？」

「怎麼可能？這是我這輩子聽過最好的條件。」

「你不相信他嗎？」

「也不是。不知為何，我不覺得你們會騙我。」

「那到底為什麼？」

豐田不曉得這個美女為何要追根究柢。

「我想大概是因爲……」豐田抱緊睡著的狗說：「我不能離開牠。妳應該也有不能讓給別人的東西吧？」

豐田聽到一個聲音，喝斥自己居然白白放掉送上門的大好機會，但他隨即甩開，再次低下頭。

「等一下，我付你錢吧。」男人的語氣依舊冷靜。那威嚴的聲音彷彿從地底傳出。「只要你說出金額，我現在就可以給你，或是匯款也行。」

這次，豐田沒多想，腦子裡有個聲音縈繞著：「失業沒什麼不好。你想一想，今天從這隻髒狗身上學到什麼？」

「對不起，」豐田低下頭，「我還是拒絕。」

此時，男人的臉色突然變了。他並未流露慌張的神色，卻尖聲吼道：「等等，你以爲你能拒絕我嗎？」

對方突如其來的反應，嚇得豐田不敢動。

「你會後悔的。」男人低聲說道：「我可不知道你接下來的人生會變成怎樣。」聽起來不像是單純的威脅。

豐田不禁苦笑，原本緊繃的肩膀垮了下來。「不，我的人生不會再有任何變化。」

他無意識地拿出手槍，毫不顧慮周圍地瞄準對方。「請不要輕舉妄動。」

男人停下動作。

「對不起，難得您給予我這麼好的機會。」豐田充滿紳士風度地說道。

他不怕自己會改變想法，不過還是將手槍收進公事包，迅速離開現場。男人一臉不可置信地站在原地，動也不動。站在不遠處的兩名體型高大的男子，似乎注意到豐田方才的舉動，紛紛跑了過來。豐田逕自離開，無視於他們的存在。

「祝您幸福。」在與那女人擦身而過時，豐田聽見她小聲地這麼說。

他驚訝地回過頭，只見好端端的美人，竟露出泫然欲泣的表情。

豐田搭上下行的電扶梯，老狗醒了。由於已近深夜，車站內沒什麼人，他把老狗放到地上，拎起牽繩，邁步往前走。

他走到計程車招呼站附近。

在那裡和一名白人女孩錯身而過，她的右手抱著一大本素描簿。豐田經過時，才發現她是早上碰到的那個外國人。

豐田從後面叫住她。

「有什麼事嗎？」白人女孩疑惑地側著頭。綁在腦後的馬尾相當適合她，十分可愛。

「妳還帶著素描簿嗎？就是寫著『請把你喜歡的日文告訴我』的本子。」

白人女孩露齒一笑。那是一排非常漂亮的牙齒。她將手上的素描簿遞給豐田，「你要寫給我嗎？」

「不，我今天早上寫過了。」豐田說完，慎重地解開素描簿的綁繩，逐一翻著內頁。

他看到「力量」一詞。那字跡不太漂亮，往右上方傾斜。

「那是三天前寫的。」白人女孩告訴豐田，底下確實記載著日期。「是個年輕男人寫的。」

他又翻了幾頁，看到字跡非常漂亮的「夜晚」。這一定是男人寫的，十分端整、筆畫俐落。

「這是兩天前寫的。」白人女孩的日語非常流利。

接著，他看到「心」。這應該是女人寫的，字跡像書法範本一樣漂亮。「那是一天前，就是昨天寫的。」

他立刻發現自己今天早上寫的，小小的「無色」二字，看起來十分脆弱。

這是失去自我的人的字跡。

爲了避免今天早上的不安和孤獨再次復甦，豐田用力閉上雙眼，隨即睜開。

「這是我寫的。」

「是嗎？」白人女孩不停眨眼，似乎真的很困擾。是本來就記不住日本人的臉孔？還是，現在的豐田模樣和白天差太多？

老狗在豐田的腳邊搔抓著項圈一帶的部位，可能有跳蚤吧。

「啊，有東西卡在裡面。」白人女孩的發音十分優雅，豐田跟著望去。

確實有張紙條卡在老狗的項圈裡，豐田蹲下查看。雖然一臉厭煩，老狗仍乖乖讓豐田抽出那張紙條。

「這是什麼？」白人女孩很感興趣地湊過來。

紙張上排列著從未看過的文字。那不是日文，上面還寫有一些數字。「這是護身符嗎？」

「這是彩券。」靠過來的白人女孩說道：「我在電視上看到了。」

豐田對著車站的電燈揮舞著紙條。

「彩券？是誰放進去的？」

「搞不好是中獎的彩券。」她笑道。那是一張令人目眩神迷的美麗臉孔。

「是啊，搞不好是中獎的彩券。」

「如果中獎，你要做什麼？」

「這個嘛……」多大的金額才會讓人有現實感呢？豐田思考了一下，一萬圓嗎？還是十萬圓？他沉醉在想像中，稍微作個夢應該不為過吧。「我要買狗食給牠吃，然後重拍履歷表的照片。」

白人女孩似乎沒聽懂豐田的話，不過還是高興地點頭。

「我可以再寫一次嗎？」豐田問道。他以左手將彩券揉成一團塞進口袋裡，並把牽繩換到左手。

「歡迎、歡迎。」白人女孩將麥克筆交給他。

豐田看著眼前的白紙，考慮該寫什麼。

「那裡有觀景台呢。」她以流暢的日語說道。

豐田拿著素描簿，抬起頭看著車站前的觀景台。最上面那一層，在周遭燈光的襯托下，宛如浮在夜空中。

觀景台的旁邊貼著「艾雪展」的海報，畫中城堡的屋頂上有許多男人走來走去。

豐田想起小時候抱持的疑問。

在那幅畫中，城堡屋頂上的男人們走來走去的模樣，好像人生路上遇到交通阻塞。大家勉強排著隊，在擁擠的樓梯上走著。

觀賞樓梯不停往上攀升的錯視畫十分有趣，但豐田很在意一件事。

在城堡中，有一個男人離開屋頂，抬頭望著行進隊伍。

男人靠在牆上，悠閒地看著城堡的屋頂。

那是誰？小時候，豐田就感到非常不可思議。從那個寬廣的地方眺望著擁擠人生的男人，究竟是誰？

我想變成那個男人——或許那是孩提時代豐田的願望。

豐田憧憬那個充滿自信的男人，不只是因爲他自外於那些擁擠的人生。

現在的自己必定也是這麼期盼。

豐田看著腳邊的狗，不禁想問：「你是那個男人嗎？」

「今天早上有個女人想從那裡跳下來。」

聽到白人女孩這麼說，豐田把錯視畫的事暫時拋到腦後。

「跳下來？」

「幸好有玻璃，沒辦法跳下來。」她笑道：「那個女人大吵大鬧，最後被警察抓走了。」

原來如此。豐田一邊回應，一邊想著該在素描簿上寫什麼。

「就寫這個。」他決定了。拔下麥克筆的筆蓋，一口氣寫完，他大大方方地使用一整面。喔，寫得眞不錯，他高興地想著。這讓他憶起還在當設計師的時期，筆劃之間也很協調。

「It's all right。」

豐田用片假名寫下這句話。這是他的肺腑之言。寫下之後，他有更深刻的感受。現在的他有充分的自信說「一切都沒問題了」。

「你寫了什麼?」白人女孩拿著素描簿，湊近又拿遠，看著紙面上的文字。大概是看不懂片假名，她側著頭一臉不解。

「我寫了It's all right。」

白人女孩睜大雙眼，「咦」了一聲。

「怎麼了?」

「那不是日文啊。」她差點笑出來。

「咦，對耶。」豐田這才察覺，不禁笑了起來，白人女孩也跟著笑了。兩人就這樣笑了一會。

豐田一邊笑著，再次望向觀景台。觀景台的電梯外面掛著寫有「給某個特別的日子」的布條，不曉得能不能帶狗上去？

豐田走向電梯，一邊想像著尚未相遇的某人在屋頂上行走的模樣。

Lush Life——華麗的人生。

〈參考・引用文獻〉

《思考者》　養老孟司／筑摩書房

《歡迎光臨解剖學教室》　養老孟司／筑摩書房

《初級屍體解剖》　亞伯特・H・卡特　著／中村保男・遠藤宏昭　譯／飛鳥新社

《你的腦袋正無聊》　濱野惠一／芝麻書房

《湯姆歷險記》　馬克・吐溫　著　大久保康雄　譯／新潮文庫

解說

什麼是最棒的happy ending？

顏九笙

（本文涉及關鍵情節，未讀正文者請慎入）

讀完《Lush Life》，突然覺得這眞是一本帶來幸福感的小說。我這麼說，並不只是因爲此書有個happy ending（到目前爲止，伊坂的每部小說都蠻歡樂的，而且通通是「善惡終有報」）。我的意思也不只是說，這部小說娛樂性特別高（伊坂的作品向來有異峰突起的角色與情節）。

如果你像我一樣，每一本伊坂中譯本都拜讀過，你一定能夠辨識出《Lush Life》裡面有多少重複出現的伊坂特質。比方，就像《孩子們》裡有陣內，《沙漠》裡有西嶋，《Lush Life》裡也有個充滿自信、好發似是而非（似非而是？）之論的小偷黑澤。除此之外，超能力者、令人同情的罪犯、徹底邪惡的歹角、從其他作品偷跑過來客串的懷念角色，也都一個不少。情節方面，伊坂一向擅長鋪陳一些乍看意味不明的小細節，最後再全部拼在一起構成漂亮的全景，《Lush Life》也一樣，而且這次玩得更大：他把五組人馬（人狗？）在不同時間區段裡進行、彼此互相影響的行動打散再重組，直到最後才漂亮地展示眞正的時間順序，跟艾雪（M. C. Escher）打亂空間概念的畫有某種異曲同工之妙。

不過，艾雪畫中的空間是實際上不可能存在的；但伊坂刻意搞亂了時序的事件，經過重整以後卻銜接得好好的，沒有違反現實規則之處。我怎麼知道？因爲我很認眞地做了筆記啦。我想過要把全部事件的順序列成一張表貼在這裡——不過大家還是自己來吧，這就好像吃螃蟹，要自己享受剝殼的樂趣喔。

講到現在，我似乎一直在強調這本小說裡面有哪些「以前也有」的特色。既然有那麼多「以前也有」的特色，那……《Lush Life》本身到底有什麼特別的？看多了伊坂風格的人，難道不會覺得膩嗎？——當然不會啦！因爲這部作品還是有專屬於它的突出主題——這就跟前面所說的「幸福感」有關了。

如同前面所說，伊坂作品的結尾總是圓滿的。然而跋涉到「圓滿結局」之前，這本書花了特別大的力氣、從各種不同的角度切入一個有點苦澀的問題：「人生到底要怎麼過才對？」

像我們人類這種生物，通常是在碰到非比尋常的困厄處境時，才會開始反省人生。

書裡出現的五組人馬，大半一出場就碰到衰神上身，讓他們不得不思索如何安身立命。比方，志奈子爲了追求藝術生涯的高峰，勉強採取「識時務」的作法，不但良心不安，還騎虎難下，怎麼辦？河原崎對於總是半途而廢、連自殺都草草了事的父親充滿怨懟，擔心自己會同樣一事無成。他最大的心靈支柱，就是神祕的「名偵探大人」高橋，還有教團幹部塚本先生。如今他尊敬的塚本卻要「解剖」高橋，因爲高橋「失去了溫柔之心」。怎麼辦？

當然，全書中最拚命思索人生何去何從的角色，是豐田和佐佐岡——因爲人生給他們的打擊最殘酷。

豐田在上司的勸說下，勉強爲了保護同事而自動辭職，陷入長期失業、妻離子散的地獄裡，幾乎完全喪失做人的自信，此刻偏偏又發現犧牲毫無意義：家有肢障兒的同事井口還是被開除了。怎麼辦？全力報復這個世界嗎？失去一切以後，他得到了一隻狗，還有一把槍。他會怎麼做？

佐佐岡生性單純耿直——也就是說，他那不會轉彎的處世原則，根本不適合用以處世。他看不透老闆的惡意，也渾然不知妻子的背叛，滿腦子還想著應該「不離不棄」。這樣一個人，根本只能等著被世界的黑暗面吞噬，連骨頭都不會剩嘛。

人生在看似山窮水盡「之後」，該怎麼辦？伊坂把他的「不答之答」，放在豐田和佐佐岡的奇遇之中。

失去一切的佐佐岡恍惚地闖進陌生人的公寓，卻遇到許久不見的同學黑澤，兩人共度了一個奇妙的夜晚。在我看來，兩個老同學的對話正是整本書最精采的部分。佐佐岡一一細數他怎麼樣受到黑澤影響：黑澤說「沒有所謂獨特的生活方式」，所有的路線都被規畫好了，佐佐岡因此覺得心裡一陣輕鬆——反正去哪裡都一樣。（這該說是命運自有安排？還是說，命運早已決定，自由意志的選擇只是一場誤會？）那麼，就去畫廊工作吧——然而黑澤完全不記得自己講過這種話。接下來，佐佐岡吐露了自己被金錢打敗的慘狀，黑澤一方面很無情地說「這世上沒有贏得了錢的東西」，嫌他太天眞，另一方面卻又安慰他：每天重複過著同樣的生活，就算沒腦的渦蟲也想死。「換句話說，你沒錯。就算你獨立失敗、有一些負債、遭到背叛，也比不獨立、日復一日散漫過活來得正確。」佐佐岡大受感動：「聽你這樣一講，居然還眞有這種感覺，實在不可思議。」但黑澤的下一句話居然是：「同感。我也認爲自己跟你『隨便說的話』都是眞的。」

原來他根本是隨便說的啊？

也許有人會覺得被耍了，我卻覺得幸好如此。我想伊坂並不打算成爲「名作家大人萬歲」教團的教祖，成爲指點人生迷津的絕對標竿。因爲「說到人生，不管誰都是業餘新手啊」，黑澤雖然說話虛虛實實，這一句倒是相當中肯。沒人確定標準答案是什麼。

這又讓我想起《重力小丑》中的一段情節：主角兄弟的父親當年煩惱著到底要不要讓春出生，結果他得到的「天啓」竟是一句無厘頭的「自己想」！

不過，如果說人生沒有標準答案、答案因人而異，是否表示人生無論怎麼過都一樣「好」？……滿懷惡意的戶田和純眞至極的佐佐岡，他們的立身處世之道，並無高下之分嗎？沒人喜歡這種結論吧。當然，這兩種生活方式有著道德高度上的差異——不過，對於一個不知明天麵包在哪的人，知道自己是個好人也沒啥安慰作用。我們多麼希望善有善報、惡有惡報，然而，即使只是在小說裡看到太符合正義的結果，讀者還是會一陣狐疑：哪有這麼好的事？

妙的是，當符合正義的結果其實是「機緣巧合」造成的時候，我反而相信了。

志奈子與戶田之間的賭注是完全不公平的。問題不在於是否大多數人都會屈服於金錢，而在於戶田根本就是單方面決定了賭局和代價，志奈子連拒絕的空間都沒有。然而，機緣巧合救了她——他們走出車站，遇到的第一個人是幾乎一無所有的豐田。這一天，他經歷了一番亂七八糟的冒險，原本有機會搶銀行、狠狠報復上司，卻都沒做成，最後還被打了一頓——不過他卻因爲這一連串遭遇，重新恢復放輕鬆活下去的平常心。他知道自己一無所有，甚至認爲自己的人生不會再有任何變化，但他還是拒絕戶田的提議，寧可選擇曾經保護他的那隻老狗。機緣巧合也讓豐田得到一張中大獎的彩券，或許眞的能夠換得新的出發點——可是，誰知道明天會不會有一陣風把他的彩券吹跑？

沒人知道。現在的「圓滿結局」只是暫時的，因爲時間繼續流動，人與人之間的連結會以意想不到的方式傳遞下去——最棒的happy ending，就是告訴你「結局還沒到」。有時候是戶田之輩得意，有時候是一無所有的豐田得到全面翻盤的機會，但風水輪流轉，只要活下去就還有希望。「活著這件事就夠讓人驚嘆了，應該要拍手喝采。」

所以我說，這是一本帶來幸福感的小說，沒錯吧。

作者簡介

顏九笙，艾雪迷兼伊坂迷。現在偷偷希望伊坂也喜歡比利時畫家馬格利特，然後哪天也來寫本關於馬格利特畫作的小說……。

伊坂幸太郎作品集 02

Lush Life

原著書名　ラッシュライフ
原出版社　新潮社
作　　者　伊坂幸太郎
翻　　譯　張筱森
責任編輯　王曉瑩（初版）、陳盈竹（二版）
行銷業務部　徐慧芬、陳紫晴
版 權 部　吳玲緯
編輯總監　劉麗眞
總 經 理　陳逸瑛
榮譽社長　詹宏志
發 行 人　涂玉雲
出　　版　獨步文化
城邦文化事業股份有限公司
104台北市中山區民生東路二段141號5樓
電話：(02) 2500-7696　傳眞：(02) 2500-1967
發　　行　英屬蓋曼群島商家庭傳媒股份有限公司城邦分公司
104台北市中山區民生東路二段141號2樓
讀者服務專線：(02)2500-7718；2500-7719
24小時傳眞服務：(02)2500-1990；2500-1991
服務時間：週一至週五　上午09:00～12:00　下午13:00～17:00
讀者服務信箱E-mail：service@readingclub.com.tw
劃撥帳號：19863813　戶名：書虫股份有限公司
香港發行所　城邦（香港）出版集團有限公司
新址：香港灣仔駱克道193號東超商業中心1樓
電話：(852) 25086231　傳眞：(852) 25789337
E-mail：hkcite@biznetvigator.com
馬新發行所　城邦（馬新）出版集團　Cite(M)Sdn Bhd
41, Jalan Radin Anum, Bandar Baru Sri Petaling,
57000 Kuala Lumpur, Malaysia.
電話：(603) 90578822　傳眞：(603) 90576622
email:cite@cite.com.my

城邦讀書花園
www.cite.com.tw

封面設計　蕭旭芳
排　　版　游淑萍
印　　刷　中原造像股份有限公司

初　　版　2008年（民97）3月
二　　版　2021年（民110）8月
定價　450元
ISBN 978-986-5580-79-7（平裝）
ISBN 9789865580803（EPUB）

國家圖書館出版品預行編目資料

Lush Life / 伊坂幸太郎著, 張筱森譯. 初版. -- 台北市：獨
步文化：家庭傳媒城邦分公司發行, 2021〔民110〕
面； 公分. --（伊坂幸太郎作品集：02）

譯自：ラッシュライフ

ISBN 978-986-5580-79-7（平裝）

861.57 109014704